論創ノベルス

日露戦争と雪原の騎兵隊

Ronso Novels 019

久山 忍

論創社

日露戦争要図

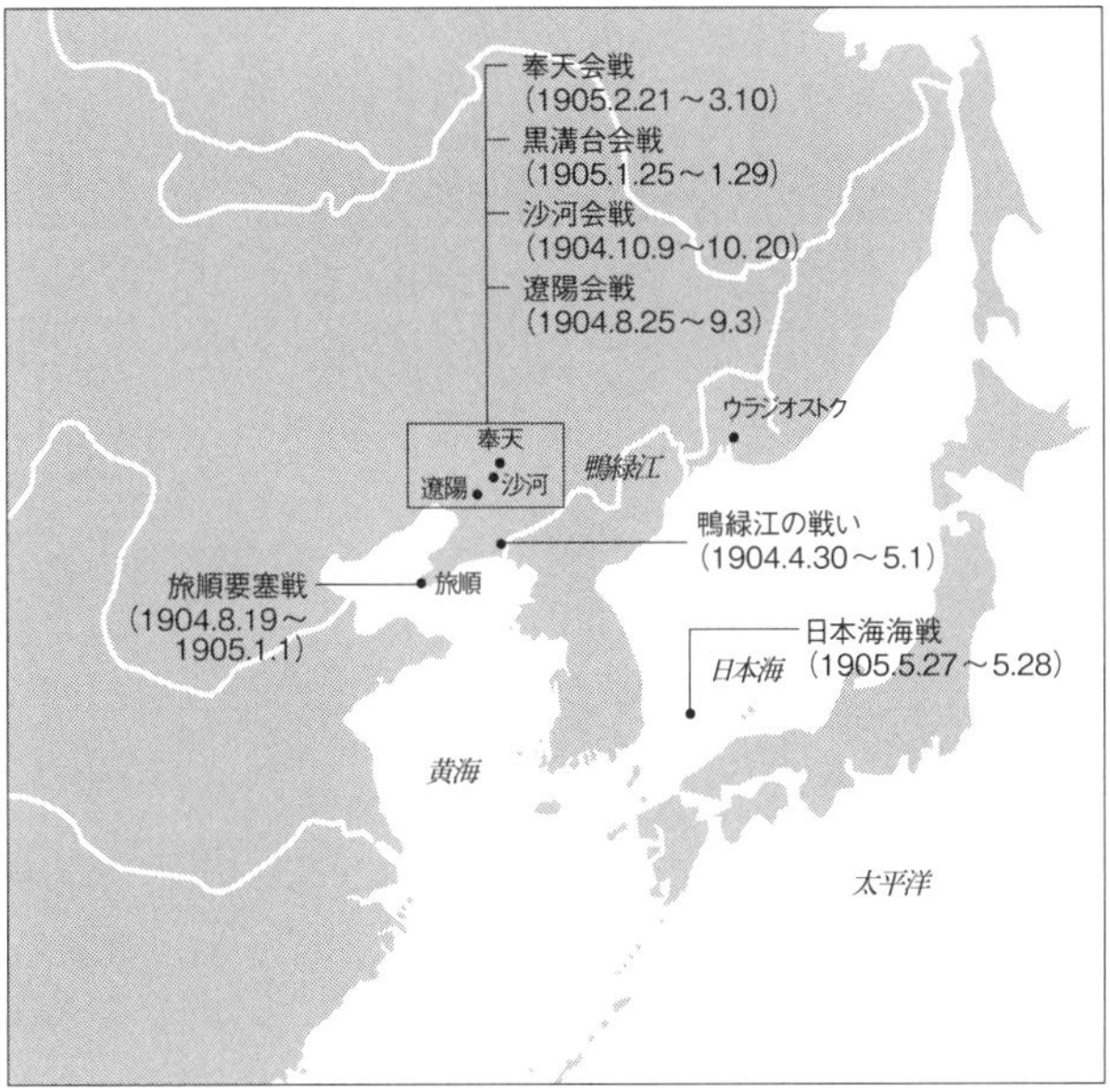

本書関連鉄道図（イメージ）

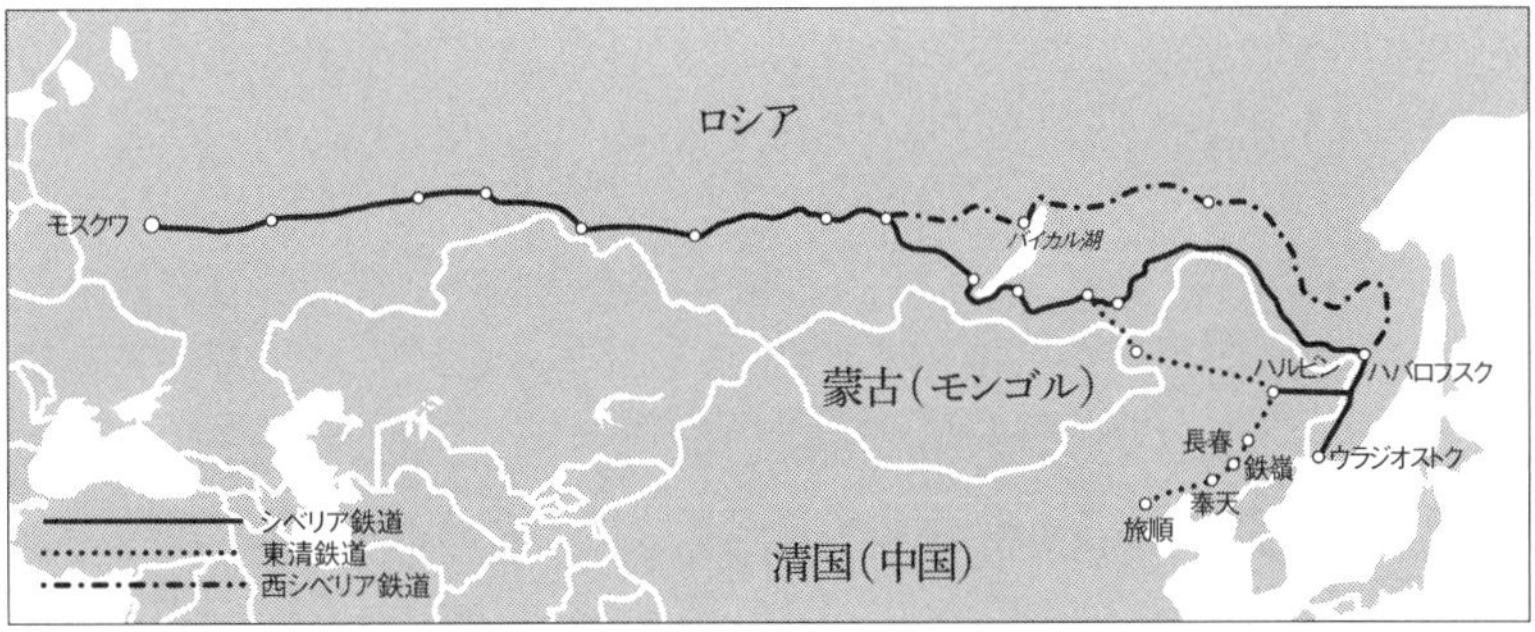

動地域略図

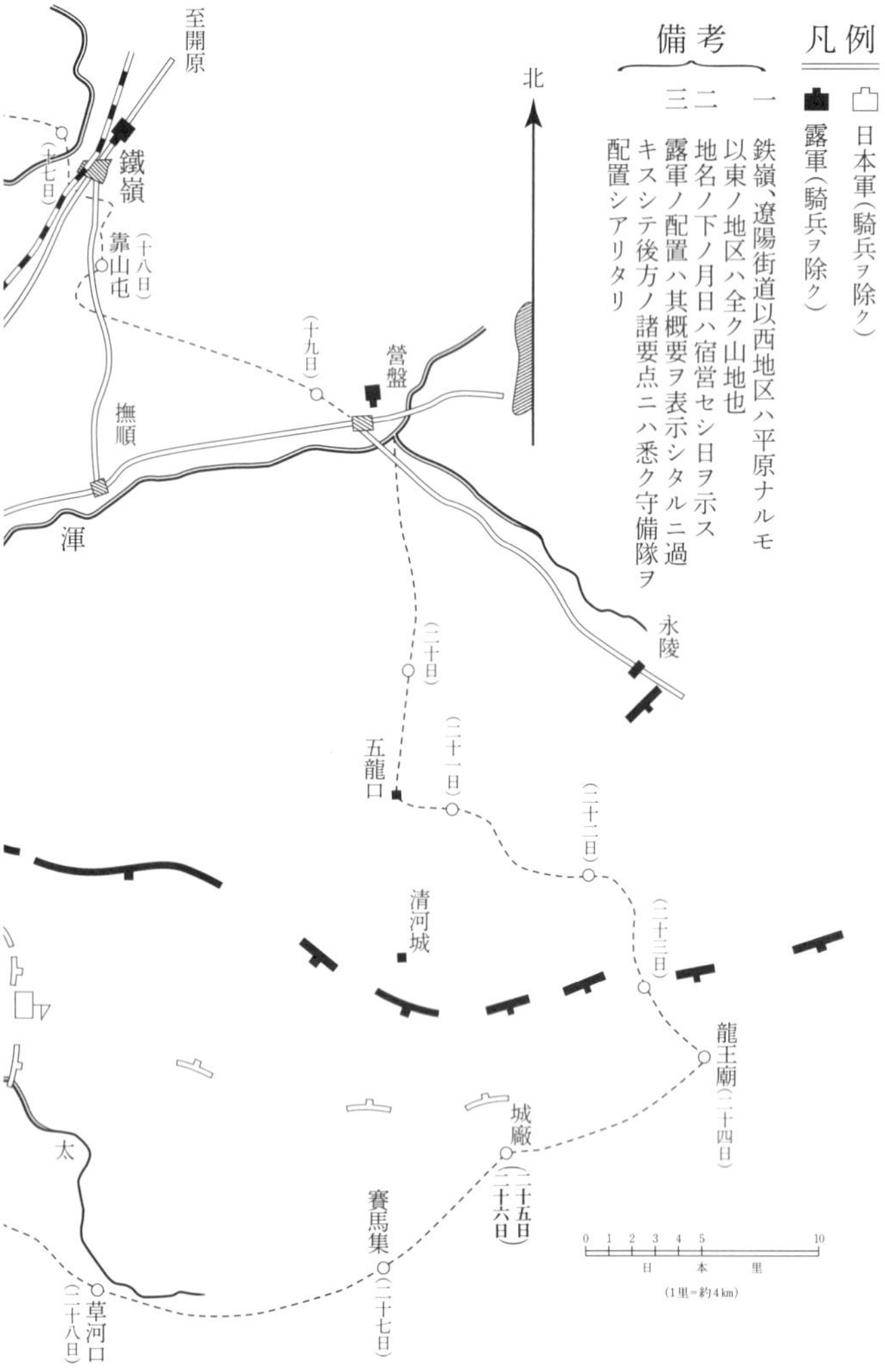
凡例
日本軍（騎兵ヲ除ク）
露軍（騎兵ヲ除ク）
備考
一　鉄嶺、遼陽街道以西地区ハ平原ナルモ以東ノ地区ハ全ク山地也
二　地名ノ下ノ月日ハ宿営セシ日ヲ示ス
三　露軍ノ配置ハ其概要ヲ表示シタルニ過キスシテ後方ノ諸要点ニハ悉ク守備隊ヲ配置シアリタリ
北
至開原
鐵嶺
（十七日）
靠山屯
（十八日）
（十九日）
營盤
撫順
渾
永陵
（二十日）
五龍口
（二十一日）
（二十二日）
清河城
（二十三日）
龍王廟
（二十四日）
城廠
（二十五日）
（二十六日）
賽馬集
（二十七日）
太
草河口
（二十八日）
0 1 2 3 4 5 10
日本里
（1里＝約4km）

出典：騎兵斥候露軍横断記
（小西勝次郎編）

挺進斥候行

凡例

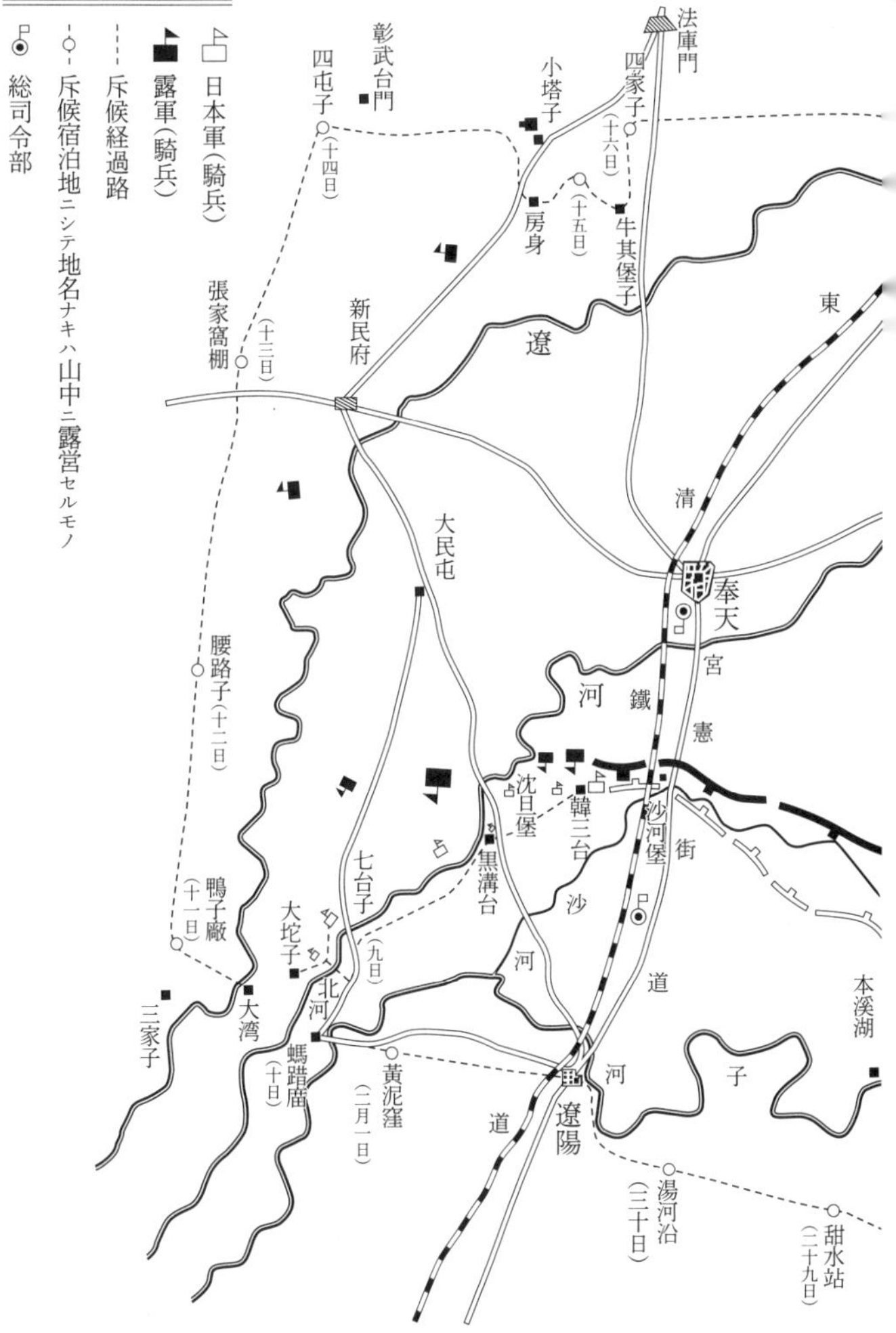

※著者注　・------------は建川挺進斥候隊の進路
・距離の単位は日本里、１里は約４㎞

筆者注：本書には「支那」という国名が頻繁に出てくる。「支那」は中国大陸の漢民族に対する呼称であり、太平洋戦争が終わる頃まで一般に使われていた。現在は中国であるが、本書の舞台が日露戦争であるため「支那」を使っている。ご了承願いたい。

日露戦争と雪原の騎兵隊◎目次

まえがき

まず初めに、この物語の背景となる戦況のようなものを書いておく。

これがわかっていないと、なぜ兵隊たちが寒い中を馬で走り回っているのかが理解できないからである。

明治三七年（一九〇四年）、世界は帝国主義に覆われていた。弱い国は強い国に侵略される時代である。日本は明治維新から三十数年しか経っておらず近代国家に仲間入りしたばかりであり、列強国から見れば取るに足らないすこぶる弱い国であった。

同年二月、南下政策（アジア方面に対する侵略行為）を止めないロシアに対し、日本が果敢にも宣戦布告し、満州（現、中国東北部）を主戦場とする日露戦争がはじまった。

その後行われた日露戦争における主力戦（日本陸軍とロシア陸軍の戦い）を列記すると、

鴨緑江会戦（明治三七年五月）
遼陽会戦（同年八月）
旅順要塞攻略戦（同年八月から明治三八年一月）
沙河会戦（同年一〇月）（沙河の滞陣）
黒溝台会戦（明治三八年一月）

奉天会戦（同年三月）

となる。当初、日本軍は四軍で構成していたが、乃木軍（第三軍）が旅順要塞攻略に向かったため、野戦の主力は、

黒木軍（第一軍）

奥軍（第二軍）

野津軍（第四軍）

の三軍構成となった。ちなみに乃木軍は旅順を攻略後、再編成されて奉天会戦に参戦する。

緒戦の鴨緑江会戦と最初の総力戦となった遼陽会戦では日本軍が辛勝した。勝った日本軍は遼陽と奉天（現・瀋陽）の間にある沙河の南方まで前進したが、後退したロシア軍が沙河の北方で反撃態勢をとったため両軍が沙河を挟んで対峙するかたちとなった。

中国の東北部に太子河《たいしが》という大河がながれている。沙河はこの太子河に流れ込む支流である。さか、あるいは、しゃか、とよむ。

そして一〇月、ロシア軍の総司令官であるクロパトキン大将が各指揮官を集め、

「日本軍を撃破するに十分なる兵力を集結し得たり」

ゆえに安心して戦えと訓示した。よほど心中期するものがあるのか、氷の将軍といわれたクロパトキンの顔が赤く上気していたという。

「鴨緑江会戦、遼陽会戦で日本が勝った」

という情報が地球上を駆けめぐり、それを聞いたロシアの宮廷官僚たちが、

「日本の猿に大ロシアが負けているのか」

と騒いでいる以上、クロパトキンは、

（次は大勝する。そうでなければ自分の地位があぶない）

と焦慮せざるを得ない。沙河会戦にむけて顔が赤くなるのは当然であろう。

沙河を挟んだ兵力は日本軍の一三万に対しロシア軍は二〇万を超える。しかも日本軍は消耗した状態で沙河会戦をむかえるのに対し、ロシア軍は本国から完全装備の援軍を得て兵力を刷新している。数字上の兵力差は七万であるが実際の兵力差はさらに大きい。クロパトキンが言う通り日本軍が撃破されてもおかしくない条件がそろっていた。

一〇月九日、大地がうごいた。おびただしいかずのロシア軍が前進を開始した。沙河会戦がはじまったのである。ロシア軍の攻撃は猛烈であった。しかし寡兵の日本軍はこれに耐え、驚くべきことに抵抗の激しさを増してロシア軍を押し返した。日本軍は、

「ここが勝機」

と追撃したが、沙河を超えたところで痛烈な反撃を受けて沙河の南岸に押し返された。この戦いは九日間続き、その間おびただしい量の若者の血が流れた。日本軍の死傷者は二万以上であった。二個師団に相当する数である。ロシアの損害はそれ以上となり、戦闘後に遺棄されたロシア兵の死体は一万三〇〇〇を数え、死傷者の総計は六万を超えた。両軍の死傷者の総数は八万以上におよぶ。

飛行機や戦車といった近代兵器がなく、戦いの多くが白兵戦であったことを考えると、この戦いのすさまじさがわかる。

戦闘は一〇月一七日をもって停止し、両軍は死者となった自軍の兵士を収容して荼毘に付した。

この沙河会戦で日本の兵力は一気に衰えた。このとき、もしクロパトキンが大損耗を覚悟してもう一度攻勢をかけていれば、あるいは日本軍は大敗したかもしれない。

しかし、クロパトキンは、

（今は体勢を整えるべき）

と反撃命令を出さなかった。敗戦の危機にあった日本軍は、クロパトキンによって救われた。

沙河会戦後、日本の砲弾がいよいよ乏しくなった。将兵たちの体力も尽きつつある。衰弱した動物のように日本軍のうごきがとまった。

日本軍は体力の回復と砲弾補給のために陣地を強化しながら守勢をとることとし、数十キロの塹壕を掘り、陣地を結ぶ連絡抗を張り巡らし、できあがった戦線の陣地はうねるようなジグザグの曲線を地表に描いた。対するロシア軍は沙河の北方に位置する奉天に総司令部を置き、沙河の戦線に重厚な布陣を敷いた。両軍の距離は総じて近く、突出した場所では数百メートルしかない。そのため見張り兵がお互いを双眼鏡で遠望するという光景も日常茶飯事であった。

冬になった。大地が固く凍った。両軍が沙河をはさんで冬営にはいった。

史上有名な「沙河の滞陣」である。

年を超えた。明治三八年一月ようやく旅順要塞が陥落した。これにより旅順攻囲戦にあたっていた乃木軍（第三軍・軍司令官乃木希典大将）が本隊に合流することになった。日本軍にとって乃木軍の復帰は喜ばしいことであったが、旅順攻撃による乃木軍も損耗が甚だしい。そのため日本軍が持っていた全ての予備隊を投入して乃木軍を再編成することになった。皮肉なことに、乃木軍が復帰することによって日本軍の予備兵力がゼロとなり、その結果、今後できる会戦は一戦だけとなった。本国に膨大な兵力を持つロシアはこのあと何戦でもできるのに対し、予備兵力を投入して第三軍を再編した日本軍は次の一戦が最終戦となったのである。

さて、ここから物語に入る。

こうした状況下において、明治三八年一月、沙河の滞陣のこの時期、騎兵旅団長の秋山好古が、

山内隊

建川隊

永沼挺進隊

を戦線に送り出した。情報収集と敵陣攪乱を目的とする挺進隊である。好古の騎兵たちは、凍土の敵陣を縦横に走り、当初の期待をはるかに超える影響をその後の戦況に与えた。日露戦争は結果的に日本が勝って世界を驚かせるに至るのだが、明治期に日本がなしえたこの奇蹟に関し、この三騎兵隊の貢献はけっして小さくない。

好古が放った騎兵たちの活躍は世界の騎兵史に類例のないものであり、その行動記録は冒険活劇ともいうべき胸躍るドラマであった。一〇〇年余の時を経た今、雪原の騎兵たちの奮闘ぶりに刮目していただければと思う。

第一章　沙河の滞陣と児玉の迷い

敵将クロパトキン

日本軍（満州軍）の総司令官は、西郷隆盛の従弟の大山巌（元帥陸軍大将）である。

幕末は志士として活動し、薩摩（現、鹿児島）とイギリス艦隊が行った戦闘（薩英戦争）では砲術指揮官として従軍するなどの経歴を持つ。茫洋とした風貌の大山と接した人たちは、

「大西郷とはこういうお方だったのではないか」

と感じ入ったという。

対するロシア陸軍の総司令官はアレクセイ・クロパトキン（一八四八年生まれ。陸軍大将、五六歳）である。ロシア皇帝であるニコライ二世の寵愛を受けて陸軍大臣に任命され、日露戦争が開戦となるやニコライ二世の指名により地上戦をまかされた。

クロパトキンはロシア陸軍きっての秀才であったが、銃砲弾が交錯する戦場の指揮官としては適任ではないという批判が当時からあり、後世においても同様の評価が定着している。

作戦の指揮をとる総司令官は、砲声鳴り響き、粉塵立ち込め、混乱極める戦線のなかで作戦を決定しなければならない。その際、前線から届く情報は不確定かつ断片的であり、それら情報のかけらを

突き合わせて決断をする。そのとき教室で学んだことが役に立つことはまずなく、結局は「勘」を頼りに賭けをせざるを得ない。

この点、クロパトキンの頭は常に「計算」が先に働くようにできており、それがためにリスクを避けて石橋を叩いて渡ることに終始し、少しでも不安があれば橋を渡らないことを選択することが多かった。慎重すぎるというのは野戦指揮官としてときに致命的な欠点となる。計算に徹するクロパトキンの性格は、地上戦の司令官より補給担当などの後方指揮官か、あるいは作戦を策定する参謀などの副官のほうが適任であったかと思える。少なくとも自ら判断し決断するという総司令官には不向きであった。

この点、敗戦した場合の責任を一身に負う覚悟を持ったうえで、

「作戦は全て児玉さんにおまかせする」

と明言し、後は泰然としていた大山巖とは対照的であった。日本からすれば敵将がその精神に脆弱性を有していたことは天祐であり、補給と兵力不足に悩む日本軍は、クロパトキンのこの性格に最後まで助けられることになる。

奉天か、鉄嶺か

日本軍を指揮する満州軍総司令部は、

総司令官　大山巖（元帥陸軍大将）

総参謀長　児玉源太郎（陸軍大将）

高級参謀　福島安正（陸軍少将）
　　　　　井口省吾（陸軍少将）
　　　　　松川敏胤（陸軍少将）

以下、作戦参謀、情報参謀、兵站参謀等によって構成されている。

先に述べたとおり総司令官の大山は、作戦のすべてを総参謀長である児玉源太郎に任せた。

児玉源太郎、一八五二年生まれ、長州藩（山口県）出身、このとき五三歳。児玉は神風連の乱（一八七六年）、西南戦争の熊本城籠城戦（一八七七年）、日清戦争（一八九四〜九五年）等の難戦を経験し、実戦の指揮官に必要な経験が十分にあった。性格は快活かつ明朗であり、栄達してからも気さくな性格のままだったため、当時から現在に至るまで人気が高い。

開戦前、児玉は内務大臣等の地位にあったが、開戦が決まるや、

「諸般の事情から作戦の指揮ができるのは自分しかいない」

と自らの意志によって満州軍総参謀長の役職に就き、大山巌の下で指揮をとることになった。大臣まで上りつめた男が「降格」を申し出て戦塵のなかで指揮をとるなど異例である。児玉にそれだけの自信があったのではなく、国家存続のためにはそうするよりほかに方法がないと判断したのであろう。そして結果的にその選択が正しかった。異常な英断と言っていい。

開戦前、日本政府は、彼我の国力の差から、

「まともにやれば日本は負ける」

という前提のもとに、

「緒戦からひた押しに押し、押しきったところで講和に持ち込む」

という基本方針をたて、陸軍は、

「ロシア陸軍を撃破し、可能であればウラジオストックまで攻略」

海軍は、

「旅順とウラジオストックのロシア太平洋艦隊を殲滅し、ヨーロッパから回航してくるバルチック艦隊（第二・第三太平洋艦隊）に勝利する」

とする戦争計画を策定した。しかし児玉は開戦前から、

「陸軍のウラジオストック攻略は無理じゃろう」

と思っており、

「よくて奉天か」

と最終勝利地を想定していた。しかし、そうは言っても児玉に奉天で勝てる見込みがあるわけではない。できれば奉天戦の前に講和を結びたい。

（そろそろいいのではないか）

と児玉は、沙河会戦の勝利をもってロシアとの講和を考えた。思い立つと即座に行動するのがこの男の性格である。せっかちなのである。

「アメリカにあたってくれんか」

と日本政府に要請した。日本政府は児玉の電報を受けると在米中の金子堅太郎に連絡をとり、

「講和仲介を打診せよ」

と指示した。金子はセオドア・ルーズベルト（アメリカ大統領）と友人であった。金子は即座にルーズベルトと面会し、

「現在、日本は勝利している。この段階で講和をしたい。仲介の労をとってもらえないか」

と申し入れた。しかしルーズベルトは「カネコそれはよくない」と首を振り、

「講和条件を日本有利にもっていくために、決定的な勝利が欲しい」

と回答した。

「アメリカが難色を示している」

という金子の報告が日本政府を通じて児玉の耳に届いた。

「もう一戦か」

児玉の顔色が悪い。このところこの男の表情から快活さが消えて形相まで変わっている。風邪もぬけない。寒気がひどいのかコートを重ね着して始終鼻をすすっている。苦しい戦況による心労に加え、体調の不良が憔悴を加速させていた。ナイフで削ぎ落したような隈が顔にできている。

児玉は最終決戦（日本から見ての）を覚悟した。決戦にあたって最大の問題は、

（ロシアが考える次戦がどこなのか）

である。児玉はそれを、

「奉天じゃろ」

と予測していた。当初、クロパトキンはハルピンまで日本軍を引き入れ、伸びきった日本の補給線を寸断してから百万の兵力で一気に殲滅する作戦をもっていた。むろん、そのことを児玉は知ってい

る。しかしこの点に関しては、

「それはするまい」

と児玉は確信をもっていた、ここまで敗戦続きでクロパトキンにいいところがない。戦略通りハルピンまで退却した場合、日本が慎重を期してそれを追わず、そのまま外交により講和に至る可能性がある。そうなると敗戦による退却という事実だけが戦史に残る。自尊心の強いクロパトキンにとって敗将のレッテルを貼られるのは耐えがたいであろう。

「次は是が非でも勝ちたいはずだ」

クロパトキンが次戦で日本軍を叩き潰すつもりでいることは、政情、戦況、彼が置かれた状況などからして間違いない。対する日本は決戦を二度できない状況にある。予備兵力はなく、砲弾も会戦一回分しかない。児玉は、

「できれば奉天で決着をつけたい」

と願った。奉天（現、瀋陽市）は清朝時代に国都（首都）として栄えた歴史があり、現在（日露戦争時）も満洲（中国東北地区）最大の都市である。

「奉天はとられたくあるまい。クロパトキンも奉天決戦を決意しているはずじゃ」

そうであって欲しいと児玉は願っていた。そのための準備は整っている。しかし、

「奉天戦のあと鉄嶺まで戦線をさげて二段構えで決戦を行うとなればどうなるか」

沙河の滞陣のこの時期、この迷いが児玉の最大の悩みとなっていた。

鉄嶺は奉天の北方約八〇キロに位置する衛星都市で奉天まで鉄道（東清鉄道）が通じ、奉天以南に

布陣するロシア軍の補給基地となっている。当然、鉄嶺には武器弾薬、食料等の物資が山積みされている。その鉄嶺を要塞化して持久戦に持ち込まれたら果たしてどうなるのか。

（そうなると、すこぶるまずい）

児玉はこれまで奉天決戦を前提として作戦を練っており、

（あと一戦なら、なんとかなりそうだ）

と胸算をしていた。しかし、クロパトキンが二段構えの戦闘を意図しているのであれば、根本から作戦を練り直さなければならない。奉天なのかあるいは鉄嶺なのか。クロパトキンが考えている決戦の地を知りたい。作戦決定のための情報がほしい。

「なにかないのか」

司令室で児玉が声をあげることが多くなった。参謀たちが気まずくうつむく。司令室の空気が重く沈む。磊落な性格のこの男にしては珍しいことであった。

この時期、日本軍は情報を得るためにおびただしい数の密偵を敵陣に放っていた。しかし有力な報告が届かない。児玉は日本の存亡をかけた二枚のカード（「奉天」か「鉄嶺」か）を胸に抱きかかえ、それを選択できないまま苦悩の日々を過ごしていた。

この児玉（ひいては日本）の苦境を救ったのが、秋山好古率いる騎兵たちであった。

好古

沙河の大地が凍った。戦線も停戦となり両軍が対峙したまま天も地も静まり返っている。平均気温は零下二〇度でときに零下四〇度を超えた。兵たちは達磨のように着ぶくれ、屋根をかぶせた塹壕のなかで石炭を燃やして暖をとり、煤で顔を真っ黒にしながら戦闘再開を待った。

日露戦争中、

「見張り兵が立ったまま凍死した」

という噂が流れたのもこの時期の沙河においてである。沙河の戦線は東西約八〇キロにおよぶ。秋山好古を隊長とする秋山支隊は戦線の左翼に位置し、西方の原野を守っていた。

秋山好古、一八五九年生まれ。愛媛県松山藩士の下級武士（秋山久敬）の三男として生まれ、官立大阪師範学校を卒業して愛知県の小学校に教員として勤務し、その後、陸軍士官学校に入校、卒業後、日本騎兵の創設に尽力した。一九〇二年（明治三五年）に陸軍少将に昇任、翌一九〇三年に騎兵第一旅団長となって日露戦争に出征、今、沙河戦線にいる。このとき四五歳。

日本軍の騎兵は二個旅団編成である。好古が戦線の左翼を守り、右翼は第二旅団が担当する。機動力を持つ騎兵旅団が両翼を守る態勢である。ロシアの騎兵集団による側方からの奇襲や後方への侵攻を防ぐのがその任務であった。

好古は、日露戦争開戦当時、地上戦が始まれば世界最強といわれるロシア騎兵集団（コサック騎兵集団）と機動力戦を展開するつもりでいたし、そのための準備と作戦を十二分に練ってこの地に来た。しかし好古が命ぜられた任務は歩兵と同じ地上戦であり、その多くが陣地を死守せよという「防御戦」であった。

好古はこれが大いに不満であった。騎兵は、偵察、奇襲、撹乱を目的とする機動部隊である。馬の足を生かし敵陣において躍動することこそが騎兵の姿なのである。地面にへばりついて敵の足を食い止めるのは騎兵の仕事ではない。そもそも馬を連れての防御戦は困難である。

「本部は騎兵をわかっとらん」

というのが好古のかねてからの不満であった。不満を持つだけでなく、

「松川、なんとかならんか」

と参謀の松川敏胤に事あるごとに意見していた。しかし、日本軍の台所事情は危機的状況にあり、騎兵を遊兵として戦線からはずすことなどできない。松川は苦笑しながら黙殺するのが常であった。

結局、鴨緑江会戦後、好古の旅団に歩兵、砲兵、工兵が配属され、騎兵旅団が混成部隊になり、

「シバラク「秋山支隊」ト称ス」

という命令が司令部からくだり、好古の部隊は「旅団」から「支隊」になった。好古は悔しかったであろう。支隊となって騎兵旅団の機動力を失ったことに忸怩たる思いを抱いたかと思える。

好古は西洋人のような容貌と体躯を持ち、異常なほどに酒を好み風呂を嫌った。普段から軍服を着たきりで、肌を虫に食われて赤くなっても掻こうともしない。一見すると大人物のようでもあるが、見ようによっては阿呆ともみてとれる。陸軍大学校時代には、

「秋山は玉石定かにあらず」

と友人たちから評されていた。しかし軍人としての能力の高さは敵味方を通じて屈指であったことはまぎれもない。

軍人にもっとも必要な能力は洞察力であろう。目に見えない状況を推察する力といってもよい。

敵が何を目的としてどう動いているのか、自軍はどう応ずるべきかを感じとる力である。

戦線にいると聞こえるのは砲声だけである。戦局に関する情報はほとんど届かないか、届いたとしても断片的である。情報の欠片と現地視察の結果を照らし合わせて戦況の見通しをたて、今とるべき行動をあぶり出す。こうした能力に好古は誰よりも長けていた。

好古は民家においた指揮所でいつも地図を見ていた。あぐらをかいた膝の上にはいつも酒が入った湯飲みがあった。それを飲み、タバコをふかしながら沈思黙考する。ふいに立ち上がって外に出る。そして目的地も言わず騎乗して野を走る。戦線の視察である。あわてて副官や従兵が後を追う。戻るとまた地図の前であぐらをかく。終始無言である。雑用も頼まない。雑談もしない。牛のように単調な日常を繰り返した。従兵の仕事といえばフチが欠けた湯飲み茶わんの酒を欠かさないことと、灰皿の灰を捨てることだけであった。いつも恐ろしいほどの沈黙が続く。そしてふいに顔をあげ、

「××を呼んでくれ」

とぽつりと言う。呼んだ将校が来ると手招きをして近づけ、ボソボソと命令を伝え、去るとまた地図の黙視にもどる。夜が更けてから従兵が酒を持って近づくと、ぐらりと好古の体がゆらいで横倒しとなる。のぞくといびきをかいて寝ている。従兵は黙ってさがる。毛布をかけることもしない。そうした気遣いを好古は極端にいやがった。戦場では戦争のことだけを考えるべきだ。作戦と関係のない気働きや配慮は害悪でしかないという考えであった。従兵は、

「酒とタバコ以外、俺にかまうな」

と常々言われていた。盛大ないびきはいつもふいに止み、むくりと起きあがって再び地図の凝視に

入る。好古の戦場の日常はその繰り返しであった。

李大人屯

沙河会戦のあと、秋山支隊は李大人屯という小さな村に司令部をおき、グレコフ支隊とコソゴフスキー支隊と対峙していた。その後方にはミシチェンコ騎兵集団が不気味な沈黙を守っている。

李大人屯は日本軍陣地の左翼を守る秋山支隊の右翼に位置する寒村である。この地域は起伏が激しい丘陵が広がっており草木が乏しい。冬枯れの時期で風景は荒涼としている。その荒涼たる地にある李大人屯は敵陣からわずか数キロに位置する。うねりながら伸びる日本陣地の突出部分に司令部を置いている形である。当然、危険が大きく、戦闘が始まれば砲弾が周辺に落下する。そのため、

「もう少し下がってはいかがでしょうか」

と幕僚が盛んに進言したが、

「ここでええ」

と好古は動かなった。そして村内のあばらやのような民家の中で地図をのぞきこみ、

「おれがミシチェンコならこう動くがのう」

と猟師が熊の動きを読むように原野の向こうにいる騎兵集団の次の行動を考えていた。

好古はミシチェンコ騎兵集団に対抗するための騎兵隊を自らの手で創り上げ、更にその用法を練り、

「勝つことは難しいが、互角の戦いはできる」

というところまで自信を深めていた。しかしいざ戦いが始まってみると歩兵部隊に騎兵が組み込ま

れるかたちとなった。

「騎兵は独立せにゃならん」

という騎兵運用の大原則を総司令部は知らず、馬に乗った歩兵程度の認識しか持っていなかった。

これでは騎兵本来の運用などできるはずもない。

「馬で走りたいのう」

という想いを奥歯でかみつぶしながら、好古は守勢戦の指揮を執っていた。

沙河戦線における秋山支隊の担当区は好古がいる李大人屯から黒溝台までである。距離にして約四〇キロある。好古の支隊は、

支隊主力　李大人屯
三岳支隊　韓三台
豊辺支隊　沈担堡
種田支隊　黒溝台

で構成されている。このうち左翼の黒溝台を守っていたのが種田支隊である。この種田支隊に中屋という騎兵大尉がいた。中屋大尉（騎兵第八連隊中隊長）は、永沼挺進隊に参加して生還し、戦後、手記をのこした。以下、その記録をたどりながら騎兵史の白眉といわれる永沼挺進隊の活躍をおってみたい。

第二章　永沼挺進隊、挺進作戦開始

挺進計画

明治三七年十二月二五日、永沼は、黒溝台の民家の一室で高床の上にあぐらをかいて文机にむかっていた。永沼とは種田支隊・騎兵第八連隊長永沼秀文中佐のことである。

永沼がすわっている床は炕《かん》で温められている。炕とは暖房器具のことである。土のかまどの中で火を焚いて暖をとる。永沼の尻が炕の熱で蒸し饅頭のように温かくなっていた。

そこにコッコッと薄い板のドアがノックされた。

「中屋大尉です」

騎兵第八連隊中隊長中屋重業である。年齢は三〇歳になる、

「よし、入ってよろしい」

永沼が入室を許すとドアが開いて中屋大尉が入ってきた。永沼が振り向き、

「あいかわらず寒いね。まあ掛けなさい」

と脇に置いてある粗末なイスを指さした。

「どうだ、みな元気かね」

姿勢よくイスにすわった中屋大尉に永沼が笑顔で話しかけた。中屋大尉は、

「なにぶん冬ごもりの退屈で兵隊たちは弱ってますが……」

と答え、

「隊長、例の計画はどうなっているのでしょうか」

と尋ねた。永沼はうつむいて、

「うむ」

と言ったきり黙る。中屋大尉がいらいらした様子でそれを見守る。

「そうだ」

永沼が思いだしたように顔をあげ、

「いま、こんな詩ができた」

と文机のうえに置いてあった半紙を中屋大尉にみせた。

戦気猶未熟　養鋭渾河涯
虹気無由吐　鞍頭月有詩

戦機いまだ熟さぬまま　渾河の畔で英気を養う
虹の如し気を虚しく吐く　鞍の上に詩のような月が輝く

という意味らしい。

（うまくはないような）

中屋大尉は中学を出て金沢の高校に入学したが、日清戦争が勃発すると、

「学問などしている場合ではない」

とせっかく入った高校を中退して陸軍士官学校に入った男である。性格は一本気で軍務一辺倒に徹し、漢詩など興味がない。その中屋大尉から見ても上手な詩でないことがわかる。

永沼は手にとった詩箋をながめ、

「どうだ、英雄の胸中に閑日月《かんじつげつ》ありだろう」

と笑った。

（のんきなものだ）

中屋大尉は苛立っていた。挺進隊の作戦案を司令部にあげてどれくらい経つだろうか。未だなんの命令もない。馬が活躍するときは雪に閉ざされた今しかない。次の会戦が始まれば騎兵も馬から降りて銃を持ち、地に伏せて戦わざるを得ない。この時期を逃せば騎兵の活躍の場はない。

中屋大尉のあせりはつよかった。永沼はその表情をよみ、

「中屋大尉、そうやきもきしたって仕方ないじゃないか」

となだめ、

「しかし、そう長いことはないと思うよ」

と言った。

「えっ」

中屋大尉が驚いてあごをあげた。

「たぶんだがね」

と永沼が鼻下のひげを右手でしごくように撫でた。考え事をするときの永沼の癖である。

永沼が言うところでは、連隊長名で出した、

「挺進斥候隊による敵情偵察と後方攪乱」

の作戦案に秋山支隊長（秋山好古）も賛成し、奥司令官（第二軍司令官）に上申してくれたという。そしてその作戦案は修正されることなく総司令部に出されたという話である。

「まず、却下されることはないだろう」

というのが永沼の見通しであった。そして文机の上を整理しながら、

「今日か明日には命令がくると思うよ」

と言った。中屋大尉はおもわず一歩踏み出し、

「では、わたしは、お伴ができますでしょうか」

と質問した。まあそう急き込むな、と永沼が手でおさえ、

「挺進作戦を起案した君と、橋口少佐のところから師団司令部に戻った蒙古事情に詳しい宮内大尉は副官として連れてゆくつもりでいるが」

なにせ、と言ってから噴き出し、

「志願者が多くてな」

と笑った。

宮内英熊大尉は三二歳、鹿児島の士族出身の将校である。日露戦争開戦後、橋口少佐率いる「東亜義軍」に派遣されていたところ異動により第八師団司令部（本部付副官）に配属となった。剛毅な性格であるため中屋大尉と気が合う。今回の挺進作戦も中屋と宮内が永沼に献策したことから始まり、沙河の滞陣が始まった昨年の十一月に総司令部に上申したのである。

その内容を要約すると、

一　敵の唯一の生命線である長い鉄道の沿線上には必ず隙があること。

二　一時的にでも運輸、交通を途絶すれば、戦闘において二倍、三倍の敵を殲滅するよりも数段の効果があること。いわんや好機に騎兵戦力を投ずれば敵に大きな恐怖心を惹起させることもできる。

三　挺進行動には地域住民の民心が大きく影響する。現在、日支の関係は露支の関係よりも良好である。また、休戦中である現在、第二線に配置されている若干の騎兵部隊を割いても戦線に影響がない。騎兵の機動力をもって敵の後背を攪乱攻撃するのは、次の会戦が始まる前の今このときしかない。したがって速やかに挺進騎兵隊を編成し、出発させるべきである。

というものである。永沼がこの作戦案を好古に提出したのが明治三七年十一月四日である。永沼の作戦案には編成の規模も書いてあった。部隊は二個中隊とし、自分を指揮官にしていただきたいと書いてある。作戦案の上申は極秘に行われたが噂はどこからか漏れて周知の事実となり、今や作戦参加を直訴する者が群がり出ている状況になっていた。なかには、

「もし選にもれたときは、父母にあわせる顔がないから腹を切ります」

と書かれた嘆願書だか脅迫文だかわからないような手紙も届いていた。

皆、馬を駆って戦場を疾駆したいと願い、そのために馬と寝食を共にし、過酷な訓練に耐えて人馬ともに鍛えてきた。

しかし、いざ戦線に出てみると与えられる任務は歩兵戦ばかりである。将兵たちの鬱屈はその極に達していた。そこに挺進隊の情報が伝わってきた。どうせ死ぬなら地面ではなく馬の上で死にたいと願うのは当然のことである。

「お前は連れてゆく」

という言葉を永沼から聞いた中屋大尉はすっかり安心し、

「隊長どの、帰ります」

とドアに向かった。そのとき、

「中屋大尉ちょっとまて。伝令がきたかもしれない」

と永沼が言った。窓の外から馬の蹄の音が聞こえたのである。馬の鼻息の荒さからして急いで来たようだ。中屋大尉の顔が紅潮した。やがてコツコツとノックの音、

「よし」

永沼の声、連隊副官の森田大尉が伝令と一緒に入ってきて、

「旅団司令部から伝令が来ました」

と伝え、伝令が永沼に封筒を渡した。永沼は受け取った封筒を机の真ん中に置いた。

森田大尉が伝令を伴って部屋を出た。中屋大尉と永沼の二人になった。永沼は腕組みをしたまま封筒を見て開けようとしない。中屋大尉はたまらず、

「隊長殿」

と声をかけた。永沼は頬をゆるめ、

「どう思うかね」

と言って中屋大尉の顔をみた。

（なにがでしょうか）

という顔を中屋大尉がした。

「どうも悪い予感がする。開けてくやしき玉手箱じゃないかな」

と永沼は具にもつかない冗談を言って笑っている。そして真顔になり、

「回答を要する書類じゃないところをみるとおそらく挺進隊のことだろう。編成はどうだろう。なんだか我々が出した作戦案通りではない感じがするが」

などとぶつぶつ言っている。中屋大尉は苛立ち、封筒をひったくって開けたい衝動を辛くもこらえていた。永沼は腕をくんだまま黙考をしている。そして中屋大尉の方に顔をむけ、

「君はどう思うかね」

と尋ねた。

「開けてご覧になればわかることでしょう」

おもわず中屋大尉が言った。上官に対して失礼な言い方である。

(えらいことを言ってしまった)

中屋大尉は後悔したがもう遅い。気分を害されたかなと心配したが永沼は頓着せず、

「まさにそのとおりだ」

とニコニコ笑って封筒を手にとり無造作に封をきった。永沼が書類を一瞥した。

「どうだ、僕の言ったとおりだろう」

と中屋大尉にさしだした。「自分で読め」というのである。

命令書

一　秋山支隊において挺進騎兵中隊を編成する。
二　各隊より派遣すべき人員は次のとおりである。
中隊長および事務要員ならびに騎兵一小隊（騎兵第八連隊）、騎兵各一小隊（騎兵第五、第一三、第一四連隊）。
三　各小隊の人員は、連隊内において集成し、これを編成すること。
その人員は、下士官以下、約二十騎とする。
四　任務は、遠く敵の右測背を捜索し、可能であれば敵の背部を攪乱（鉄道電信の破壊、糧秣等の倉庫の焼棄）すること。

五　遅くとも一月初旬には出発するが、その日時は目下、奉天方面に派遣してある将校斥候が帰ってきた後に決定する。ただし任務の期間は約一ヶ月以内とする。
六　各連隊より派遣する将校の人名は、明日二六日までに騎兵第八連隊長に通報すること。

作戦案提出から五〇日経ってようやく回答がきた。しかしその内容は永沼を失望させるものであった。当初の案より部隊が縮小されているのである。一個中隊（四個小隊編成）では中佐である永沼は帯同できず、中隊長に中屋が選ばれる保障もない。中屋大尉はこわばった顔で命令書を黙読した。ちなみに騎兵旅団は、騎兵連隊二個で編成され、騎兵連隊は騎兵中隊四個で編成し、連隊長は大佐か中佐がなる。騎兵旅団は歩兵連隊とは違い大隊はない。

階級構成は、中隊長（大尉）一、小隊長（中尉又は少尉）三、特務曹長一、曹長一、軍曹・伍長一三、上等兵一八、一等兵・二等兵九七が一応の基準となっていた。

永沼はその後直ぐに好古の下に走り、部隊編成の変更を申し入れるとともに、将校名を書いた編成案を渡して命令変更を嘆願した。

好古はタバコを吸いながらそれを受け取って一読し、黙ってうなずいた。

種田支隊

明治三七年十二月二八日、夕刻、
「命令伝達あり。至急、種田支隊本部まで来られたし」

との伝令があった。永沼が馬を飛ばして出頭すると種田支隊長（騎兵第五連隊長、種田錠太郎騎兵大佐）から次の命令書を手交された。

一　先の命令による挺進騎兵中隊は、騎兵第八連隊から二個小隊を増加し、三個小隊による二個中隊編成（一個中隊を三個小隊で構成）とし、騎兵第八連隊長騎兵中佐永沼秀文が指揮することとする。

二　挺進部隊の出発準備は一月三日までに終了すること。

三　支隊司令部及び騎兵第一四連隊より通訳各一名を派遣すること。

挺進騎兵隊の幹部は次のとおりとする。

本部

隊長　騎兵中佐　永沼　秀文

本部　騎兵大尉　宮内　英熊

本部　騎兵少尉　沼田　濱之助

本部　三等軍医　軍地　三郎（軍医）

通訳（清語）　長谷川　恵次

通訳（露語）　須川　金三

下士官　二

兵卒　一〇

蹄鉄工長　一
看護卒　一
　　　　　　　　計二〇

浅野中隊
中隊長　騎兵大尉　浅野　力太郎
中隊長付通訳（清語）　箱崎　志津麻
中隊長付下士官一
小隊長　騎兵中尉　佐久間　武志
小隊長　騎兵少尉　小堤　辰次郎
小隊長　騎兵少尉　内田　登
各小隊下士官以下二四
　　　　　　　　計七八

中屋中隊
中隊長　騎兵大尉　中屋　重業
中隊長付通訳（清語）　眞崎　菅太郎
中隊長付下士官一
小隊長　騎兵中尉　及川　虎彦
小隊長　騎兵少尉　田村　馬造

小隊長　騎兵少尉　粟田　博愛

各小隊下士官以下二四　　　　計七八

兵数は一七六人（一七六騎）である。幹部名は永沼の案の通りに書かれていた。永沼は、

「ありがとうございます」

と頭を下げた。念願の挺進作戦である、思わず口元から笑みがこぼれた。それに対し種田は、

「僕に礼を言うのは検討ちがいだろう」

と言った。その声が暗い。永沼はハッと我に返った。

「だが、まあ、おめでとう」

と種田は務めて明るい声をだして握手を求めた。永沼は種田の手を握りつつ、

「種田支隊長からお口添えいただいたものと思います。二五日の命令では一個中隊でした。あの編成では私が行くわけにはいきませんので」

と言うと、種田は握手した手を放し、

「おもいっきり活動したまえ。あとは引き受ける」

と言って微笑んだ。種田の言葉が永沼の胸を衝く。最初の命令書は一個中隊の編成であった。二個中隊以上でないと佐官クラスが隊長となることはできない。そのため永沼は、二個中隊にして自分を隊長とするよう意見具申した。それが入れられて永沼挺進隊が発足したのだが、その二個中隊は種田支隊から抜かれるのである。

種田支隊は沙河戦線の最左翼（黒溝台）を守っている。兵数は一個大隊（約一〇〇〇人）しかなく、各陣地には防御工事も施されておらず原野に薄く兵が張り付いているという状態である。しかも種田支隊前面のミシチェンコ騎兵集団がここ数日不穏な動きをしているという報告が入っていた。

それらの情報を好古が集約し、

「冬季であるが敵の急襲があるかもしれん。準備をせんと危ない」

と総司令部に急報して兵力の増強を求めていたが、総司令部の反応は鈍かった。そうした状況下において兵力を割かれるのである。種田が喜ぶはずがなかった。

しかし、騎兵による挺進作戦の発動は好古の念願である。種田がそれを止めるわけにはいかない。永沼が言う「お口添え」とは、種田支隊からの兵力の供出と連隊長である永沼中佐が挺進隊隊長になることを了承したことを指す。もし支隊長である種田が頑なに拒否をしていれば、永沼挺進隊の誕生はなかったであろう。

（怒りもするだろう）

種田支隊の現状を考えると永沼の気持ちは沈んだ。永沼は敬礼をして部屋を出た。外に出ると夕日が天と地を真っ赤に染め太陽が地平線に沈もうとしていた。永沼が馬に跨り歩をすすめた。

道にでた。ふいに馬を止めた。振り返って種田支隊長が居る民家をみた。土塀と家屋が赤く染まって燃えているかのようである。永沼が馬から降り、脱帽し、民家にむかって深々と頭をさげた。

そして再び騎乗し、鞭を入れて猛然と走り始めた。この一ヶ月後、種田支隊はミシチェンコ騎兵集団の大襲撃に遭い種田支隊長は戦死を遂げる。このときが種田支隊長との永別となった。

訓示

明治三七年十二月二九日、各隊からの挺進隊の人選が始まり、それに伴って作戦の準備が忙しくなった。そこにたえず好古から、

遠く派遣すべき捜索隊および斥候等には、防寒用として絨靴および毛皮を各人に着用せしむるを要す。絨靴未支給の部隊は騎兵第八連隊より協議のうえ一時借用し、帰隊の上は新品をもって借り受けた隊へ返戻すること。挺進隊の弾薬は来る一月三日溝子沼にて受領すべし。ただし火具は軍砲兵部の都合により全部は受領せられざるやもしれず。

などと注意がくる。その文書をみながら、

「まるで孫の薄着を戒める老婆のような心配ぶりだ」

と中屋は苦笑した。

明治三七年十二月三十日午前十一時、黒溝台の民家に一一人の青年将校が集まった。最年長は浅野大尉の三三歳である。

午前十一時二十分、好古と永沼が部屋に入ってきた。

最初に永沼が挺進作戦に対する決意と注意事項を述べた。そのあと好古が前に立ち、本挺進作戦の意義を語った後、次のようなことを言っている。

もし諸君らが本来の目的を達することができず、すなわち鉄道あるいは鉄橋の破壊が十分に行うことができなかったとしても、この挺進作戦は敵の後方で行動することそのものに効果がある。挺進隊が敵の後方にでるだけで、敵軍の唯一の大動脈である鉄道に対する不安が増幅し、守備と警戒のために第一線の兵力を減殺させる効果がある。

これは後日、まさに好古がいうとおりの結果となった。予言のような訓示である。そして更に、

したがって、たとえ鉄橋、鉄道の破壊が意の如く行われなかった場合であっても、けっして諸氏は落胆し、あるいは自暴自棄になってはならない。諸氏の敵軍後方進出は、ただそれだけで多大な効果をあげているからである。

と言った。作戦に失敗しても帰ってこい、死に急ぐなよと言っているのである。この言葉を聞いて感動しない者はいないであろう。将校たちは目頭を熱くして顔を伏せた。そして好古は、

予も、もし機を得れば全旅団を率いて挺進行動をとりたいものである。この点において挺進隊として遠く朔北《さくほく》寒天にむかう諸氏をうらやむ次第である。

と素直な気持ちを吐露した。そうであろう。日本軍の騎兵隊をゼロからつくったのは好古である。自分が騎兵を率いて作戦を行いたいと願うのは当然である。しかしそれはけっして実現されない戦況にある。

（おれが騎兵を率いて馬で駆けることはない）

という沼のような哀しみが好古の心の奥底にあった。最後に好古は、

予は、この作戦に従事する下士官以下の烈士に対しても送別の辞を述べたいと思っているが、軍務多忙のためその機会がないかもしれぬ。そのときは諸氏が代わって伝えられんことを望む。

と結んだ。好古の訓示は杭の温もりのように暖かいものであった。

遭遇

永沼挺進隊の最大の目標は鉄橋爆破にある。まずはその目的地を目指す。しかし満足な地図がない。奉天から北方はほぼ白地図となっており、線路の実線、山岳名、河川名、都市名と部落名がとびとびに入っているだけであった。挺進作戦の敵はロシア軍、馬賊そして寒さである。磁石を頼りに進路を定め、ロシア軍を避け、敵性馬賊に警戒しながらの行軍である。地図がない以上詳細な行動計画など立てられない。行き当たりばったりで行くしかないという状況であった。

それだけに作戦の正否は指揮官の能力にかかる。各隊から集めた将卒を統率し、臨機応変に対応で

きる能力をもった騎兵指揮官は、

（永沼しかいない）

と好古は考えていた。その永沼が策定した挺進作戦の内容はおおざっぱなもので、
敵は奉天に兵力を集中しているため、出発後、奉天を大迂回し、哈拉套街《ハラタウガイ》に一〇日間で到達する。哈拉套街において準備でき次第出発し、以後、砂漠地帯を北進して長春の西方に一〇日間で進出し、いずれかの鉄橋を爆破破壊する。

というものであった。

「おおまかすぎませんか」

と中屋大尉が意見したが、

「この程度でいいだろう。あとは現地で考えよう」

永沼は一笑に付した。ちなみにこの作戦計画書を見た好古も、

「これでえい」

と笑いながらうなずいたという。

挺進隊が哈拉套街に至るためには、ロシア軍の最右翼戦線を通過して警戒網を突破したのち、田家屯付近で渾河を渡り、遼河を超えてから八角台を経由し、そこから小黒山を中間の目標地として一直線に進む。輜重も工兵も砲兵も持たず騎兵のみの行軍である。全行程に果てしない雪原が待ち、零下

二〇度ときには四〇度に達する極寒の風が吹き荒ぶ。不安は尽きないが、

「まあ、なんとかなるだろう。とにもかくにも行ってみることだ」

と永沼は楽観していた。それよりもどこの鉄橋を爆破するかである。永沼が地図を凝視する。

窑門河《ヨウメン》　二八八メートル
卜海河《ブハイ》　六四メートル
伊通河《イイトン》　一九二メートル
新開河《シンカイ》　六四メートル
東遼河《トンリャオ》　二八八メートル

この五カ所が爆破対象である。できれば一番長い窑門河の鉄橋をやりたい。しかし果たしてうまくいくだろうか。いったいどうやって接近するのか。接近できたとしてどうやって爆薬を仕掛けるのか。爆破した後の退避はどうするのか。負傷者の搬送はどうするのか。敵が迫るなか死者の埋葬はできるのか。ひげをしごきながら思いを巡らせる。そして永沼は、

「まあ、なんとかなるだろう。まずは行ってみることだ」

とつぶやきながら地図を丸めた。

永沼挺進隊の集合は、明治三八年一月三日から四日にかけて行われた。そして一月九日の朝、黒溝台の南にある小部落（蘇麻堡）に一七六人の若い騎兵たちが集まった。この作戦で戦死しても遺骨も遺品も戻らない。遺髪と爪を状袋に入れ、遺書と共に留守部隊に託した。

午前十時、永沼が手をあげた。いよいよ出発である。大地が白く凍っている。蹄の音が冷たく鳴る。

極秘任務のため見送りはない。村を出て雪原に踏み出した。遠くに低い山々が連なっている。遠い山々の上にある雲もまた低い。山低く雲もまた低いため空が広く蒼い。地表の雪の層は思いのほか薄く至る所に茶色の草の茎が顔を出して春の到来を待っている。

氷のような風が渺々《びょうびょう》と吹く。巻き上げられた雪の粉が頬を打つ。挺進隊が二列縦隊となって雪原を静かに進む。兵数一七六人、馬一七六頭、隊長である永沼ですら副馬（替えの馬）もない。工兵も砲兵も輜重も帯同せず、人と馬だけの騎兵部隊である。馬装は弾薬、火薬、銀貨、予備蹄鉄等である。通常の馬装より重くなるため私物は最小限度にして馬の負担を減らした。予定している行軍距離は二〇〇〇キロを超えるであろう。

騎兵たちの出発である。

ミシチェンコ

この時期、おそるべき事態がおこっていた。ミシチェンコ騎兵集団が南下をはじめたのである。その数、約一万。砲兵を率いた大騎兵集団である。

パーヴェル・ミシチェンコ、一八五三年生まれ。このとき五一歳。ロシアの陸軍砲兵旅団から栄進を重ね、一九〇三年からコサック騎兵の旅団長となって日露戦争に従軍した。哲学者を思わせる重厚な風貌をもったこの紳士は、国内においてロシア軍最良の騎兵指揮官といわれている。

明治三八年一月三日、クロパトキンはミシチェンコを奉天の司令部に呼び、

「威力偵察をおこない日本軍の敵情を調査するとともに、後方の日本軍の兵站基地（営口）を襲撃し、

集積されている武器、弾薬、食料を焼き払え」

と命じた。ミシチェンコ騎兵集団は、騎兵七二個中隊、竜騎兵四個中隊、砲二二門、約一万という大兵力である。クロパトキンの命令を受けたミシチェンコは、騎兵集団を率いて沙河の西方に布陣する秋山支隊を大きく迂回して営口を目指した。その出発の日が、明治三八年一月九日である。

奇しくも挺進隊が出発した日と同日であった。

挺進隊が螞蜡廟《ませきびょう》に到着した。橋口少佐がここを馬隊（内モンゴル系の馬賊、通称は支那馬賊）の活動拠点としていた。陸軍少佐橋口勇馬は、満州軍総司令部付として日露戦争に出征し、現地の馬賊を懐柔して日本軍に属させ、情報収集や後方攪乱などの活動を行っていた。

翌十日早朝、挺進隊は橋口少佐の指揮下にあった連絡用の馬賊約十騎を帯同して出発し、午後二時、約七〇キロ北西にある田家坨の部落に着いた。馬賊たちは平気であったが、日本騎兵は長距離の行軍に慣れていないため馬も人も疲れの色をみせた。田家坨では駐屯中の日本兵が手厚く歓迎してくれた。

そして挺進隊が田家屯に入って宿営準備を始めたとき、

「渾河の右岸を営口方向に南下する約二〇〇〇の敵騎兵集団を発見」

との伝令が駆け込んできた。すでに日没である。

永沼は沼田少尉ほか一名を将校斥候に指名して出発させた。その沼田少尉が戻ったのが深夜の三時である。体中から湯気をたちあげている沼田少尉の報告を永沼と浅野大尉、中屋大尉、宮内大尉が受けた。報告内容は、

一、敵、約一万騎。三縦隊となって南下中。主力はすでに渾河をわたり日本の騎兵第一連隊と交戦した。
二、他の一部は、ここより西北約六キロの部落に宿営中である。
三、日本の騎兵第一連隊は劉二堡《りゅうじほ》に、歩兵守備隊は駱駝背《らくだはい》に退却して敵を監視中である。

というものであった。

「かちあいますね」

と宮内大尉がいう。

「どうしますか」

浅野大尉が永沼の顔をみた。

「うむ」

ひげをなでながら永沼は地図をのぞき込んだ。明日予定どおり九時に出発すれば、方向と距離からしてロシア騎兵集団との接触は避けられそうもない。

「不思議じゃのう」

ここでかちあうということは日本騎兵とロシア騎兵が同時に出発したことになる。そのことを永沼はさかんに感心していた。

大尉たちの意見はわかれた。宮内大尉は、

「まだ朝まで二時間ある。いまなら暗闇を利用して来た道を引き返せる」

といった。出直そうじゃないか、というのが宮内大尉の意見であった。

それに対し中屋大尉と浅野大尉が、

「敵を前にして逃げるというのか」

と反対すると、宮内大尉が、

「ここで全滅しては意味がないではないか」

と言い、さらに、

「逃げるのではない。敵の裏をかき、自在にうごくのが騎兵挺進だ」

と反駁した。会議は喧々諤々となって一向にまとまらない。議論は次第に熱を帯びて最後には喧嘩腰となり、慎重論を主張する宮内大尉に浅野大尉が、

「だまれ、詭弁を弄するな」

と怒号を発する事態となった。中屋大尉と浅野大尉にとって今回の挺進行動はようやく実現した夢の作戦である。一歩たりとも引き返したくない。もし根拠地に戻って会戦が始まれば再出発ができないかもしれない。このまま作戦を遂行したいという熱量が二人に「前進すべし」という結論をださせていた。その点、師団司令部から派遣されて参加している宮内大尉は冷静であった。ここで全滅するくらいなら安全策をとった方が日本軍の利益となるという計算に基づき、

「後退すべし」

という結論を選択した。議論は紛糾を続けて朝が近くなった。答えを出さねばならない。

「隊長、どうしますか」

と三人が永沼の顔をみた。永沼は眼をとじたまま考えこんでいる。そして、

「よし、決めた」

と言った。一同が永沼の顔を凝視する。永沼は目をひらき、

「もう一度、寝よう」

といって笑った。よいしょっと永沼は立ちあがりながら、

一、敵情の詳細は将校のみに伝えよ。
二、周囲に敵がいるため、警戒監視を厳重にせよ。
三、出発は、予定どおり朝九時とする。
四、及川中尉と佐久間中尉は、払暁、敵情を捜索し、出発までにもどれ。
五、明日は、外套を脱ぎ、小銃に弾丸を込め、戦闘準備の行軍とする。

と命令を出し、床について寝てしまった。

永沼のごうごうたるいびきを聞きながら大尉たちも無言で横になった。

渡河

明治三八年一月十一日、早朝、粟粥をすすり込み出発の隊列をととのえた。

そこに及川中尉と佐久間中尉がもどり、

「遼河までの間に敵なし」

と永沼に報告した。

（いまだ）

午前九時、永沼は決意し、田家坨から出発した。気温は零下二〇度と比較的暖かい。白い荒野を挺進隊がすすむ。全員が斥候となって周囲を警戒する。ロシア騎兵の姿はみえない。まず渾河をわたり遼河をめざす。遼河のむこうは遼西地方でロシア軍の勢力が及ばない原野である。遼河をわたれば安全地帯に逃げこめる。

前方に渾河がみえてきた。河は完全に凍り氷上は砂と雪が堆積して凸凹している。結氷の厚さは三メートル以上あるだろう。馬には氷上蹄鉄をはかせてある。河のうえはひときわ風がつよい。砂塵が風雪とともに飛び、顔にあたって痛い。みな顔をふせて馬を急がせる。

渾河を渡りふたたび大地を進むと地面に大きな変化があらわれた。騎兵集団の踏み後である。見ると幅一〇〇メートル以上にわたって蹄跡が残り馬糞がいたるところにある。一見して数千の騎兵部隊が通過したことがわかる。馬糞はまだやわらかい。

「一時間以内ですね」

宮内大尉が言った。騎兵集団の主力が通過したばかりである。となると、このあとから支援兵力の歩兵や砲兵、兵站部隊が後続するはずである。宮内大尉が、

「われわれは敵部隊の中央にいることになりますね」

と言いながら永沼の顔をみた。永沼は、

「まだ小銃の銃口蓋《がい》を外していない兵がいる。戦闘準備を各小隊長は再確認せよ」と馬上から命令し直ちに出発した。敵がどこにいるかわからない。発見されればたちまち包囲されるだろう。そのときは銃を乱射して強行突破するしかない。

(みつかるなよ)

永沼は祈りながら一路、遼河をめざした。

午前十一時、前方にドロ柳の林がみえた。ドロ柳は大河の側に生える。近づくと遼河が見えてきた。固く凍った川幅は約七〇〇メートルほどだろう。この河をわたれば逃げきれる。

(もうすこしだ)

挺進隊は林の中に入り一息ついた。敵が先回りするとすればこの渡河点である。

「わたしがみてきます」

宮内大尉が単騎で氷上に出た。宮内大尉の馬は群れから離れることを嫌がり何度も振り返った。宮内大尉が対岸に渡った。双眼鏡を使って周囲を入念に見る。

(敵兵なし)

河の半ばまで戻り、右手を高くあげて合図した。永沼が出発を命じた。一七五騎がゆっくり進む。氷上は滑る上に凹凸があるため駆けることはできない。約七〇〇メートルの渡河が長く感じる。

やがて全騎、渡河した。ロシア騎兵の姿はない。遼河をこえると白い大平原がひろがっていた。

日没近くになった。七家子という小さな部落についた。予定では八角台という大きな村に宿営するはずであったが、敵に発見されないよう街道を避けて小道に入り、山間にある寒村を探してここまできたのである。

「どうやら逃げ切ったらしい」

永沼が安堵のため息をついた。

このとき、好古のもとにもミシチェンコ騎兵集団南下の情報がはいっていた。指揮所では、

「永沼隊は全滅したのではないか」

という声があちこちから出た。好古は煙草を好んだ。巻きタバコを根本まで吸う。たびたびヒゲがもえた。そのため、

「これがよか」

と毛筆の竹を外し、竹先に巻きタバコをさして吸っていた。その竹も掃除をしないため吸うたびにジュルジュルと音がする。敵の南下情報が入ったときも音がする竹で煙草を吸っていたが、挺進隊の安否を心配する声が聞こえると竹パイプを口から放し、

「心配するにおよばん。永沼はうまくやるよ」

と言った。好古が言うとおり、永沼はうまくやった。

敵中の遼河を超えた挺進隊は三日間で約一一〇キロ進んだ。最初の目的地である哈拉套街まであと三〇〇キロである。全行程は二〇〇〇キロを予定している。

雪原の旅は、はじまったばかりである。

心の沼

一月十一日、挺進隊は七家子に宿営した。翌日十二日、午前七時出発、気温は零下一七・八度と暖かく鼻が凍らない。毛皮の外套を着て馬にゆられていると眠くなってしまう。陽が高くなった。部隊が休憩にはいった。通常、挺進中の食事は行軍距離を伸ばすために支那饅頭と焼いた骨付きの鶏肉を馬上でかじる程度で済ます。しかしこのとき永沼は日当たりのいい丘陵で休憩を命じ、休憩中に報告書類を書いて封筒に収めると、伝令の馬賊に渡して出発させた。

報告文を馬賊に託すと永沼が、

「出発準備」

の号令をかけて行軍を開始した。

午後三時半、集落が見えてきた。午後五時、七臺子に到着、挺進隊は鞍を降ろして宿営した。

永沼の報告文は、馬賊が快速を飛ばしてその日の午後八時に好古に届いた。

報告文の内容は次のとおりである。

一、敵騎兵集団約一万騎は三縦隊で遼河と渾河の中間地区を南下し、十日夜には朝陽堡付近に宿営するものと思われる。

二、我が騎兵第一連隊は劉二堡に、少北河守備の歩兵小隊は駱駝背に後退して敵を監視中である。

三、挺進隊は十日、田家屯に宿営、本朝、渾河を超えて西進し、途中敵に遭遇することなく、午前十一時、遼河を渡り西進中である。

四、これより当分の間は連絡不可能につき承知願いたい。

全員士気旺盛、任務の完遂を期する。
一月十一日正午、永沼中佐
秋山支隊長殿

（無事、すりぬけたな）

好古は報告文を読みおわると窓の外をみた。すでに陽が落ちている。ガラス越しに雪原をゆく騎兵たちの姿がうかんだ。

（わしも行きたかった）

子供のような願望が突きあがってくる。騎兵旅団を率いて満州の大地を進む自分を夢想した。

（成せぬことは言うな）

実現しないことを言ったり考えたりするのは武人がするべきことではない。

「いまやれることをやる。それだけでよいのじゃ」

ことあるごとに部下にそう訓示してきた。そう言ってきた好古がうじうじと、

（わしも行きたかった）

とすねているのである。秋山騎兵旅団が秋山支隊となって歩兵部隊に組み込まれた以上、旅団単位で騎兵作戦をやれる可能性はない。戦況はこのまま次の会戦になだれこむだろう。

日本の騎兵隊は苦労を重ねて自分が造ってきたものである。それなのに騎兵隊による機動作戦を行わないままこの戦争は終わる。

（さみしいもんじゃの）

好古の心情は複雑であった。周囲の将兵たちは挺進隊の無事の報告を受けたにもかかわらず、浮かぬ顔をする支隊長の態度にとまどった。


一月十三日午前九時、七臺子を出発、この日の気温も零下一〇度と暖かい。中間目標地である小黒山を越えて午後五時四十分、荒山子に到着、一二里（約四八キロ）の行軍であった。

一月十四日、荒山子に滞在して休養にあてた。

一月十五日午前九時、荒山子を出発、行軍をはじめてまもなく万里の長城が見えた。

「おお、これが長城か」

「すごい」

隊員たちから声がもれる。ここから先は内蒙古である。大地が赤土から草の根で覆われた原野に変わった。今は冬であるため霜が立つ白っぽい地面であるが、春には一面が青い草原になる。馬の蹄にあたる地面の感触も優しくなった。走りやすいのか馬も軽快に駆ける。

一月十五日午後五時二〇分、桃子林子に到着、宿営。

一月十六日午前九時、桃子林子を出発、午後三時三〇分、哈拉套街に到着した。最初の目的地まで無事についた。

（まずは順調だ）

永沼も一息ついた。哈拉套街は街道の要衝で大きな街である。街に入ると様々な店が軒を連ねて人が賑わい、馬に牽かれた荷駄や行商の駱駝の列が行き交うなど大変な喧噪であった。

挺進隊はここに三日間滞在して人馬を休養させ、食料物資を買い揃えた。

挺進隊が哈拉套街を出発したのが一月十九日の午前九時である。なお哈拉套街で荷車（手引きの荷車五台）と曳馬及び数人の馬夫を雇い、小麦粉、砂糖、高粱等の食料を積載して同行することとした。車両の護衛には田村小隊があたった。

馬賊たち

一月十九日夕刻、この日約三〇キロを行軍し、大蘭営子《ターランインズ》に着いた。

ここで大蘭営子を拠点として馬隊の操縦をしている松元、松岡、若林、村岡氏と合流し、支那馬賊と蒙古馬賊が挺進隊の指揮下に入った。約三〇〇の支那馬賊と約二〇〇の蒙古馬賊である。

永沼の挺進作戦成功の立役者は、この馬賊たちだったとも言われている。

馬賊はふたつに分類される。支那馬賊と蒙古馬賊である。どちらも満州で活動する集団で、両者を合わせて「満州馬賊」という。

清朝が衰退して治安が悪化したため土地の有力者が自衛組織をつくった。そのとき内モンゴル（今の内モンゴル自治区）の遊牧民が雇われて警護を専門とする馬賊グループができた。これが支那馬賊である。その後、馬賊たちは有能な頭目（張作霖など）のもとに独立集団をつくるようになった。

支那馬賊は土地の情報に詳しく戦闘能力が高いため味方に付ければ大きな戦力になる。そこで特命を受けた日本の陸軍将校が潜入し、支那馬賊の頭目を日本軍に引きいれて馬隊を組織した。

これに対し、ロシアは外蒙古（今のモンゴル）を支配下に置いていたため、盛んにモンゴルの遊牧民で構成された馬賊を軍事利用していた。このモンゴル系の馬賊が蒙古馬賊である。しかし蒙古馬賊は自由奔放であるため必ずしもロシア側に付くとは限らず、うまい話であればどこの軍でもよいというスタンスで自在な活動をしていた。

この両者の違いをおおざっぱに言えば、支那馬賊（内モンゴル系）は土地に定着しつつ遊牧生活を行っているのに対し、蒙古馬賊（外モンゴル系）は家屋を持たず遊牧生活を行う点に違いがある。

性格も異なり、支那馬賊は金にうるさく危ない橋を渡りたがらない反面、与えられた任務は比較的ちゃんとこなし、蒙古馬賊は純朴で闘争心が強い一方、感情的で気まぐれなところがある。

挺進隊は偶然によって馬隊（支那馬賊と蒙古馬賊）の協力を得ることになった。この新たな兵力となる馬隊帯同の経緯について簡単に記しておく。

時間を少しさかのぼる。

明治三七年一月、風雲急を告げる日露戦争開戦の直前、満州軍総司令部付きとして北京に駐在していた青木大佐が、

「特別任務班」

を急遽、編制した。日本政府からの正式な要請によるものではなく、青木大佐の発案によって作られたプロジェクトチームである。人選は青木大佐が直接当たった。現地語学が堪能などの特技を持つ民間の若者を個別に自室（武官室）に呼び、

「おい〇〇君、国家のために君の命をくれんか」

と言い、

「喜んで差し上げます」

と答えた者に対しては、

「そうか。それなら僕が通知するまでどこにも行かずに待っていてくれ」

と指示し、

「ただし、親子兄弟であっても天地神明に誓って秘密を厳守してくれたまえ」

と厳命した。そして

一　東支鉄道及びシベリア鉄道の破壊による敵国の輸送力に対する脅威
二　満州、蒙古の原野において馬賊を操縦し、敵後方の攪乱と情報収集

を目的として軍人と民間人混成の特別任務班を編成した。

初期メンバーは以下のとおりである。

本部　六名
青木宣純（当時、陸軍大佐・後年、陸軍中将）
佐藤安之助（当時、陸軍少尉・後年、陸軍少将）
日高松四郎

松本菊熊
米良貞雄
長谷部巌（後日、憲兵少佐）
第一班　一二名
伊藤柳太郎（当時、陸軍太尉）
横川省三
松崎保一（当時、陸軍少尉）
沖　禎介
吉原四郎
前田豊三郎
若林龍雄
脇　光三
森田兼蔵
大島興吉
中山直熊
田村一三
第二班　七名
津久居平吉（当時、陸軍大尉・後年、陸軍少佐）

田實　優
松岡虎熊
楢崎一良
大重仁之助
米津佐太郎
山根卓三郎（途中離班）
第三班　九名
井戸川辰三（当時、陸軍大尉・後年、陸軍中将）
奈良崎八郎
松岡勝彦
吉賀準二郎（後年、正金銀行支店長）
大津吉之助
村岡政二
河崎　武
原田鐵造
甚久米六
第四班　一二名
橋口勇馬（当時、陸軍少佐・後日、陸軍少将）

井上一雄（当時、陸軍太尉）
早間正志（当時、憲兵少尉）
飯田正蔵
石丸忠實（後年、陸軍少佐）
高橋冨雄（後年、陸軍少将）
福﨑四郎
中島比多吉（後年、満州國國務院秘書官）
古庄友祐
鎌田彌助
小池萬平
井深彦三郎（後年、代議士）
特別参加
　堀部直人（当時、陸軍少尉・招集前に自決）
※松岡勝彦著「満蒙血の先駆者」、大島興吉著「決死爆破行」参照

以上の四七人である。当初の呼称は「日露戦役特別任務班」であったが、発足時の人数が四七人であったことから赤穂浪士を模して「四十七士」とも呼ばれた。

特別任務班は各班に分かれて橋梁爆破等の任務にあたる。作戦遂行にあたっては支那馬賊を帯同し、

日本人（兵）も馬賊に扮して敵地に入る。破壊工作を目的としたスパイ集団である。

明治三七年三月初め、第二班である井戸川辰三大尉率いる九名と帯同する支那馬賊（井戸川班）が北京北門の徳称門外から遼西にむけて出発した。

某日、井戸川班が臥龍崗《ウヲロンカン》という小部落に到着したところ、突然、蒙古の馬賊数名が訪ねてきた。

現地語に精通している松岡氏が、

「何の用でここにきたのだ」

と尋ねると、

「お前たちは支那の馬賊ではあるまい。何者だ」

と聞いてきた。井戸川大尉と松岡氏が顔を見合わせてにやりと笑い、

「我々は日本人だ。いま日本とロシアが戦争をしている。どうだ我々と大仕事をしてみないか」

と言い、続けて、

「断るなら、我々のことを知った以上、このまま帰すわけにいかんぞ」

とドスの効いた声で言った。馬賊たちは呆気にとられていたが、しばらくすると、

「面白い。では仲間に入ることにする」

と了承し、井戸川班と協働することを約束した。ここで松岡氏が、

「ところで、お前の名はなんと言うのか」

と頭目らしき人物に尋ねると、

「パプチャック」

と答えた。
「お前がパプチャックか」
一同が驚きの声をあげた。張作霖とならぶ高名な馬賊の頭目である。パプチャックはバボジャップとも呼ばれる。日露戦争のあと、モンゴル独立運動に参画し、張作霖（支那系馬賊の頭目）との戦闘によって戦死する人物である。
この当時パプチャックは部下を率いてロシア軍の軍事作戦に加担していたが、もともとロシア人は辺境民族である遊牧民への嫌悪感が強く、なにかにつけて馬鹿にした態度をとるうえに金払いも悪かった。これまでパプチャックは「金のため部下のため」と我慢してきたが、ついに堪忍袋の緒が切れて離脱したという。そして良い仕事はないかと探していたところ井戸川班に出会ったのである。
こうした経緯により井戸川班は、
約三〇〇の支那馬賊（井戸川大尉指揮下の馬隊）
約二〇〇の蒙古馬賊（パプチャック馬賊）
を帯同し、公主嶺と梨樹屯の間にある鉄橋にむかった。破壊計画は東遼河に架けられた鉄橋の爆破とその前後の鉄道を破壊することであった。井戸川大尉が総指揮にあたり、
大鉄橋の爆破
松岡勝彦
右方の鉄道破壊
大津吉之助

左方の鉄道破壊
　村岡政二
他の幹部五名は馬隊の操縦、遊撃、伝令
と任務が決まった。松岡、大津、村岡は少数の馬賊を連れて目的物に接近し、爆薬を装薬すると、最初に松岡が点火し、中央の爆発音が聞こえた時点で大津と村岡が点火する予定であった。

しかし、ロシアの警戒は予想以上に厳重であり、結局、松岡班は警戒中の歩哨に発見されて目標に接近できず、村岡班も装薬するに至らず、大津班だけが爆破に成功した。爆破後、脱出は成功して死傷者もなく作戦は終了した。

その後、井戸川大尉は、

「海拉爾《ハイラル》で第一班が鉄道破壊に成功したが、斉斉哈爾《チチハル》で横川と沖の二人が捕縛されたらしい。こうした情勢からロシア軍は日本軍の潜行工作に神経過敏となっている。そこで今後は、現在活動中の永沼挺進隊と合流して行動をともにすることとしたい」

と提案した。実は挺進隊が出発する前に宮内大尉が橋口少佐を訪れ、挺進隊に馬隊を帯同してもらうよう協力要請をしていた。宮内大尉は橋口少佐の元部下で極めて親しい。橋口少佐は直ちに了承して井戸川大尉と連絡をとり、

「特別任務班の爆破作業が終わったら永沼挺進隊と共に鉄橋爆破に当たれ」

と命令を発していた。こうした経緯により井戸川班と挺進隊が協働することになったのである。

パプチャック配下の馬賊は馬隊本隊と挺進隊帯同馬隊に分かれた。

挺進隊に帯同する馬隊を操縦する班員は、

松元

松岡

若林

村岡

の四名となった。井戸川大尉以下その他の五名は、パプチャック馬隊本隊に帯同して他の任務にあたる。この松元氏らはボランティアで挺進作戦に参加した民間人である。

彼らは髪を辮髪《べんぱつ》にして胡服を纏い、支那人や馬賊に扮してそれぞれの任務に就いた。その任務は秘匿であるため戦後も語られることはなく、任務の詳細はもちろんのこと彼らの存在そのものも歴史のなかに消えようとしている。そのことに対する惜心から挺進隊に帯同した四人に関する記録を中屋大尉の手記から引用しておく。

松元菊能氏（現地名、松大人）

三十歳、鹿児島県出身、善隣学院（内蒙古に設立された専門学校）

挺進隊第一根拠地に駐在し、連絡調整等のほかに蒙古馬隊全般の管理運営を担当

性格は温順にして豪胆、馬隊操縦の参謀として活躍

松岡勝彦氏（現地名、王大人）

二九際、熊本県出身、中央大学

性格温厚にして機知あり。終始、挺進隊に帯同し、馬隊操縦の要として多大な功をあげた。
若林龍雄氏（現地名、高大人）
二七歳、熊本県出身、済々高校
松岡氏と同様に挺進隊に帯同し、勇猛機敏な活動を行い、挺進活動成功の立役者となった。
村岡政次氏（現地名、李大人）
三十歳、鹿児島県出身、成城高校
馬隊操縦に長け、松岡氏、若林氏を補佐し、挺進活動中の馬隊操縦において抜群の功績を残した。

軍事的な教養を受けていない四人であったが、挺進隊の任務をよく理解し、馬隊を指揮して手足の如く動かす様は見事の一言であった。

ちなみに本書でよく出てくる「満州」とは、清を築いた女真族が「女真族」という呼称を排して「満州族」と改称したことが始まりである。その満州族（女真族）が清国樹立前に根拠地としていたのが中国東北部であったことから日本ではその地域を「満州」と呼び、モンゴル（蒙古）と合わせて「満蒙」と呼称していた。

前述のとおり日本は日露戦争が始まると特務機関員（軍人、民間人）を潜入させて現地馬賊を活用したが、こうした活動の情報が日本に流れ、「満州」あるいは「満蒙」という言葉が島国（日本）に住む若者たちの心を激しく揺さぶり、「大陸雄飛」の夢を大きく広げていった。

「ぼくも行くから君も行け。狭い日本にゃ住み飽いた……」

という大正時代に流行った「馬賊の唄」も、こうした時代背景から生まれたものである。この馬賊（馬隊）の実態については、及川中尉が手記（※「永沼挺進隊の回顧」及川虎彦）に詳記している。以下抜粋する。（　）は筆者注。

馬隊は、比較的敵と遠隔にいる間はなかなか元気もよく数も多かったが、危険地帯に入り形勢不穏になってくると段々とその数が減じ、昼になっても夜になっても集まってこないのである。実に始めは二百以上もいたのが、百となり五十となり、ついにあの鉄橋破壊間際に袁家屯に着いた時には、その数四十にも足らなかったということである。

彼らの武装は銃のみで白兵用の武器は何もない。彼らの戦闘形式は純然たる各個戦闘で、敵を見るや馬上射撃に始まり、あるいは引馬をしつつ射撃をする、あるいは左腕に手綱をひっかけたまま膝射《しっしゃ》する。敵が逃げれば追いかける。敵が追ってくれば逃げ出す。その乗馬下馬の軽快迅速なことは見事であり、到底我々騎兵の及ばぬところである。これは彼らの馬が矮小（小さいという意味）なこと、装備が簡単なこと等を原因とするが、銃を右手に差し上げつつ敵に向かって疾駆する姿は実に痛快なものがある。いざ戦闘が始まって敵との距離が二、三百メートルになるやピタリと馬を止めて射撃をする。それが段々と群がり集まり、彼の地此の地で射撃の集団ができる。それで敵が逃げればよし、反対に逆襲して来ると逃げる。逃げる時はバラバラに勝手放題に逃げるから追いかける方も始末に悪く手に負えない。要するに彼らは各個の勇気が戦闘の結果を左右するという方式で戦うのである。桶狭間の戦いや川中島の合戦もこのようであったろう。

彼ら馬隊は大いに挺進隊の役に立ち、捜索、警戒の勤務、地方土民、官兵、団錬との良好な関係、そして敵に関する情報も適時適切に知ることができ、挺進隊の馬力を愛惜（馬の消耗を防ぐことができたの意）できたのは事実である。そのおかげで、退却時、敵の警戒網から脱することができ、無事に根拠地まで引き上げることができたのである。

後日隊長（永沼隊長のこと）が上官に報告した際、

「今回の作戦の成果の一半は彼ら馬隊の力なり」

と言ったのも必ずしも謙遜ばかりではないであろう。そしてこの馬隊の操縦に当たり、松《スン》、王《ワン》、高《カオ》、李《リ》大人らの剛毅不屈、勇敢、俊敏な活動に対しては大いに敬意を表さなければならない。

支那と蒙古のふたつの馬隊は挺進隊と付かず離れずの距離をとって行動を共にする。その際、馬賊たちは必ず一人一頭以上の牽き馬を連れており、しかも敵（ロシア軍側）の村を通過する際に気に入った馬がいると掠奪するため、だんだんと馬の数が増えていき、多い者では五頭以上を牽いている者もいた。自然、作戦期間が経過するにつれて馬が増え続け、馬隊というより放牧中の遊牧民のようになった。

馬賊は無教養で文字を書けない者がほとんどであるが馬術に関しては支那、蒙古を問わず神業といっていい。彼らは赤ちゃんのときには馬に乗った母親の乳を吸い、物心がついたときには馬を駆って草原を走っていた。その技術の高さは日本騎兵の比ではない。五頭以上の馬を牽きながら一頭駆けの日本騎兵を追い抜くなど朝飯前であった。こうした高い操馬力と地理に精通した馬賊たちは挺進隊にとって大きな戦力となったが、扱いづらいことが大きな難点であった。

「列を詰めよ」

「隊列を離れるな」

と指示をしてもどこ吹く風である。永沼もかれらを指揮するのは苦手で、

「すべてかれらがうまくやるだろう」

とまかせていた。「かれら」とは、松本、松岡、若林、村岡氏のことである。

結果的に挺進隊の作戦は大きな成果を収めるのであるが、その結果はこの四氏の功績に負うところが大きく、帯同した馬隊と四氏の尽力なくして作戦成功はなかったことは間違いない。

以上、日露戦史の裏方である民間工作員については語られることが少ないため、ここに記しておく。

トンジー着（一月二一日）

挺進隊の目的地は鉄嶺のはるか北方にある。このあとその行動を追う山内、建川斥候隊は、鉄嶺が目的地であるが、挺進隊は鉄嶺を超えて北進しなければならない。

「遠い……」

隊員たちがため息交じりにつぶやく。

戦雲は急を告げている。苦境にある秋山支隊を掩護するためにも急がなければならない。立ちはだかる難関は内蒙古の砂漠地帯である。先を急ぐ挺進隊が哈拉套街に数日滞在したのは、二〇〇キロに及ぶ蒙古砂漠地帯をこえるための準備があったからだ。準備を怠れば行き倒れる。道に迷えば全滅し

かねない。情報を集めて集落の位置を地図上に特定し、確かな道案内人を探した。

一月十九日午前九時、そうした準備を周到に終えて哈拉套街を出発した。

その後、挺進隊は砂漠地帯五六里（約二二四キロ）を六日で越えて長春西方のトンジーに到着した。そして永沼は、この地を攻撃拠点に決めた。トンジーを拠点としたのは馬隊からの情報による。トンジーは攻撃目標である東清鉄道の西方高地に位置し、各種街道の分岐点にあるため攻撃対象を選択しやすいというのである。そのとおりであった。

トンジーに到着した日は一月三一日である。二三日間で約七六〇キロを踏破したことになる。

挺進隊がトンジーに辿り着いたころ、ロシア軍は鉄道を使い、本国からハルピン、鉄嶺を経由して奉天に兵器や物資あるいは兵力の補給をかさねていた。その鉄道を遮断して次の会戦を有利にするのが挺進隊の任務である。それができるかどうか、はたして間に合うのか、将兵たちは不安な気持ちを隠せない。

しかし永沼は落ち着いていた。そして好古が騎兵学校の教官時代に言った、

「戦況はそのつど変わる。あれこれ考えても仕方がない。いまやれることをやれ。それが最善の結果を生む」

という教えを思いだしていた。いまの敵は雑念である。無用の想念が迷いを生み、判断を狂わせる。

（大切なことは、考えないことだ）

永沼は腹をくくっていた。馬とともに無心で進む、それ以外に道はない。一日の大半を馬上で過ごすなか、永沼はゆったりと呼吸し、淡々と行軍を続けた。

なお、挺進隊が内蒙古の砂漠地帯で苦しんでいたこの時期に、秋山支隊が全滅の危機に瀕した黒溝台会戦（一月二五日〜一月二九日）が行われた。そのことは無論、永沼たちは知らない。

挺進隊はトンジーに到着後、二月六日まで滞在し、橋梁爆破の準備を整えた。

第三章　ミシチェンコの八日間と黒溝台会戦

グリッペンベルク大将

度々のことで恐縮であるが、ここで時間をさかのぼってロシア騎兵集団による営口襲撃の顛末について書きたい。

沙河会戦（明治三七年十月五日〜十七日）の後、ロシア陣営に大きな動きがあった。ロシア本国から第二軍司令官としてグリッペンベルク大将が派遣され、クロパトキンの指揮下に入ったのである。

歴戦の経験を持つ、

「ロシアの虎」

といわれた猛将である。その虎が沙河のロシア陣営に着任したのが明治三七年十一月である。

これにより第一軍をクロパトキンが指揮し、第二軍をグリッペンベルクが指揮することになった。

グリッペンベルクはクロパトキンと大将昇任が同じであったが、ロシア軍の総指揮権については、

「極東陸海軍総督」

という肩書を盾にしてクロパトキンが握っていた。グリッペンベルクは不満であった。着任すれば全軍の指揮をとれると思っていたのにクロパトキンが指揮権を離さない。

そうした鬱屈もあって着任すると、

「直ちに攻撃を開始するべきである」

とクロパトキンに直言した。クロパトキンは鼻白み、

「君は戦況を知らない。今は戦力が整うのを待つべきである」

と答えたが、グリッペンベルク大将は、

「日本軍は疲弊している。今こそが戦機である」

と声をあらげて机を叩き、

「旅順からむかっている乃木軍が到着する前に勝負を決するべきだ」

と攻撃開始の決断を迫った。クロパトキンは苦り切った表情を浮かべてそっぽをむいた。

補給を一手に担う東清鉄道は単線であるためピストン輸送するより方法がなく、貨車で数万の人員と大量の物資を運ぶにはひと月以上の時間がかかる。沙河会戦までに受けたロシア軍の損耗は甚大であり、会戦前の戦力まで回復していない。

「開戦当時の戦力に戻してから一大攻勢をかけたい」

と考えていたクロパトキンにとって、現在の兵力を更に損耗しようとするグリッペンベルクの献策は愚策であった。しかしその意見を無下にすれば、

「クロパトキンは戦意がない」

と宮廷に訴えるかもしれない。やむを得ずグリッペンベルク指揮による攻撃を許したのが年を超えてからであり、こうした経緯で始まったのが黒溝台会戦（一月二五日〜二九日）である。

黒溝台会戦の実施にあたりクロパトキンはミシチェンコ騎兵集団に威力偵察を命じた。その任務は敵情を調査するとともに、日本軍の補給基地である営口を襲撃し、備蓄してある物資を焼き払うことであった。

営口は遼東半島の西北部に位置する遼河河口の軍港である。本来は清国（中国）の領土であるが、明治三三年にロシアが占領し、開戦後、第二軍（奥軍）が遼東半島の北上をはじめると、営口にいたロシア軍は早々に撤退して空き家になった。その営口を日本が占領したのが明治三七年七月二五日である。そのあと陸海軍が協働してこの地に大規模な補給基地をつくった。営口に駐留する外国人たちは日本の迅速かつ組織的な行動に舌を巻いたという。

日本は貨物船をフル稼働して武器弾薬や食料を営口に運び、そこから鉄道や河川を利用して物資を戦線に送っている。連日、軍隊や糧食を満載した十数隻の貨物船が波をきって入港する光景は壮観であった。もし営口をロシア軍に奪われれば補給路を失うことになる。しかも営口に軍はなく、無防備な状態であった。そこに世界最強の騎兵集団が襲い掛かろうとしているのである。

日本にとって戦慄すべき事態が起ころうとしていた。

営口の老兵たち

明治三八年一月九日（永沼挺進隊出発と同日）、ミシチェンコが指揮するロシア騎兵集団が進軍を開始した。のちに、

「ミシチェンコの八日間」

といわれる奇襲作戦の初日である。

営口から河を二マイル（約三キロ）ほど遡上すると牛家屯という寒村がある。日本はこの村に数十棟の倉庫をつくって物資を管理していた。牛家屯にたくわえた食料が戦線に送られ、満州で激戦を続ける日本軍を支えているのである。営口、牛家屯を失えば、凍土に布陣する一五万の将兵たちはたちまち飢える。砲弾が欠乏するなか糧秣まで不足すれば、厳寒の戦線で辛くも耐えている日本兵の体力は落ち、気力は萎え、日本軍は崩壊するであろう。

このロシア騎兵集団による営口、牛家屯の襲撃は、日露戦争における三大危機（沙河会戦、営口襲撃、黒溝台会戦）のひとつとされている。そして、この窮地を救ったのが、牛家屯に配置されていた老兵たちであった。

敵騎兵襲撃の情報が牛家屯に入った直後、その老兵たちの下に朗報が届いた。

「旅順が陥落したため、乃木軍が転進中である」

という情報がはいったのである。

「乃木大将が救援にやってこられるなら安心じゃ」

「くるならこいじゃの」

「腕がなるわい」

と陣地内はまことに賑やかであった。老兵たちの士気は高かった。

営口襲撃のために奉天を出撃したロシア騎兵集団は、途中で電柱を倒し線路を破壊しながら行軍し、一月十二日の正午、目的地である牛家屯に接近した。この日は快晴であった。気温は零下二五度を下回っている。

営口を居間だとすると牛家屯は玄関にあたる。玄関を突破されれば土足で居間にロシア兵が踏み込むであろう。その玄関である牛家屯には後備歩兵一個大隊約八〇〇人（一個中隊欠）と竹槍をもって構える約三〇〇人の輜重輸卒が守りを固めていた。後方の営口では居留民から約二〇〇人の義勇兵を募って部隊編成し、二〇〇丁のピストルとスナイドル銃五〇挺を配って武装した。

営口、牛家屯の兵力は、後に到着する増援をいれても二千に満たない。

対するロシア騎兵集団は七二個中隊半で約一万、マキシム機関銃四門、砲二二門を備え、一万五千人の輜重隊が付帯する堂々たる部隊である。戦力の差は巨象と柴犬ほどあり話にならない。

四年前の義和団事件のとき、ミシチェンコ（当時大佐）は部隊を率いて営口を攻撃し、攻略に成功した。そして再び騎兵集団を率いてこの地にきた。遠く営口の街を見たときミシチェンコの胸には、感慨深いものがあったであろう。

ミシチェンコ騎兵集団は鶴翼の陣形で渾河と遼河間を南進し、接官堡、子馬泡、牛荘城に布陣する少数の守備隊を蹴散らし、牛家屯まで突進してきた。

一方、牛家屯守備隊の隊長は宮崎義輝中佐である。宮崎中佐はすぐれた指揮官であった。敵が襲来するとおもわれる方向に塹壕をほり、鉄条網を敷いて陣地を構築し、そこに将兵を布陣して作戦をあたえ、一人一人の肩をたたいて士気を鼓舞した。宮崎中佐の作戦は兵力を集めて火力を集中することであった。

「敵の出鼻をくじき、営口への進軍をあきらめさせる」

勝利の可能性をこの一点にかけて敵の襲撃を待った。

このとき、ある塹壕に歩哨が立っていた。顔を見ると五十に近い後備兵であった。その後備兵は、毛皮がついた外套の襟を立て、手袋をした両手で小銃を持ち、零下二五度以上の酷寒のなかで厳しい視線を外にむけて警戒をしていた。宮崎中佐を激励に訪れた営口の税関長がたまたまその姿を見て、

「余は、この老兵の凛々しき姿を永久に忘れることができない」

と書きのこしている。

増援

牛家屯の前に森がある。午後三時、その森から吐きだされるように二、三の敵兵が飛びだした。

「敵兵」

見張り兵が叫び、

「さらに敵兵約五〇」

と続けて叫んだ。見ると森から出た約五〇騎が散開して馬を走らせている。小部隊による威力偵察である。牛家屯の兵力や地形を調べているのだ。

偵察が終わると敵の主力が姿をみせた。

「敵兵数百」

「更に敵兵多数」

見張り兵の声が高くひびいた。

ロシア騎兵が陸続と後続し、おびただしい数の敵騎兵が牛家屯の前面に展開した。見張り兵は役目を終え、見張り台を降りて陣地に戻り銃をかまえた。

そのとき、騎兵集団の後方に白煙が見えた。

「汽車だ」

「応援だ」

牛家屯の日本兵が歓声をあげた。時間は午後三時四〇分、軍服の乗客が見えた。増援部隊である。旅順方面から、

後備歩兵第八連隊第二大隊

後備歩兵第三三連隊第五、第六中隊の各一小隊

計約五〇〇人が援軍として到着したのである。兵役を終えていったん軍隊を去り、その後、後備役として再招集された兵たちであるから年齢は総じて高い。兵隊としては老兵の部類に入るであろう。

その「老兵」たちを乗せた汽車が白煙を吐きながら営口を目指して走る。

「あっ」

牛家屯の日本兵が声をだした。騎兵集団から約二〇〇騎が抜けだし、汽車と並行して走り始めたのである。汽車の白煙が濃くなり速度をあげた。騎兵が汽車と三〇メートルの間隔を保ちながら銃弾を浴びせた。至近射撃である。汽車は一六両の無蓋貨車を連結している。日本兵が貨車の上から半身を出して小銃で応戦した。西部劇のようなこの攻防は約五分続いた。

並走するロシア騎兵たちの騎射は敵ながら見事であった。全力で馬を走らせながら連射する。機関

手を狙い撃ちして汽車を止めようとしているのだ。

「がんばれ」

「まけるな」

牛家屯の日本兵たちが届かぬ声援をおくる。汽車はそれに応えるかのように盛んに白煙を吐く。

「銃をかまえ」

宮崎中佐の声がとんだ。まもなく汽車を追う騎兵集団が牛家屯に布陣する守備隊の射程距離に入る。宮崎中佐は一斉射撃で汽車を掩護するつもりであった。汽車が汽笛を鳴らした。営口の駅が近づく。汽笛の音は雄叫びのようでもあり、女性の悲痛な叫びのようにも聞こえた。

ロシア騎兵の追跡は執拗であった。汽車は猛射を受けながらも走り牛家屯に近づく。ロシア兵の接射に汽車はひるまない。機関手と運転手は勇敢であった。

牛家屯の日本兵たちが照準をあわせ、引き金に指をかけ「撃て」の命令を待つ。敵騎兵の姿が大きくなる。もうロシア騎兵の顔もみえる。

（もうすぐだ）

そのとき騎兵集団が止まった。そして馬首をめぐらして去った。援軍をのせた汽車が営口駅にすべりこんだ。増援部隊は直ちに牛家屯に転進し、宮崎中佐の指揮下に入った。

牛家屯では増援部隊の到着を万歳の声をもってむかえた。

ミシチェンコの布陣がおわった。牛家屯の前面に約一万の騎兵集団がくろぐろとうごめいている。その距離約一キロ。騎兵集団がゆるゆると展開し、鳥が羽をひろげるように牛家屯を包囲しはじめた。

牛家屯の後方には遼河がながれている。背水の陣であった。牛家屯の兵数は千人と少しである。ここを突破されれば騎兵集団が営口になだれこむ。営口を失えばひとつぶの米も戦線へ運ぶことができなくなる。補給が途絶えれば敗戦は必至である。日本の命運が牛家屯の老兵たちに託された。

陽が落ちた。午後六時四十分、戦闘が始まった。牛家屯の左翼にロシア軍が押し寄せた。その数約一〇〇〇、対する日本の左翼陣地は後備歩兵第三三連隊第一大隊が待ち構え、そのほかに第八師団と第六師団の輜重輸卒が迎え撃つ。輜重隊に銃はない。輸卒たちは竹槍をもって、

「さあ、こい」

とばかりにかまえていた。敵は騎兵と徒歩の混成部隊である。暗闇のなかをロシア兵が歓声をあげながら猛進してきた。塹壕の前に設置した鉄条網に敵歩兵が取りついて引き剝がしにかかる。それを掩護するために敵騎兵が後方から騎射する。暴風雨のような弾雨が日本兵たちを襲う。

「撃てえ」

宮崎中佐が命令を発した。牛家屯の左翼陣地が一斉射撃を開始した。つぎつぎとロシア兵が斃れる。すさまじい銃撃戦が展開された。

「突破あぁ」

日本兵が悲鳴のような声をあげた。左翼の一角がやぶられたのである。

鉄条網がはずされ十数のロシア騎兵が塹壕をとびこえて踊りこんできた。その敵を輜重輸卒が取り囲んで竹槍で馬をつきあげ、竿立ちになった騎兵を後ろからなぐりつけた。ロシア騎兵たちは竹槍に囲まれて思うように動けない。やむなくあとずさりして来た道を引き返しはじめた。

意気上がる竹槍隊は逃げる騎兵を果敢に追い駆け、竹槍を振り回してロシア騎兵二名を馬から叩き落として捕虜にした。

牛家屯の天祐

竹槍隊が左翼でロシア騎兵と戦っていたとき戦況を大きく変える事件がおきた。火事である。燃えたのは牛家屯の商人が所有する大きな倉庫である。右翼陣地の外（塹壕の前方五〇メートル、守備線の外）にある倉庫が突然、火を吹きあげたのだ。この火事の原因は今もなお謎である。

炎は猛火となって四方を赤く照らした。

「ウラアアッ」

ロシア軍から大歓声がおきた。日本軍が倉庫に火を点けて退却したとおもったのである。ミシチェンコもそれを信じ、ただちに右翼陣地にむけて前進を命じた。約二〇〇〇のコサック騎兵が約一〇〇〇の歩兵と共に燃えあがる倉庫を目標にゆっくりと進んだ。

右翼陣地には後備歩兵第八連隊第二大隊を主力とする約五〇〇の日本兵が、塹壕に身を伏せながら小銃をかまえて「撃て」の号令をじっとまっていた。すでに死を覚悟しているためか、不思議なほど皆落ちついている。

倉庫の火はますます燃え盛った。猛火に包まれた倉庫は巨大な照明器具となって周囲をあかあかと照らし、そのむこうから湧くようにロシア兵が押し寄せてくる。その距離約五〇〇メートル。

（撃てはまだか）

塹壕の兵たちはじっと命令をまった。四〇〇メートル、三〇〇メートル、まだ命令はでない。このときの指揮官は頬に幼さがのこる若い中尉であった。この中尉は、

「ギリギリまでひきつけてから撃て」

という宮崎中佐の命令を忠実に実行しようとしていた。

二〇〇メートルになった。ロシア兵からみると倉庫の火が強く守備隊の陣営が全く見えない。ロシア軍の将兵たちは日本軍が撤退したと信じて疑わない。

一五〇メートル、いよいよ一〇〇メートルになった。

「敵ちかいっ」

「中隊長殿、まだですかあ」

たまらず、攻撃命令を催促する声がおこる。

「まだまて」

青年中尉がおちついた声でおさえた。この若い中尉は異変に気づいていた。命がけの突進であるはずなのにロシア兵の足がゆるやかなのである。

(緊張感がまるでないじゃないか)

どうしたことかと首をひねった。やがて倉庫の火にロシア兵たちが照らされた。そしてそこに驚くべき光景が展開された。ロシア兵たちは日本兵がいないことにすっかり安心し、

「ウラア、ウラア」

と叫びながら銃を頭上につきあげ、小躍りしながら進んでくるのである。

（天佑だ）

青年中尉は軍刀を静かに抜いて右手に下げた。

七〇メートルになった。

「中隊長殿、もうよろしゅうございましょうかあ」

下士官がたまらず叫んだ。

「まだまて」

青年中尉が首をふった。五〇メートルをきった。右翼陣地が「ウラァァ」の声でつつまれた。もう敵兵の顔も大きくあいた赤い口もはっきりみえる。火事の炎がロシア軍を照らして照準を容易にした。距離が一五メートルになった。そのとき、

「撃てえ」

振りあげた青年中尉の白刃が煌めいた。右翼陣地の塹壕がいっせいに火をふいた。一回の斉射で一〇人以上のロシア兵がたおれた。倉庫の照明（火災）により命中率が異常に高い。兵たちは落ち着いて撃ち、射撃は正確をきわめた。この不意打ち（ロシア側からみての）により撤退しようとする歩兵と後続する騎兵がぶつかって混乱が発生した。そこに右翼隊が猛射し、さらに中央の陣地から出撃した歩兵部隊が左翼から一斉射撃をくわえた。この十字砲火によってロシア軍は大潰乱を起こした。

この惨状を見たミシチェンコは、

（信じられない）

と頭を振って茫然とした。そのミシチェンコのもとに、

「日本の増援部隊がむかっている」

という情報がはいった。事実である。このとき遼陽方面から後備歩兵第一七連隊がむかっていたのである。営口から一五マイルはなれた大石橋を午後六時に出発し、騎兵集団の後方七マイルの地点から駆け足行進し、到着まであと一時間というところまできていた。

（このままでは退路を遮断される）

ミシチェンコは撤退を決意した。すぐさま部隊を整え、一万余の騎兵集団は風のように去った。

眼前の敵が突然いなくなった。日本兵たちは事態の急変にとまどい呆然と立ちつくした。

その後、騎兵集団は本作戦を終了して帰任し、ミシチェンコの八日間がおわった。営口の危機は去った。牛家屯の戦闘による日本軍の損害は、死者三、負傷七、捕虜二、汽車での交戦による負傷三であった。それに対するロシア側の損害は、死者六一、負傷二〇六、失踪二六、捕虜二である。

寡少なる老兵たちによる驚くべき戦果であった。

第四章　山内挺進斥候隊と建川挺進斥候隊

児玉の苦悩

黒溝台会戦直前の一月二十日、

「そろそろ馬が帰るころじゃが」

いつものように地図を見ながら、ふと好古がつぶやいた。

「馬ですか……」

ちょうど灰皿の世話をしようとしていた従卒は、なんのことかわからず首をかしげた。

好古が言う馬とは斥候隊のことである。一月に出発させた斥候隊の帰還が近いはずだと言っているのである。そのことを説明もせずに好古は、

「ここ数日で帰ってくれればええがのう」

訝しがる従卒の傍らで窓の外を見ながらひとりごちた。

ここで、重ねてこの時期の児玉の苦悩を書く。

沙河会戦後、日本の総司令部は、

「奉天において最終決戦をおこなう」

と計画していたが、ロシアには奉天における決戦のほかに、

「奉天から後退し、鉄嶺まで日本軍をひきいれてたたく」

という鉄嶺決戦の選択肢があった。児玉は、

「まず奉天だろう」

とみていた。しかし鉄嶺までロシア軍が下がるという可能性も捨てきれない。ロシア軍がそうするのであるならばそれに対する準備を急がなければならない。沙河会戦の直後から連日、日本の司令部では議論がつづいていた。

「奉天は満州の中心じゃ、とられたくあるまい。地形も会戦に適しとる。決戦は奉天じゃろう」

と児玉源太郎が地図をみながらつぶやく。すると参謀の松川敏胤大佐が、

「わたしもそうおもいます」

と言ったあと、

「とはおもいますが、鉄嶺は西に遼河がながれ、東は山地で狭路のむこうにある大都市です。これほど防御に適した地はありません。鉄嶺で持久戦を行いつつ回航中のバルチック艦隊の到着を待つということも十分に考えられます」

と続ける。北方の鉄嶺に日本軍を引きいれて消耗戦を行い、バルチック艦隊が日本軍の海上補給路を遮断し、兵力が衰退したところで一気に攻勢をかけるのではないかというのである。

「そうか」

児玉が白くなったヒゲをしごきながら考えこむ。目の下の隈が濃い。ろうそくの火に照らされた顔

は無残なほど老衰していた。この会話はこれまでに何度も繰り返されてきた。参謀の松川は結論を言わない。思考の材料をあたえてあとはだまっている。決戦の地がどこになるのか、その答えを出せるのは満州軍総参謀長の児玉源太郎しかいないからである。

（次は決戦となる。そこは奉天だろう）

児玉は確信をもっていた。しかし、その確信をゆらすのはクロパトキンの性格であった。

これまで、クロパトキンの勝つことよりも負けないことを優先する戦略に何度も助けられてきた。しかし次も例の退却癖をだされて奉天から鉄嶺に後退されれば、わが軍の弾薬や食料が欠乏するだけではなく、長期化する戦闘に将兵たちの気力も体力も持たないだろう。

児玉は一心不乱にクロパトキンの心を知ろうとした。鉄嶺が決戦の場になるのであれば、これまでたてた作戦を根底からくずして再構築しなければならない。

（まず、奉天だろう。が、しかし、もし）

指揮官である児玉に迷いがあっては作戦は立たない。しかし、この時期の児玉の心は振り子のようにゆれていた。児玉源太郎がほしいのは意見ではない。情報である。鉄嶺の街がいまどういう状況であるのかが知りたい。クロパトキンが鉄嶺まで日本軍を引き入れるつもりなら、鉄嶺に無数のベトン基地（コンクリートで固めた小要塞）を構築しているはずだ。鉄嶺がそうなっているのかどうかを知りたいのである。しかし敵中に送り込んだ密偵はことごとく捕らえられて帰還しない。繰り返される「未帰還」の報告が児玉の神経を消耗させていた。

将校斥候命令（黒溝台会戦前）

ここで二十日ほど時間をさかのぼる。明治三八年一月に好古は後方攪乱のために永沼挺進隊を編成して出発させたが、それと前後して斥候隊を敵中に放った。それが、

山内挺進斥候隊

建川挺進斥候隊

である。苦悩する児玉の心情を察した好古が、

「騎兵の出番じゃな」

とぶつぶつ言いながら斥候隊を送り出したのである。好古は密かに二人の将校を呼び、それぞれに命令書を与えた。好古が出した命令は次の二つである。

山内将校斥候

山内少尉は選抜した下士官以下三騎を率いて将校斥候となり、一月四日宿営地を出発、左の任務を遂行すべし。

一　鉄嶺および撫順街道における敵情偵察

二　吉林〜鉄嶺街道における敵情偵察

三　奉天と鉄嶺間における敵列車の運行状況偵察

四　成し得れば、鉄嶺付近における敵情地形偵察

建川将校斥候

建川中尉は選抜した下士官以下五名を率いて将校斥候となり、一月九日宿営地を出発、遠く鉄嶺付近に挺進し、左の任務を遂行すべし。

一　敵部隊の移動状況ならびに兵力の偵察

二　敵軍陣地工事の状況偵察

三　敵軍鉄道輸送の状況ならびに搭載物件の偵察

四　成し得れば、遙かに遠く、撫順方面の敵状および地形偵察

五　成し得れば、敵の鉄道、電線の破壊ならびに倉庫の焼棄

この命令によって編成されたのが「山内挺進斥候隊」と「建川挺進斥候隊」である。

おおざっぱに言えば、山内挺進斥候隊には。

「鉄嶺付近を見たらすぐに帰ってこい」

と言い、建川挺進斥候隊には、

「鉄嶺に接近して詳細な情報を集め、可能であれば撫順も見てこい」

として命令に軽重をつけている。競馬でいえば、比較的固い馬券（山内隊）を確保し、大穴を狙って万馬券（建川隊）を購入するようなものである。とは言っても両隊ともに決死隊であることは間違いない。このうちの一名でもいいから生還し、なんらかの情報を持ってきてくれればというのが好古

の本音であった。

山内少尉と建川中尉はただちに兵を選抜した。選ばれた兵たちは涙を流して喜んだ。この二隊の行動記録は死地と活路の連続であり不運と天佑がおりなす冒険であった。以下「壮烈鬼神をも哭《な》かしめ、襟正さしめる」といわれたその活躍を追う。

山内隊、出立（一月四日）

山内隊は、
騎兵少尉　山内《やまうち》　保次《やすつぐ》
騎兵伍長　清水《しみず》　織右衛門《おりうえもん》
騎兵上等兵　館澤《たてざわ》　豊《ゆたか》
騎兵一等卒　神崎《かんざき》　文三《ぶんぞう》
の四人である。
敵中ではロシア騎兵に成りすまして偵察活動を行う。そのため、出発前に馬を替えた。挺進中は粟やコーリャンを馬に食べさせなければならない。粗食に慣れていない日本馬にくらべ、蒙古馬は粟でもコーリャンでもおおいに食い、零下何十度という猛烈な寒さにも耐える。四人は馬を日本馬から蒙古馬に乗り換えた。その際、山内少尉は新しい馬に白馬を選んだ。ロシア騎兵集団は白馬が必ずいる。斥候隊にも白馬がいたほうがごまかしやすいからである。
服装も工夫した。ロシア兵はもちろん敵の勢力下にある支那人にも注意しなければならない。その

建川・山内将校斥候行動概見要図　挿図第24

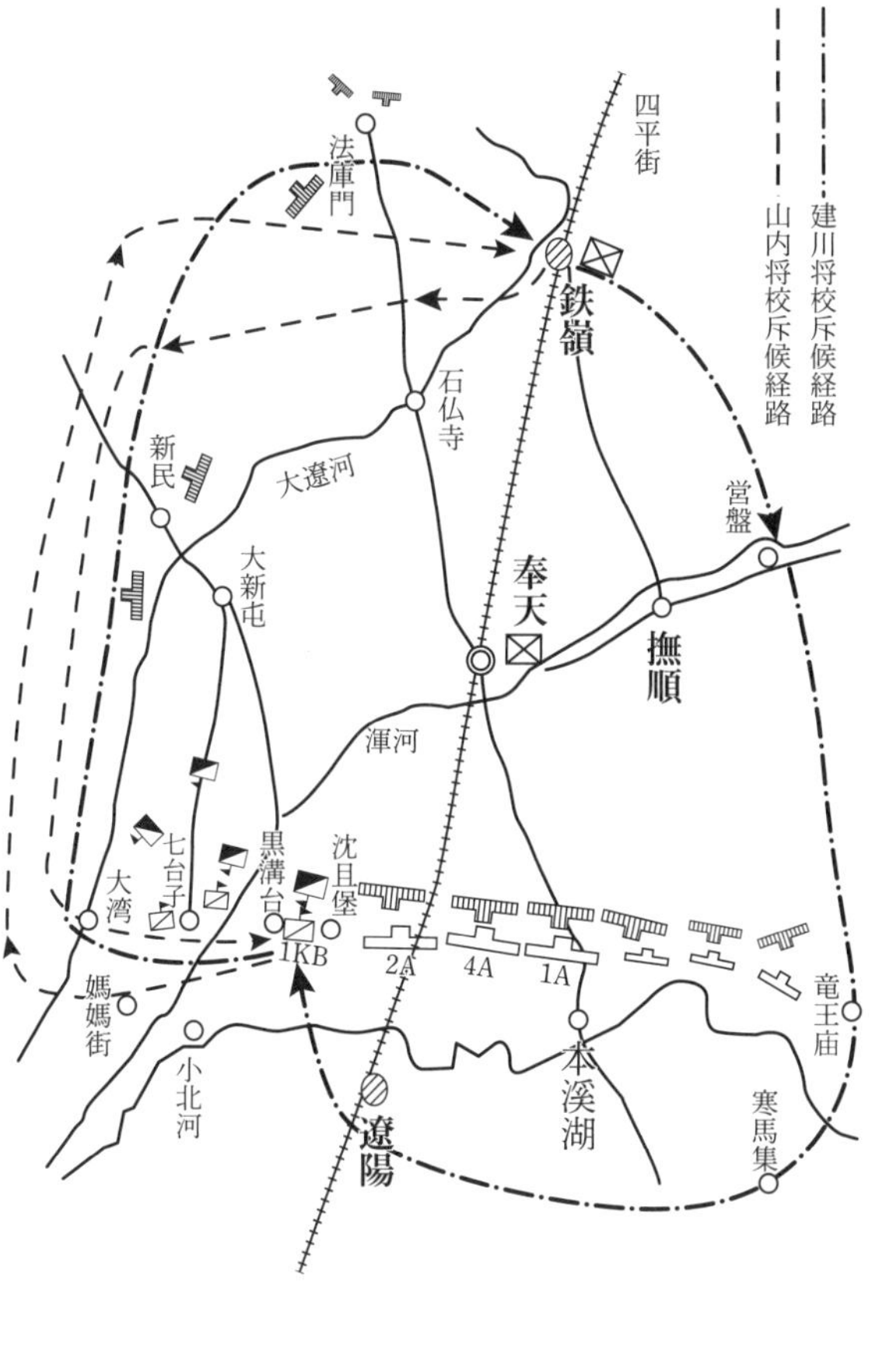

ため、黒色毛皮のロシア軍の帽子に似たものをつくり、日本の軍帽のうえから深くかぶった。外套はカーキ色のものにし、軍刀の鞘には黒数珠の布をまきつけてロシア騎兵の剣の鞘に似せた。これで遠くからみるかぎりロシアの騎兵にみえるだろう。その他、携行品、人と馬の糧食を準備した。

明治三八年一月四日、午前九時。四騎が沈担堡から西にむかって出発した。

出発のとき、豊辺連隊長が、

「成功をいのる」

と声をかけた。四騎を見送る兵たちが羨望のまなざしでみつめる。いつの時代でもそうだが若者は安寧よりも冒険を求める。山内少尉らに課せられた斥候挺進作戦は誰しもがゆきたがる憧れの任務であった。

この日は快晴であった。四騎は朝日をあびながら寒村をあとにした。

「どうだ、清水」

先頭をゆく山内少尉がふりかえって声をかける。

「はい、少尉殿。晴れ晴れした気分であります」

「館澤はどうだ」

「胸がおどります」

山内少尉が口をあけてわらい、

「神崎は」

と声をかけた。神崎一等卒は、

「愉快であります。少尉殿」

と破顔した。勇躍、四人の心は燃えたぎる。厳寒の風も気にならない。

白く雪で覆われた小径を四騎はひた走り、牛居《ぎょうきょ》という小さな部落を過ぎてから進路を南にとった。

午後五時、夕日が雪原を赤く染めはじめたころ、小北河《しょうほくか》という部落に着いた。ここは後備歩兵第三五連隊の第一大隊本部が守備している。沈担堡からここまで八里（三二キロ）を走った。慣れない長距離行軍のため疲れた。四人はこの夜、民家で泥のようにねむった。

一月五日、快晴、小北河の西南一里半（約六キロ）の蟇蜡廟《ませきびょう》にある、

「東亜義勇軍馬隊本営」

を四騎が訪ねた。東亜義勇軍馬隊は日本の将校が指揮する支那馬賊隊である。

当時、満州における日本軍馬賊の総数は約二千であった。その馬賊と生活を共にしながら指揮した日本人将校がいた。花田中之助中佐、橋口勇馬少佐、井戸川辰三大尉が有名である。そのなかでも、肥満した体と赤黒い顔をした橋口少佐は勇、仁、徳を備えた人物として特別の尊敬をあつめていた。

橋口少佐は、

「チャオカオ・ヨンマー大人」

と呼ばれ、どんなに気の荒い馬賊であっても橋口少佐の名前をだせばおとなしくなったといわれる。

山内隊は行軍二日目にこの橋口少佐が拠点とする蟇蜡廟に到着し、「東亜義勇軍馬隊本営」を初めて訪れた。粗末な民家であった。

（うわさどおりの巨漢だ）

両手を広げて出迎えてくれた橋口少佐は、大きな体を支那服で包み、あごに長いヒゲを蓄え、犬の毛皮の帽子を深々とかぶっている。どうみても馬賊の頭目にしか見えない。

（この人があの橋口少佐か）

と山内少尉は支那の英雄をながめた。四人はうながされて民家に入り、だされたお茶をすすりながら山内少尉が計画を話した。橋口少佐は、

「そうか、そうか」

とうなずきながら、

「いうまでもないがこの任務はむつかしいぞ」

と言い、机のうえに地図をひろげて指をさした。

「今はここだ。ここから先にロシアの捜索隊がでている。敵にみつからずに鉄嶺までゆくのはきわめてむつかしい」

「現在の敵状はどうでしょうか」

と山内少尉が聞いた。橋口少佐はうなずき、

「一週間前、彰武臺門の部落にロ軍がいるという情報がはいった。ここだ」

トントントンと地図をゆびでたたいた。

「行ってみると米や小麦を村人からうばっていた。それをわが馬隊が急襲して追い払ったが、そのあと敵は優勢な捜索隊を繰り出してしきりに我が馬隊を探しているようだ」

ここにいる橋口少佐の身も安全ではないという。さらに地図の一点に太いひとさし指を置き、

「この新民廳《しんみんちょう》の北は敵の大部隊が動いている。なにか大きな作戦をしようとしているらしい」

と言い、

「よほど注意せんと突破はむつかしいぞ」

と言って四騎の行く末を案じた。ここで橋口少佐がふと顔をあげ、

「ところで君は支那語はできるのか」

と聞いた。山内少尉が、

「すこし、できます」

と答えると、橋口少佐が首をふりながら苦笑し、

「それならばなおむつかしい。途中、敵の馬賊とすれちがうとき、話ができんとすぐに発見される」

と心配し、

「通訳と一〇人の馬隊を途中まで同行させよう」

と言った。親切な男であった。このあと山内少尉は数日滞在し、昼は敵状の偵察を重ね、夜になると橋口少佐と偵察ルートを研究した。

一月八日、早朝、山内少尉は橋口少佐が付けてくれた馬隊とともに出発した。出発前、四人は橋口少佐になんども頭をさげた。橋口少佐は、

「任務達成を祈る」

と短く言い、順番に四人の手を固くにぎった。橋口少佐の手は大きく温かかった。四人は目頭を熱くしてうつむいた。最後に橋口少佐が、

「がんばれよ」

と山内少尉の両肩をたたいた。山内少尉は叩かれた肩に快い痛みを感じながら、昨夜の送別の宴のときに橋口少佐が、

「山内君、信頼できる部下と敵中深く挺進する。これぞ騎兵の本懐であろう。それができる君が実にうらやましい」

と言った言葉を思い出した。

山内少尉ら四騎は十数騎の馬賊に囲まれ、凍った満州の硬い道を常足《なみあし》で進む。このままロシア騎兵をよそおいながら鉄嶺まで行く。果たしてうまくいくかどうか。

この日は晴天であった。風がはげしい。馬上にいるとすぐに両脚の感覚がなくなった。全身が氷をあてられたように痛い。数キロ馬で行くと降りて歩きはじめる。白い大地を馬を牽いて歩き、体が暖まるとふたたび馬にまたがる。これを繰り返しながらすすむのである。

原野にでた。

「少尉どの」

と清水伍長。

「なんだ」

と山内少尉。

「このままどこまでもいったら、どこにゆくのでしょうか」

「蒙古だろう」

空も大地も広大である。地平線が半弓の線をひいて空と大地を分けている。蒼空の天はどこまでも青く雪原はどこまでも広い。遠征万里、行軍はつづく。

「少尉どの。人間とは、小さなものですね」

清水伍長は雄大な景色に驚きの声をあげる。

「人間は小さいが、われわれの任務は大きいぞ」

と山内少尉が笑いながら言う。

「男子の本懐であります」

清水伍長が大きな声で答えた。

「旅団長どのに感謝だな」

好古の顔がうかぶ。挺進斥候は騎兵しかできない。

「日露戦争の勝利に寄与し、日本騎兵の実力を証明したい」

これが四人の気持ちであり、好古の願いでもあった。顔を見合わせて四人が笑った。

（わらってやがる）

帯同する馬賊たちが気味悪がった、この先はどこもロシア軍で満ちている。鉄嶺などいけるはずがない。殺されに行くようなものである。それなのに、この四人は談笑しているではないか。

（バカか）

頭がおかしい奴らだという目で四人をみていた。日本人は義でうごくが、馬賊は利でうごく。馬賊たちは雇い主である橋口少佐に命ぜられてここまできたが、本音はいますぐ帰りたかった。行軍中、

馬をよせあい、しきりに、

（どこでひきかえすか）

と相談をしていた。むろん山内少尉たちには聞きとれない。沈んだ顔の馬賊たちの中にニコニコ顔の四騎兵の姿があった。この奇妙な一行は、夕刻、一五里（六〇キロ）の行軍を終えて姜家屯《きょうかとん》という小さな部落に着いた。

夕日が平原に沈みつつある。赤く染まった寒村に馬隊が入った。そこに白髪の支那老人がトボトボ歩いてきた。背中に大きな薪の束を背負っている。

「おい」

馬賊が声をかけた。

「じいさん。この辺に軍隊はいるか」

「はい。この東の老達房身《ろうたつぼうしん》という村に、馬隊がたくさん泊まってますだ」

四人は二重の防寒マスクで顔を覆っている。マスクの奥で目が鋭く光る。

「その馬隊に白馬はいるか」

「はい。いますだ」

「その馬隊はロシア軍の仲間だ。何人位いる」

「ざっと三〇〇、みな馬もちでがす」

「そうか、それはよかった。他には」

「隣の方家佃子《ほうかでんし》には一七、八人、これも馬もちでがんす」

「そうか。どこもいっぱいだな。ありがとう」

と通訳が言った。山内少尉が老爺に近づき無言でメキシコ銀貨をあたえた。この当時の支那人は金よりも銀を好んだ。銀の産地としてもっとも有名なのはメキシコである。そのため支那大陸ではメキシコ銀貨がもっとも信頼性の高い通貨となっていた。老爺は銀貨をもらうとペコペコ頭をさげてなんどもお礼をいった。

通訳が山内少尉に老爺の話を耳打ちする。山内少尉が腕時計をみる。午後四時二十分である。馬の影が長い。まもなく闇に包まれる。

「ここに泊まろう」

と山内少尉が言った。馬賊たちがゲッと驚きの表情を浮かべて首をふった。周囲にはロシア軍がしこたまいる。村人のたれかが気づいて通報されればたちまち包囲される。

「野営シマセンカ」

村に泊まらず、外で夜を明かそうと通訳担当の馬賊が言った。山内少尉は首をふり、

「かえって怪しまれる。この村で一番大きな家を聞いてくれ」

と命じた。通訳が老爺にしぶしぶ聞いた。老爺は路の向こうに見える大きな屋根を指し、

「庫《くー》の家が一番でがす」

と答えた。山内隊はこの日、この村の庫の家に泊まった。おびえた表情で首をすくめる馬賊たちを尻目に四人は飯を食うとすぐに横になり、盛大にいびきをかき始めた。

「変なやつらだ」

舌打ちをしながら馬賊たちが四人を見つめた。

建川隊、出立（一月九日）

建川隊は一月九日早朝、戦友たちの見送りをうけて韓三台を出発した。平佐連隊長からは、

「武運をいのる」

と声をかけられた。

建川隊は出発すると黒溝台を抜け、硬く凍った渾河を渡り、出発したこの日は七台子に泊まった。

七台子はまだ日本の勢力圏である。日本軍に守られて六人はぐっすりねむった。

翌一月十日、三里（一二キロ）ほど西方の嫣《ま》、街《まがい》に着いた。ここで、

「この先にロシアの大軍がいる。数万の騎兵である」

という情報が入った。戦闘が停止されたこの時期に数万の騎兵が移動するということは、越冬態勢にある日本軍を急襲するということである。真偽をたしかめて秋山支隊長に知らせなければならない。

六騎の胸には常にこの任務を与えてくれた好古の顔があった。

（好古の期待に応えたい）

それが彼らの願いであった。

「速歩」

六騎は躊躇なく敵地に足を踏みいれた。大湾という村を過ぎて大蛇子《だいだいし》の村に入った。ロシア軍はいない。大蛇子を抜けて速歩をつづける。高台にでた。眼前に茫々たる荒野がひろがった。遠くに遼河

がうねるように這っている。遼河の向こうは西遼の原野が果てしなく広がる。

「おお」

六騎がおもわず声をあげた。ロシアの騎兵集団が見える。黒々とした隊列が渾河と遼河のあいだを南進している。みたことがない膨大な騎兵の大縦隊である。敵騎兵のなかに白馬が点々と見える。

行先はわからない。秋山支隊が守る沙河の西陣地（最左翼）を大きく迂回して日本の後方基地にむかっているのか、あるいは日本軍の最左翼を側背から衝くつもりなのか。

建川隊が遭遇したこの騎兵集団が営口・牛家屯を襲ったミシチェンコの部隊である。

「ミシチェンコの八日間」の二日目にあたる。

「駆け足」

建川中尉は遼河にむかって駆け下りた。接敵して情報を集めるのである。

（ものすごいかずだ）

敵まで一里半（六キロ）のところで馬をとめた。望遠鏡をだしてつぶさにながめる。

（ミシチェンコの騎兵だ。野砲。機関砲。竜騎兵……）

竜騎兵とは火力を持った騎兵を指す。ロシア軍の場合、騎兵銃（やや小型のライフル銃）と長槍で武装している。砲兵を率いているため足は速くはない。そのとき、

「中尉殿、そろそろ」

と豊吉軍曹が耳打ちした。みると一個小隊の騎兵が離脱して向かって来る。

「退却」

六騎は駆け足で北東に走り、渾河を渡って集落をぬけ、日本の勢力圏まで逃げ切った。小さな集落に入った。まだ陽は高い。長距離の早駆けをしたため馬が首を振ってあえぎ、水を欲しがっている。人馬とも休まなければならない。村内のどこに馬を止めようかと迷っていると、

「オイ、おまえたちどこにゆく」

とたれかが声をかけた。見ると土壁の入口に太った漢がきたない支那服を着て立っている。ヒゲをたくわえた丸顔に炯々とした目がひかる。建川中尉が驚いて馬を降り、

「橋口少佐でしょうか」

と声をかけた。漢がうなずいた。建川中尉が事情を説明すると、

「秋山支隊長殿の騎兵か」

と橋口少佐が頬をゆるめて喜んだ。偶然にも六騎は橋口少佐が駐在している「螞蜡廠《ませきしょう》」に来たのである。建川中尉はさっそくロシア騎兵の動向を伝えた。橋口少佐は目を見開き、

「おおそうか。よくぞ知らせてくれた」

と建川中尉の両肩をたたいた。細身の中尉が痛さに顔をゆがめる。それをみた部下たちが白い歯をみせてわらった。橋口少佐は襟を正し、改めて建川隊の敬礼と申告を受けると、

「実はさっきもロシアの騎兵の姿を見たという話を聞いたが、村のじいさんの話なので疑っておったのだが、そうか、本当だったか。ありがとう」

と話し、橋口少佐はその場で馬隊に命じて斥候を出した。その後、数時間後に帰った馬隊の報告によると、九日の夜、二万のロシア軍騎兵が大灣《たいわん》付近に宿営した際、ロシア軍の支那人通訳が、

「営口に襲撃に行くところだ」

と村人に話していたという。極めて重要な情報である。橋口少佐は直ちに報告書にまとめて好古に届けた。建川中尉は斥候としての役目をひとつ果たしたことに安堵した。

この夜、建川隊は橋口少佐と食事をした。その際、

「昨日、山内隊がこの村から出発し、今朝は永沼隊が出発した」

と橋口少佐から聞いた。目的を異にする永沼挺進隊はともかく、同じ任務を負う山内隊が先発したことを聞いたとき建川中尉の気持ちがみだれた。横になって眠ろうとしたが、目をつぶると前をゆく山内隊の姿が目にうかぶ。

(抜くか)

今から二日ほど遠駆けをすれば抜けるだろう。できれば鉄嶺に一番乗りしたい。しかし、

(山内隊は山内隊。建川隊は建川隊だ)

と思い直した。暗闇の中で目を開いて大きく息をした。

(我々は日本のために挺進するのみ)

と自分に言い聞かせた。気持ちが落ち着いてきた。ガタンガタンと戸が風で壁に当たる音がする。

(明日は晴れるだろうか)

いつしか深い眠りの淵にひきこまれていった。

一月十一日朝、六騎が出発した。橋口少佐が馬賊の同行をすすめたが建川中尉は鄭重にことわった。建川中尉はロシア語と支那語ができるし、小部隊の方が軽快に動ける。橋口少佐もそれ以上は勧めな

かった。

「いろいろとありがとうございました」

「気をつけてな。死にいそぐなよ。君たちの任務は生還にある」

橋口少佐が滋味あるまなざしでそう言った。

(秋山支隊長とおなじことを言ってくれている)

六人は感激して涙を拭った。六騎が村を離れた。小路を休むことなく常足で進む。馬に揺られているると心が落ち着く。馬は無心であるがゆえにいつしか人も無心になる。馬上の禅ともいうべき不思議な時間である。やがて四方を地平線に丸く囲まれた平原に出た。

「千里の大平原ですね」

豊吉軍曹が声をあげた。六人の目があった。全員がうなずき一斉に馬体を蹴って霜立つ道なき原野を駆けだした。

山内隊、鉄嶺到達(一月十四日)

一月十四日、出発から十一日目の払暁、山内少尉以下四騎が鉄嶺西北の後車子園《ごしゃしえん》にある高地に到達した。そこに居たのは四騎だけである。同行した馬賊は途中で帰した。

ここまで死地の連続であった。宿営した民家の支那人に日本兵と見抜かれて通報されたり、ロシア軍の警戒網にかかって一斉射撃を受けたり、敵性馬賊の追撃を長躯して振り切ってきた。

民家に泊まるときは何時でも脱出できるように常装で寝た。その際、夜間は交代で警戒に当たったため疲労は重なるばかりであった。集落にロシア軍が駐留しているときは林の窪地で夜を過ごした。四人の顔色はどす黒くなり、二重のマスクの奥にある頬は削ったように削がれ、帽子とマスクの間からみえる目が異様な光りを放った。

鉄嶺は敵の重要な後方基地である。ここまでの情報によると、鉄嶺で働く支那人であっても労働証明書を提示しなければ街に入れないという。潜入が至難であることは明白であった。

(どうやって近づくか)

山内少尉は悩んだ。鉄嶺の前に遼河がながれている。そこに橋はあるが橋を渡ればたちどころに見つかるだろう。夜まで待って凍結した河を渡れば比較的安全に接近できるだろうが、肝心の鉄嶺の街が闇で見えない。山内少尉は、

「明るいうちに渡河して街を一望し、必要な情報を集めた後に夜を利用して脱出する」

と決めた。まだ日の出前である。ようやく遠くの空が白みはじめている。幸運なことに濃霧で視界がわるい。四騎は丘陵を下って小径まで降り、遼河のたもとにある十五間房《じゅうごげんぼう》という小さな村に向かった。と、小径を向こうから支那人の老爺がきた。山内少尉が呼び止め、

「この村に我々の軍はいるか」

と支那語できいた。老爺は首をふり、

「馬蜂溝と三臺子にはおりますんですが、この村にはいないでガス」

と言った。山内少尉は礼を言って馬を進めた。

「敵はいないんですか」

馬を寄せて清水伍長が聞いた。

「いない。たぶんな」

と言って山内少尉が笑った。方言がきつくてよく聞き取れなかったのだ。

四騎は白い霧の中をゆっくりと進んだ。村の手前で道が分かれている。山内少尉は村へ入らずに脇の路を選んだ。そのまま坂をくだって凍った遼河を渡れば鉄嶺である。距離にして一里（四キロ）もないだろう。はたして無事に鉄嶺まで行けるか。緊張で寒さを忘れている。

遼河に近づくと、霧の中から蹄の音が聞こえた。あっと思ったときには前方に三、四〇騎の敵騎兵が長槍を林立してくるのがみえた。

（しまった）

あまりに距離がちかい。引きかえせばかえってあやしまれる。

（えい、ままよ）

運を天にまかせ、常歩のまま前進した。

すれちがった。

敵は二名の将校を先頭に速歩で通り過ぎていった。霧が四騎の正体を隠してくれたようだ。ロシア騎兵たちもこんなところに日本騎兵が来ているとは思わなかったのだろう。額の冷や汗を手袋の甲で拭いながら四騎が坂を下った。

「遼河だ」

誰かが声を出した。そのままなだらかな坂を降りて氷の前まできた。

「牽き馬」

山内少尉が小声で命じた。徒歩になった四人が手綱を引いて渡河を始めた。

接近

氷は厚い。対岸までいけそうだ。風が吹いてきた。寒いはずなのに緊張で寒さを感じない。

「霧が晴れてきました」

神崎一等卒がつぶやくように言った。

「しっ」

清水伍長がそれをおさえた。霧のカーテンが逃げるように開いていく。四騎の姿が、露わになった。氷の上を急ぐ。やっと対岸に着いた。

「まて」

山内少尉が三人を待たせ一人で土手の上に上がった。誰もいない。立って前方を見た。遠くに部落が見える。大きな街だ。距離はまだかなりある。

(あれが鉄嶺だろうか)

眼をこらした。はるかむこうに煙突のようなものがみえた。

(おお、佛塔《ぶっとう》だ)

「鉄嶺の高地に佛塔が立っている。高いからすぐにわかる。それが目印だ」

好古からそう教えられていた。ついにここまできた。山内少尉の胸に熱いものがこみあげてきた。

（さあ、どうする）

ここからでは遠すぎて様子がわからない。鉄嶺に近づきたいが、ノコノコ行けばすぐに見つかる。

――鉄嶺の街が要塞化されているかどうか。

それを見なければならない。要塞化されていればクロパトキンは日本軍を鉄嶺に引き込もうとしている。要塞化されていなければ奉天での決戦を決意している。

「なかに入ることはないんじゃ」

とも好古に言われている。ロシア軍は必ず陣地外に永久陣地を造る。街周辺の丘陵に大規模な壕を掘り回りをベトン（コンクリート）で固めて銃眼を穿ち、そこに野砲や機銃を据える。旅順で乃木軍がさんざんに苦しめられたベトン要塞である。そうした堅牢な陣地が街の周囲にできているかどうか、あるいはそれを造っているかどうか。

「それをみてくるんじゃぞ」

親が子供にお使いをたのむように、くどいほどそう言われてきた。そして、

「見たらまっすぐ帰ってこい」

そう言ったときの好古の笑顔が山内少尉の脳裏に浮かんだ。

（さて、どうする）

そのとき、左方の小さな部落から出てきた約一〇〇人の部隊が縦隊で鉄嶺の方へ行くのがみえた。ロシア軍の歩兵たちだ。多数の軍馬も惹かれている。駐屯していた村から出発して警備につくのだろうか。夜勤明けとの交代要員のようにみえた。

「よし、ゆくぞ」

と声をかけ、山内少尉が牽き馬でロシア軍のあとを追った。三人があわてて追う。四人が縦隊の最後尾についた。敵は気づかない。

一時間ほど歩いただろうか。霧が完全に晴れて太陽がのぼった。この日は快晴である。鉄嶺の街が近づく。想像以上に大きな街だ。城壁が高い。山内少尉が望遠鏡をとりだした。三騎がとりかこむようにして山内少尉を馬体で隠した。山内少尉は双眼鏡から目を離さず歩く。清水軍曹が山内少尉の腰に手をあてて誘導する。

縦隊が停止した。他部隊に道を譲っているのだ。チャンスとばかりに周辺の様子をみる。清水軍曹が前にいるロシア兵を凝視する。後ろを少しでも振り向いたら山内少尉の双眼鏡をもぎとるつもりだ。しかしロシア兵たちはけだるそうに立っているだけで誰も後ろを見ない。館澤上等兵と神崎一等卒が望遠鏡をかまえる山内少尉を隠そうとさりげなく人馬をうごかす。

視察

望遠鏡のなかの鉄嶺は静かであった。鉄嶺周辺に構築中の陣地があったが、すこぶる簡易なものである。人馬の動きも少ない。鉄嶺を決戦地とするのであれば、おびただしい数の兵馬が溢れ、膨大な物資が搬入され、人夫が大量に駆り出されるなど大変な賑わいをみせているはずだ。そうした喧噪が皆無である。

（しずかすぎる）

縦隊が進みはじめた。山内少尉が望遠鏡を目からはずした。三人はほっと胸をなでおろした。四騎が紛れ込んだロシア兵の列は鉄嶺の直近を通って西にむかった。まるで四人のために見学コースを歩いてくれているようだ。

前方に単線の線路が見えた。満州を南北に走る東清鉄道である。山内少尉が歩きながら磁石を取り出して方角を確認した。クロパトキンは奉天に総司令部を置いている。この線路を南にゆけば奉天に向かい、北にゆけばハルピンに着く。

ロシア本国（モスクワ）からの物資や兵力はシベリア鉄道でハルピンまで運ばれ、東清鉄道によってハルピン→鉄嶺→奉天に運ばれる。動員できる日本の総兵力が二〇万人であることに対し、ロシアは二〇〇万人以上におよぶ。日本から見れば無限と言っていい兵力がこの鉄道によって戦線に運ばれるのである。ロシア軍の大動脈といっていい。

この凍土の鉄道は全長二〇〇〇キロ以上あり、全線が単線で輸送は一方通行となる。そのため人員と物資の輸送に時間がかかる。クロパトキンがいちいち軍の態勢を整えるのに時間をかけているのはこのためであった。

本国から遠く離れたところで戦うロシア軍の補給路はこの一本の線路しかなく、まぎれもなく生命線である。巨象が錦糸のような細い糸で命をつないでいるようなもので、もしこの鉄道を寸断できればロシア軍は痛手を負うどころか、その動きを止めることができるかもしれない。

（永沼隊はどうか）

この大動脈を破壊するのが永沼挺進隊に与えられた命令である。山内少尉もそのことを知っていた。

鉄道の西に陣地があった。そこにも敵はいない。土を盛っただけの粗末な陣地があるだけだ。

なおも歩いてゆく。線路の前で縦隊が止まった。ロシア兵が乗ったトロッコが連なって目の前を通過した。トロッコ群は南に向かっている。トロッコの数も乗っている兵数もおびただしい。トロッコで運ばれているのは兵だけではない。あふれるほどの物資が積まれたトロッコの数もまたおびただしい。

（奉天におくっているのだ）

前述のとおり東清鉄道は単線であるため汽車の運行間隔が長い。そこで汽車が通らない時間帯にはトロッコを使って物資輸送をおこなっているのである。鉄嶺は奉天への中継基地の様相を呈しており、兵力を奉天に集中していることは明らかであった。

（まちがいない）

決戦の地は、奉天である。

脱出

トロッコの一群が通りすぎ歩兵部隊が動きだした。ゆるゆると線路をこえた。線路のむこうは鉄嶺の入り口である。

（ひきかえそう）

そう思って足をとめたとき後方の線路で再びトロッコの通過が始まった。トロッコの連結は果てしなく長い。四騎の退路が断たれた。引くに引けない。立ち止まればあやしまれる。やむなく歩兵の後について前に進む。

（まずいな）

風防を深くかぶりマスクで顔をおおった四人がうつむきかげんに歩く。

（線路をこえる前に離脱するべきだった）

そう思ったが、もう遅い。

そのとき、北方の部落から一個小隊（約十騎）のロシア騎兵がこちらに近づいてきた。先ほど小路ですれ違った騎兵集団（一個中隊）の一部である。

騎兵は他部隊の騎兵を見たら必ず注視し、その騎兵たちの部隊と任務を推察する。

ロシア騎兵が畑の畔道に止まってこちらを見ている。四人もロシア騎兵を思わず見た。目が合った。

彼我の距離約七〇〇メートル。先頭の騎兵将校が手をあげて号令を発した。ロシア騎兵たちが馬を立てなおし、地を蹴って真っすぐ向かってくる。

「乗馬」

山内少尉が号令をかけた。四人が馬にまたがった。

「あとへ」

馬首を反転させ、猛然と線路にむかって四騎が駈けた。線路がみるみる近づく。ちょうどトロッコがとぎれた。敵地を抜けるには今しかない。先頭の山内少尉が線路に差し掛かった。そこに右方から次のトロッコが走ってくる。線路を遮断されたら袋のネズミである。

四人が激しく鞭を入れた。赤錆びたトロッコが右から迫る。鉄輪の軋む音が大きくなる。

間に合うか、間に合わないか、ギリギリである。競うように四騎が走る。

「とべ」

山内少尉が叫んだ。山内少尉騎乗の白馬が線路を飛んで通過した。続いて、二騎、三騎と通過した。四騎目の神崎一等卒がわずかにおくれた。

神崎一等卒は愛馬に北覇《ほくは》という名をつけていた。神崎は北覇をこよなく愛し、北覇も神崎に懐いていた。その北覇にトロッコが迫る。馬はひるむと足を止める。線路の前で馬が止まればロシア騎兵に捕捉される。神崎一等卒がひときわ強く鞭を入れた。北覇はそれに応えるかのように跳躍した。躍動した北覇の尾のさきが先頭のトロッコをかすめた。後方を轟轟とトロッコが通りすぎる。かろうじて線路を抜けた。間一髪であった。

追撃の騎兵たちはトロッコに阻まれて線路の手前で停止し、地団駄を踏んでくやしがった。そうであろう。敵の斥候を捕捉すれば最高位の勲章がもらえたのである。のがした獲物は大きかった。

四騎は疾風のごとく駈け去った。

果てなき帰路

「敵斥候侵入」

の報は電話で周囲の部落に伝達されているはずだ。できるだけ遠くへ逃げなければならない。

四騎は西北にむかった。いくつかの部落を早駆けで抜けた。部落がなくなると低山が近づいてきた。

四騎は山道を選び坂の小径を人馬ともにあえぎながら登った。

中腹まで登ると四騎は小路をはずれて谷に入った。馬を降りて牽き馬で雑木の枝を払いながら山の奥へと下って行く。

やがて深い谷間に行きついた。

（ここなら大丈夫だろう）

山内少尉が「止まれ」の号令を発した。馬は真っ白な息を盛大に吐き、アワをふいてあえいでいる。

四人もハアハアと荒い息を吐き言葉もでない。顔は死人のように蒼白である。

清水軍曹が手綱を館澤上等兵に預けて三人から離れた。敵騎を振り切ったかどうか確認に行ったのである。数分後ようやく人馬ともに息が整ってきた。

「あぶなかったな」

三人が声をかけあった。

「よく飛んだな北覇」

神崎一等卒が愛馬の首を撫でて頬ずりした。

「大丈夫です」

清水軍曹が戻ってきた。四人に笑顔が浮かんだ。山内少尉が腕時計を見る。午後三時を過ぎている。

四人は陽が暮れるのを待った。馬たちは盛んに草を食った。四人は水筒の水を馬に与え自分も飲んだ。

「うまい」

甘露とはこの水のことをいうのだろう。携帯食（焼きしめた餅。餡はなく塩をまぶして食べる）を取り出して立ったまま喉を通した。

日が傾いてきた。馬の汗が白く凍りはじめた。四人の汗も冷え、体温が急激に下がる。誰からともなくその場で足踏みを始めた。

　夕闇が迫る。

「行こう」

　山内少尉が声をかけた。四騎は谷をすすんだ。路にでた。磁石で方向を確かめながら南にむかった。ロシア兵がいない集落をみつけたい。はやく馬に水をやりたい。馬は水を飲む。それも、大量に飲む。とくに早駆けをしたときには一斗以上飲む。水筒に残った水を全部与えたがとても足りない。馬たちも苦しそうに首をふっている。

　山をぬけた。畑の向こうに集落が見えた。灯の数からして十戸に満たない小さな村である。ロシア軍は大軍で駐屯する。そのため大きな村を宿営地とするのが常で、小さな村に泊まることはまずない。四騎は村に入った。村の入口にある民家から蹄の音を聞いて中年の男と二人の子供がでてきた。

「米と粟を売ってくれ。金はやる」

　と山内少尉が支那語で言った。男はうなずき、

「売ります。中にどうぞ」

　とうながした。親切な男のようだ。男の足にしがみついた子供たちが見あげている。山内少尉が子供の頭をなでた。村にロシア軍はいないようだ。馬に水を飲ませ、粟を食わせ、支那人から買い取った米袋を馬の背にしばりつけた。その様子を父親の後ろから子供がじっと見てる。

　馬の世話と荷造りが整うとメキシコ銀貨を男に渡して四人は民家に入った。土間に入るとヤカンに湯が沸いていた。その湯を茶碗に移して飲む。四人がうめき声をあげた。凍った体が解凍されていく。

飯盒に残していたメシが凍っている。民家の家族に見られないようにお湯を入れ、そこに味噌を解かして箸でかきまわし、ほぐれたところを土間に立ったまままいっきに掻っ込んだ。

（なんという美味）

あっという間に食い終わった。まだ腹が減っている。未練がましく箸をなめた。ふと後ろをみると、家族が寄り添ってヒソヒソ話をしている。どうやらロシア兵ではないことがバレたようだ。あわてて四人は立ち上がって外にでた。

「ありがとう」

見送りに出てきた家族に支那語で礼を言って騎乗した。

民家を出ると四騎は鉄嶺方向にしばらく行ってから方向を変え、南に馬を走らせた。

やがて山路に差し掛かった。周囲は墨の如き闇である。ロシア軍も馬賊も夜間は活動しない。闇の中にいるときだけ安心できる。一月十四日がようやく終わった。長い一日だった。

今日は月明も乏しい。四騎は馬を常足に変えてトボトボ進んだ。厳冬の空を見上げる。星が冷たく輝いている。

「今夜は露営だな」

山内少尉がつぶやいた。

建川隊、鉄嶺潜入（一月十七日）

一月九日に韓三台を出発した建川隊は、螞蜡廠《ませきしょう》の橋口少佐の下を出てからぷっつりと消息を絶った。

その六騎が一月十七日の夕、鉄嶺の西北方約一〇里（四〇キロ）にある小高い山の頂に忽然とあらわれた。

螞蜡廠から は西に向かい渾河と遼河を渡って北進し、鴨子廠《やあじしょう》から四屯子《しとんし》に到達すると東進に転じ、鉄嶺の西にあるこの山に至った。踏破距離は九五里（約三八〇キロ）、幾多の危険と困難を乗り越えてようやく敵の軍都鉄嶺を見下ろすところまできた。

山内隊が鉄嶺を探索したのが一月十四日である。遅れること三日、山内隊の情報は建川隊にはない。疲労は限界に達していた。疲れ切った体は昨日の記憶も残さない。功名を求める気持ちもすでに消えている。毎日の厳しい行軍に耐え、鉄嶺へ、鉄嶺へと念じながらここに辿り着いた。今あるのは、

（ゆけるところまでゆく）

という執念だけであった。建川中尉は、深夜、鉄嶺に潜入するつもりでいる。

見おろすと鉄嶺平原が広がっている。その向こうに街が見える。

豊吉軍曹が望遠鏡を構えた。レンズのなかの街の高台に佛塔が見えた。

「鉄嶺だ」

望遠鏡をのぞいたまま叫んだ。街をつらぬく線路が南北にどこまでも続いている。

「煙だ」

汽車が白煙を吐きながら街に消えた。六人の眼窩はノミで掘ったように落ちくぼみ疲労がひどい。

建川中尉はここで一日休むことも考えた。しかし、

「それはできない」

と首を振った。沙河にいる好古に報告を急ぎたい。なんとしても次の会戦の前に鉄嶺の情報を届けなければ。

「ゆこう」

建川中尉が声をかけた。夕闇が迫りつつある。薄暮のため敵兵と遭遇してもなんとかごまかせるだろう。六騎は山の小径を駆け下りた。

山裾まできた。茫々たる平原が広がった。時計を見ると午後五時を少しまわっている。夕暮れとともに気温がさがってきた。今夜も零度を下回るだろう。寒さは風によって強まるが、幸いに風がない。四騎がゆっくりと踏み出した。平原を覆った薄い雪が凍り始めている。馬の蹄が氷の雪を踏み砕きながら進む。

「速歩」

建川中尉の声で四頭が速度をあげた。太陽が地平線にかかり雪原に騎乗の長い影が映った。

六騎は夕日に染まる平原をまっすぐに走りはじめた。

きび

数時間が経った。陽がとっぷりと暮れた。鉄嶺潜入の前にメシを食わなければならない。建川中尉が馬の速度をゆるめた。人家の灯りが見える。ほのかな灯りが三つ四つ、大きな集落ではない。

六騎がちかづくと月明かりのなかに土塀が見えてきた。ちょうど支那人が民家の門を閉めようとしている。急いで走りより、

「馬にやるきびがほしい」

建川中尉が支那語でいった。四〇をすぎた親父である。目が険しい。親父は問に答えず急いで門を閉めようとした。咄嗟に建川中尉が馬を乗り入れて門のなかに入った。

「なにをする」

と親父が叫んだ。建川中尉は馬から飛びおりて帯剣を抜き刃先を親父に突きつけ、

「門をしめろ。周囲を警戒しろ。土塀をこえる者がいたら撃ち殺せ」

と五人に命令した。親父は怯えもせずふてくされている。建川中尉と野田上等兵が親父の背中を押して民家の中に入れた。家に入ると肩をよせあって立つ家族がいた。妻と小さな子供たち三人である。ひどく怖がっている。野田上等兵が四人を二階に連れていき一室に閉じ込めた。野田上等兵が部屋を出るときに一番小さな子供の頭を優しくなでた。

一階では建川中尉が親父と交渉をしている。

「危害は加えない。きびがほしい」

「きびはある。売ってやる」

建川中尉が目配せをした。野田上等兵がうなずき支那銀貨を見せた。親父はしかめっ面をして首を振った。メキシコ銀貨が欲しいという。野田上等兵がマスクの下で苦笑いをしながらメキシコ銀貨を一枚渡した。

親父が外にある物置にむかった。二人がついてゆく。外にでると大竹上等兵と沼田一等卒が井戸から水を汲んで馬に飲ませていた。豊吉軍曹と神田上等兵は土塀の外で周囲の警戒にあたっている。

親父が物置から二升のきびを持ってきた。腹を空かした六頭にはとても足りない。野田上等兵が懐からもう一枚銀貨をだした。親父はにやりと笑い物置から二升のきびを持ってきた。それを何度か繰り返した。完全に足もとをみられている。

（高いきびだな）

建川中尉が苦笑した。馬に水を飲ませ終わった大竹上等兵と沼田一等卒が買い取ったきびを馬に与えた。六頭はよく食った。馬たちは食い終わるとまた水を飲んだ。これで元気がでるだろう。馬の次は人だ。そう思うと急に空腹が襲ってきた。我々もメシを食わねばならない。携行している残り少ない米をおろし、家のなかで炊いて六人が交代で食った。親父がじっとそれを見ている。

「米が足るまい。売ってやろう」

商魂たくましい親父である。建川中尉がハシをつかいながら首を振り、

「いらない」

と断った。たしかに残りの米は少ない。馬の背袋にわずかに残っている程度だ。

（あれくらいでいい）

建川中尉は飯を掻っ込みながら考えていた。これから鉄嶺の街にはいる。大きな米袋を積んでいると疑われる。積み荷が重くなれば逃げ足も遅くなる。これから先の荷は軽いほうがいい。

六人は味噌をおかずにたらふく飯をくった。体が温まった。胃がふくれると眠くなる。飯を食っている途中で箸が止まりカクンと頭がおちる者もいた。しかしここで眠るわけにはいかない。

残ったきびを馬に載せて五人が騎乗し、牽き馬の沼田一等卒が土塀の門をひらいた。五騎が門の外

に出たところで沼田一等卒を待ち、六騎になって出発しようとしたとき、親父が門まで来て、

「どこへゆく」

と尋ねた。建川中尉が、

「南だ。奉天はどっちだ」

と聞くと親父が指さした。六騎は無言でその方向に走りだした。

腕時計を見ると針が十時を指している。頭上には月が輝く。今日は満月だ。月光に雪が白く光る。月明かりと雪明かりで進む道が白夜のように明るい。後ろで親父が門を閉める音がした。

親父は我々のことをロシア軍に通報するだろうか。

（まず、するまい）

支那人は中国大陸の住民である。日本もロシアも戦争のために来たよそ者である。支那の住民はどちらの味方でもない。どちらが勝とうがどちらが負けようがどうでもいいのである。今日はただ同然の馬の餌が売れてたくさんの銀貨をもらった。家族も無事である。ふいに訪れた幸運を家族で喜び、今夜はぐっすり眠るだろう。

建川中尉はそう考えたが、一応慎重を期し、半里（約二キロ）ほど南に進んでから進路を東に変えて鉄嶺にむかった。

凍結の遼河

豊吉軍曹が月明かりで腕時計をみた。深夜零時を回っている。六騎が遼河の河岸に着いた。厳冬期

でなければ海のごとき様相を呈する大河であるが、今は結氷して渡河は容易である。

六騎がしずしずと河に乗り入れる。馬には氷上蹄鉄を履かせてある。コンクリートのように固く締まった氷が馬蹄で鳴る。凍った遼河はあちこちに氷塊ができて凸凹が激しい。馬の足を痛めないように合間を縫ってゆっくりと進む。

六騎が河の半ばを過ぎた。渡河までもうすぐである。街の灯が掴めそうなほど近い。鉄嶺の周りで蛍のように明滅する明かりはロシア兵が野営する燈火であろう。

「とうとうここまできた」

夢にまでみた目的地である。ここまで七日を要した。

土手の手前で六人が馬を降りた。建川中尉が、

「これから鉄嶺にはいる。おそらく誰かが死ぬだろう」

と言った。五人はだまって聞いている。

「斃れた者は置きすてる。おれが斃れてもおなじだ。生きた者が帰還して報告する。よいな」

五人がだまってうなずいた。

(線路があるはずだ)

鉄嶺を見下ろす山に登るためには線路を超えて市中に入らなければならない。

「明るいな」

豊吉軍曹がつぶやいた。天にうかぶ丸い月がうらめしい。潜入するには明るすぎる。

(曇らないか)

六人が願う。しかし空は晴れて雲一朶もない。それにしても寒い。人馬が白い息をもうもうと吐く。河をおおむね渡り切った。

豊吉軍曹と大竹上等兵が馬を預け、向こう岸の状況を見に行った。

二人が土手の斜面を這い上がって伏せた。周囲に人馬の気配はない。豊吉軍曹が後ろの大竹上等兵を手でおさえて待たせ、首をのばして土手から頭をだした。土手の向こうに一本のレールがどこまでも続いている。奉天と鉄嶺を結ぶ東清鉄道である。線路脇には電柱があり電線が通っている。

いつのまにか大竹上等兵が豊吉軍曹の横に顔を出して辺りを見ている。二人の目が合い無言でうなずき、土手を駈け下りて建川中尉の元まで戻り、

「誰もいません」

荒い息を吐きながら豊吉軍曹が言った。そして、

「まったく無警戒です。いまなら鉄道と電線を爆破できます」

と進言した。しかし建川中尉は、

「いや、まだはやい。このまま街にはいろう」

と首をふった。電線と線路の爆破も建川隊に与えられた任務である。しかし今ここでそれをやれば大騒ぎになる。以後、鉄嶺の街を探ることはできない。

「鉄嶺の街が要塞化されているかどうかを見てこい」

というのが好古の一番の命令である。それが分かればクロパトキンが考える決戦地が鮮明になる。クロパトキンの頭の中を探ることが最優先だ。目の前の功名に囚われてはならない。

六人が牽き馬で土手を上がり線路を超えた。鉄嶺の街はすぐそこである。

潜入

六人は騎乗して縦列ですすむ。先頭は建川中尉である。馬たちも緊張するのか盛んに両耳を立ててふるわせている。馬の首をなでながら月光にうかぶ鉄嶺の街に向かう。

建川中尉のあとには白馬に乗る沼田一等卒がついた。ロシア騎兵は白馬が多い。騎兵小隊に似せるために二頭目に白馬を置いたのである。沼田一等卒は自馬に「勇乗」という名を付けていた。その後は上等兵が続き最後は豊吉軍曹である。ロシア騎兵が斥候を終えて帰任して来たとみせるのである。

あちこちに武装したロシア兵が駐屯しており警戒は厳戒を極めている。

（だからこそ隙ができる）

と建川中尉は考えていた。まさか日本兵がここまで来ることはあるまいと考えているにちがいない。その油断を衝く。むろん成功の可能性は低い。建川隊はその小さな可能性に自分たちの命をかけた。

馬が踏む雪が柔らかく沈む。道ではない証拠だ。おそらくコーリャン畑だろう。ロシアの騎兵は畑を行軍しない。石などを踏むと馬の脚を痛めるからである。

（道をさがそう）

しばらく行くと道がみえた。鉄嶺の街にまっすぐつながっている。大きな街道だ。奉天と鉄嶺を結ぶ街道（鉄嶺街道）であろう。路面は雪に覆われて白く凍っている。六騎は鉄嶺の街の灯に吸い寄せられるようにゆっくりと氷の街道を進んだ。

街道沿いには露営するロシア軍の警備部隊が散在している。

最初のかがり火が近づいた。六人は装弾した拳銃を右手に持ち、外套の下に隠した。発見されたら乱射し、鉄嶺の街を駈けぬけるつもりであった。六人の顔は二重のずきんで覆っている。寒さと緊張で歯の根があわない。

ひとつめのかがり火の間をぬけた。あちこちにロシア軍のテントがならぶ。警戒するロシア兵たちの姿も見える。歩哨で立つ若いロシア兵がチラリと六騎を一瞥した。悠然と六騎が進む。若いロシア兵はあくびをしながら視線をはずした。

次のかがり火が近づく。そこも無事にぬけた。また次のかがり火が近づく。赤く燃える焔の狭間をいくつもぬける。

六人がマスクのなかで目をぎょろぎょろ動かして周囲を見る。陣地構築の状況を知ろうとしているのだ。しかし炎の灯りで闇が濃い。

（みえないな）

建川中尉が舌打ちした。

巡察

鉄嶺の街に入った。街は静まり返っている。鉄嶺の建物群が月明に黒く浮かびあがる。

（静か也　月明輝く鉄嶺街　凍土踏みしむ六騎の蹄）

ふと建川中尉に詩作の序章が湧く。一歩一歩街が近づく。六人の胸の鼓動が高まる。

（落ち着け）

自分に言い聞かせる。街に入らずに迂回して南方の山に登る方法もあったが、街の周囲の方が警戒が厳重であろうと考え、夜陰に乗じて市街地を突っ切る道を建川中尉は選択した。

深夜の敵地を六騎が進む。いつの間にか地面がコンクリートに変わっている。両側に煌々と電灯が灯り夜目に慣れた目に眩しい。六騎の姿が照明の中に浮かび上がる。プラットホームが見えた。鉄嶺の停車場（駅）である。列車が並んでいる。深夜にもかかわらずあちこちでロシア兵が働いている。

目の前に横たわる踏切を渡ると駅の構内である。六騎は常足で構内に入った。拳銃を持つ手が緊張で固くなる。踏切を超えた。血のように赤い信号灯の下を通過した。左には無蓋の貨物車が闇の中に列をなしている。ロシア本国から運ばれた物資はハルピンを経由していったん鉄嶺に集積され、戦線からの要求に応じて必要量を運ぶのである。

踏切の向こうに歩哨が立っている。光の陰からいきなり現れた。六人の肩がギクリとなった。信号灯がまぶしくて歩哨が見えなかった。歩哨はじろりと一瞥してけだるそうに眼をそらした。

（ぬけた）

その直後、汽車の汽笛がするどく鳴った。甲高い笛の音が六人の心臓を貫いた。早鐘のように高鳴った心臓の鼓動が収まらない。

汽車は後方で蒸気を吐き凍ったレールを車輪が空転しながら前進を開始する。奉天に向かうのだ。振り向いて積み荷を見たいが余計な動きをして歩哨に感づかれたら厄介だ。前を向いたまま進む。

目指す山が東南方に黒く見えている。

（もうすこしだ。がんばれ）

建川中尉は心中無言で五人に激をとばした。

月下の鉄嶺

午前一時を過ぎた。その後、市街でロシア兵と遭遇することなく南方に出た。そこから小路を牽き馬で登り、午前二時、目的地である鉄嶺南方の高山に到達した。

山頂から見ると鉄嶺の街が月光の中に妖しく浮かびあがっている。明滅する鉄嶺の街の灯が実に美しい。それにしてもよくここまでこれたものだ。豊吉軍曹が建川中尉の顔を見て、

「奇跡ですね」

と言うと、建川中尉は、

「日本が正しき戦争をしている証拠だろう。天祐は我にありだ」

と答えて笑い、六人は体を寄せ合って喜んだ。視察は明朝とし、ここで朝を待つことにした。気温は低いが風がないため凍死することはないだろう。敵中のため鞍は降ろさない。六人が毛布を座布団にして雪の上に腰を下ろした。馬は雪を舐め、わずかに顔をだす草をむしり食っている。

建川中尉は他の者に休憩を命じた。

「たばこ一本よし。火は隠せ」

建川中尉の了承を得て豊吉軍曹が指示した。全員タバコを吸う。懐からタバコを取り出し、マッチを擦って火を点けた。その際、火が見えないように低い姿勢で手で隠しながら喫する。

「うまい」

と言いながら紫煙を地上に向けて細く吐く。その後、毛布に座って頭を垂れて目をつむった。

建川中尉は一息つくと立ち上がって再び街をみた。照明であふれる鉄嶺の駅では汽車が煙をあげて出発の準備をしている。深夜にもかかわらず汽車の発着がさかんだ。駅の脇には巨大な倉庫が並んでいる。中には軍需物資がぎっしりと詰まっているのだろう。膨大な物資量だ。

(果たして日本はロシアに勝てるのだろうか)

営口の物資集積所と比較すると規模が違いすぎる。日本とロシアの国力の桁の違いを改めて見せつけられる思いで茫然となる。その倉庫の屋根の向こうに鉄嶺の市街地がひろがっている。

この日、月は低かった。青磁の絵のような鉄嶺の街が青く浮かびあがる。

(東清鉄道の輸送状況はどうか)

その詳細を見るためには朝を待たねばならない。豊吉軍曹が建川中尉のとなりに立ち、

「中尉殿、この付近で鉄道の破壊をしては如何でしょうか」

と進言した。建川中尉は腕を組んでしばらく考えたのち、

「今、鉄道を破壊しても大した効果がないうえに我々が侵入したことが発覚して今後の行動が困難になる。鉄道破壊はまた機会がある。今は待とう」

と答え、

「少しねむろう」

と言って腰をおろした。この日の挺進距離は十七里（五〇キロ）であった。

二人はたちまち深い眠りにひきこまれた。

鉄嶺の朝

一月二十日払暁、豊吉軍曹がハッと眼をさました。夜が白んでいる。どうしたことか手足がない。夢を見ているのか。

（雪か）

寝ている間にちらほらと雪が降り、その雪が積もって体を隠したのだ。脇を見ると建川中尉が望遠鏡と磁石をもって街を見降ろしている。他の者は白くなってまだ寝ている。

「すみません、寝坊しました」

豊吉軍曹は建川中尉の横に立った。

「報告文を頼む」

建川中尉が望遠鏡で街を見ながら言った。

「はい」

豊吉軍曹があわてて筆記具を出して構える。

「鉄嶺の駅を中心に二時間ごとに列車の発着あり。ロシア軍は昼夜兼行で物資を輸送している。貨物車は二〇両連結を平均とする。汽車の構造が日本と異なるため貨車と客車の別は不明」

と言い、そのあと最も重要な情報について建川中尉が言った。

「南に向かう奉天行きの列車はすべて二〇内外の連結車両で例外なし。かたや復路たるハルピン行きの列車は汽車のみの列車あり。すなわち輸送した貨車を奉天に置き捨て、汽車のみが復路を運行していると思慮される」

声が低い。呟くような声を豊吉軍曹がかじかむ手で手帳に書きこむ。

復路が汽車だけになっているのは、単線における輸送効率をあげるためであろう。奉天に到着した列車から貨車を切り離し、身軽になった汽車が速度をあげてハルピンに戻り、そこから貨車を引いてまた奉天に向かうのである。この運行状況によりロシア軍が奉天会戦にむけて準備を急いでいることが明確になった。

建川中尉は、

「敵は」

と言って一瞬黙り、望遠鏡から目を離し、豊吉軍曹を見ながら、

「輸送状況からして鉄嶺によらず、奉天において決戦する決心にあり」

とゆっくりと言った。これが将校斥候として出した建川中尉の結論である。豊吉軍曹が震える手でそれを書きとめた。

「おお、雪だ」

建川中尉がずいぶん前からの降雪に気づいた。偵察に夢中で気付かなかったのである。

「出発」

豊吉軍曹が四人を起こして乗馬させた。人馬ともにまだ寝ぼけているのか足もとがふらついている。

(陣地はどうだろうか)

クロパトキンに奉天と鉄嶺の「二段構え作戦」の計画があるのか。

（工事をみればそれがわかる）

うまくやれば見てまわれるだろう。

「雪は払うな」

豊吉軍曹が後ろから声をかけた。正体を隠すために「衣服に付いた雪をそのままにしておけ」という命令である。六騎は肩に雪を載せたまま山を牽き馬で下り始めた。途中、工事にむかう支那人とすれちがった。六人の衣服は雪で白くなっているため日本兵とは気づかれない。

「工事の進捗はどうだ」

「お前の担当はなんだ」

などと建川中尉が何人かの支那人に支那語で話しかけた。その結果、工事の規模は小規模なものであることがわかった。

山の中腹に差し掛かった。望遠鏡で市街をみると駅や線路沿いにいくつかの塹壕が見える。いずれも土を掘り下げた程度のものでベトンでつくった永久陣地ではない。クロパトキンが鉄嶺での戦闘を想定しないことは明らかであった。

（まちがいない。奉天が決戦場だ）

確信をもった建川中尉がマスクのなかでニコリとわらった。

建川中尉は道を逸れて林のなかに入った。外から見えない場所まで来ると下馬させ、五人を集めてこれまでの情報を伝達した。五人は手帳にメモするとその手帳を懐中に収めた。六人のうち誰が生還できるかわからない。誰が生き残っても報告できるように情報を分散したのである。

鉄嶺の任務はおわった。

（さて、どうするか）

建川中尉は悩んでいた。計画は鉄嶺視察のほかに、

成し得れば、遙かに遠く、撫順方面の敵状および地形偵察
成し得れば、鉄道電信の小規模の破壊および倉庫の焼燬

があった。建川中尉が撫順方向を見た。これまでの平原とは異なり、重畳と連なる山岳地帯である。鉄道等の小規模破壊よりも撫順視察の方が困難であることは明らかだ。

建川中尉は、

（迷いが生じたら困難を進め）

という幼少の頃の父の教えを思い出していた。そして撫順方面の視察を次の作戦に決めた。

問題はここで伝騎を出すかどうかである。報告のため一人乃至二人を別働させて秋山支隊長の元に走らせるかどうか。それを建川中尉は迷っていた。

苦労を共にしてきた部下に別命を与えて隊を離れさせるのは辛い決断である。

「豊吉、どう思う」

と密かに相談した。すると豊吉軍曹は、

「恐れながら進言致します。一人あるいは二人で遠い敵地を切り抜けるのは困難でしょうし、伝騎を出して人員が少なくなると今後の作戦遂行が難しくなります。また、ここから伝騎が敵地を抜けて我が軍の左翼方面に帰着する日数と、我々が撫順方面を視察して右翼方面に帰着する日数は変わらないと思います」

と答えた。そして更に、

「これまで我々は野に寝、山に伏し、様々な困苦を共に乗り越えてきました。いかがでしょうか六人で撫順を目指しては」

と言った。建川中尉は、

「わかった。そうしよう」

と言ってうなずいた。そして隊員を集め、

「これより撫順に向かう」

と伝達した。撫順は奉天と鉄嶺の中間に位置する。撫順が要塞化されていれば、奉天↓撫順という二段構えの会戦計画も考えられる。ただし、

「地理、地形、鉄道の敷設状況からみてその可能性は極めて薄い」

と好古は考えていた。しかし一応確認はしておきたい。そこで、

「成し得れば（可能であれば）」

という条件付きで建川隊に命令していたのである。

山内隊帰還（黒溝台会戦前の帰着）

一月十四日、深夜、鉄嶺偵察を終えた四騎が東南にむかった。

疲れ切った馬がとぼとぼと歩く。馬上で四人がコクリコクリとゆれる。まだ敵中深い。

月が昇った。雪光る道を首をたれた四騎がゆらゆらと進む。

（早く遼河を渡りたい）

山内少尉はそう願っていた。

やがて目の前に河がみえた。遼河である。遼河は白く凍り月光に映えて妖艶な光りを放っている。

河の畔まで来ると山内少尉は下馬を命じ、牽き馬で河を渡った。

この日の距離は一五里（六〇キロ）を超えたであろう。遼河を渡ると平原に出た。真っ白な雪原が広がっている。人馬の踏み後はない。四頭の蹄が白の大地に最初の足跡をつけながら進む。

「どこかに露営できる場所はないか」

馬も人も体力が尽きつつある。四人は休む場所を探した。なおも進むと右手にのぼる月下に丘陵が見えた。右に進路を変えて四騎が丘に向かう。

坂道になった。四人とも馬を降りて歩いた。人を乗せて坂を登る力が馬にない。牽き馬でゆっくりと坂をあがる。山は低く坂の傾斜はゆるい。それでも何度も止まって人馬とも息を整えた。

ようやく山頂に着いた。露営場所は高いほうがいい。四方に逃げることができるからである。

山頂から見下ろすと闇のなかに点々と灯りが連なっている。

「あれは線路だ」

山内少尉が言った。線路の左方向に灯りがひとかたまりになっている場所がある。大きな部落があるようだ。ロシア軍が駐屯しているにちがいない。

清水軍曹が風があたらない窪地に隊を誘導した。ここが今夜の宿である。

館澤上等兵と神崎一等卒が椅子の代わりにと倒木を引っ張ってきて置いた。次に倒木の前の雪を枝で払って地面を出し、石を置いてかまどをつくり、折った枝を薪にして火を点けた。パチパチと炎が立つと四つの飯盒に雪を詰めて火にかける。馬に飲ませる水をつくるのである。

水ができると携帯用のバケツに入れて飲ませるのだが一度では足らず何度もそれを繰り返した。

水飼が終わると秣を与える。四人の飯はその後である。

その間、山内少尉と清水軍曹が懐中電灯を地図にあてて明日の挺進経路を検討していた。走ってきた方向、行軍距離、遼河などの地形、鉄道からの距離などからおおよその現在地をつかむ。

「明日は山を西におりてみよう」

「あと一〇日ですか」

「いや遅すぎる。七日で行きたい」

「七日ですか」

清水軍曹が目を転じて炊飯をしている館澤上等兵と神崎一等卒の横顔をみた。風防とマスクをはずした二人の顔がたき火の炎にあぶられて闇のなかに浮かびあがる。不気味なほど眼孔が落ちくぼみ、頬骨が削ぎ立っている。英気溌剌としていた若者の面影はどこにもない。

（やせたな）

清水軍曹は目をそらした。あまりにも人馬が疲れている。この先も露営がつづくだろう。

（それを七日で）

清水軍曹がうつむいてだまった。体力が果たしても持つだろうか。そのとき、

「飯が炊けました。うまそうですよ」

と神崎一等卒が声をかけてきた。明るい声であった。清水軍曹と山内少尉が顔を見合わせた。おもわず笑みがこぼれた。おかずは塩と味噌である。

「うまい」

四人がおもわず声をあげた。飯が済むと何杯も熱いお湯を飲んだ。腹が落ちついた。タバコに火をつけた。ひさしぶりの一服である。

「うまいなあ」

紫煙をはきながら館澤上等兵が声をあげた。体が温まると睡魔がおそってきた。四人は体をよせあって倒木にすわり、うつらうつら眠った。手にはそれぞれ愛馬の手綱をにぎっている。

目の前の火がチラチラと燃える。寒さで眼がさめた者が枯れ枝をくべる。そしてまた眠る。

小さな焔は四人の命そのものであった。

「火があるうちは死なぬ」

いつしか四人はそう思っていた。

厳寒の満州の深夜、気温は零下三〇度を超えた。仄かな光の焚火に四人の体を温める力はない。

しかし赤い炎と熾火のゆらめきが心に灯《ひ》を灯《とも》し、四つの命を朝まで支え続けた。

追撃

夜があけた。いつのまにか霧がでていた。あたりは白く覆われて一メートル先も見えない。濃霧の中の小径を通って山を降りた。平地は霧がなかった。磁石を頼りに西に向かう。しばらく行くと小さな村があった。そこを避けて進む。左手に鉄道が見えた。しばらく線路に沿って進む。また部落が見えた。ロシア軍が駐屯しているはずだ。右に逸れて部落を避けようとした。そのとき、部落からわらわらと人が出てきた。ロシア軍の歩兵である。

「ヒュッヒュッ」

弾丸が風をきる音が聞こえ、遅れて、

「ターン、ターン」

銃声が聞こえた。ロシア兵が立射を始めたのである。

「伏せて走れ」

山内少尉が指示した。四人は馬上に伏して銃声がしない方向にむかって馬を走らせた。

「プスプス」

こんどは右から撃たれた。地面に着弾する音がする。あわてて進路を左にかえる。進むはるか向こうからロシア騎兵がむかってくる。その数約一〇騎、包囲されている。

「右へ」

進路を右に変えた。すると右側の畑のむこうに馬賊の一団がみえた。四騎は加速して走る。馬賊たちがその後を追う。しんがりを走る清水伍長と馬賊が接近する。

「ダーン、ダーン」

清水伍長が後方に腕をのばしてピストルを二発、発砲した。疾走する馬上でピストルをとりだして後方に発砲するのは簡単な技術ではない。

馬賊の先頭があわてて馬の手綱をひいた。雇われた馬賊たちは報酬のためにロシアの手伝いをしているだけで命をかけて戦う義理はない。そのため銃で撃たれると追跡の速度をゆるめて距離をとる。

「馬賊には威嚇射撃が効く」

ということは清水伍長も常識として知っていた。二時間ほど走った。馬賊を振り切った。

平原へ出た。山内少尉は馬をとめて一息いれることにした。四人が馬を降りた。皆、肩で息をしている。山内少尉は懐から磁石をとりだした。

（ここがどこだかわからないが、とにかく西に向かおう）

荒い息を吐きながら方向をたしかめた。

「川があります」

神崎一等卒が叫んだ。みると田んぼの水路がある。さっそく馬を牽いて近寄る。のぞきこむと氷が張っている。館澤上等兵が軍刀の柄で叩き割ると清冽な水があらわれた。馬たちが主人を押しのけて水路に顔をつっこんだ。

馬に十分な水がやれる。この状況下でこれ以上の幸運はない。四人も水を存分に飲んだ。人馬とも体が生きかえる。水筒にも水を詰め、装具を整えた。

沼田一等卒が水を飲む馬を撫でる。やせてあばらが浮いている。体のあちこちに傷もある。蹄鉄のゆるみがないか確認しようと足を持つ。出発前よりもずいぶんと足が細くなっている。

（むごい仕打ちをしている）

ふいに心に何かがつきあげてきた。軍人である我々が苦労をしたり死んだりするのは当然のことである。しかし馬たちはちがう。草原を走り子孫を残す。生物としての悠々とした営みを送るために生まれてきたのである。それを人間が飼い慣らし戦争の兵器として使っている。しかしそれでも愛馬はどこまでも自分に従順であろうとする。沼田一等卒は細くなった足を撫でながら涙ぐんだ。

「行くぞ」

山内少尉が声をかけた。騎乗した四人が馬体を蹴って出発した。

疲労

「西へ、西へ、西へ」

四人は念じながら馬にゆられた。また遼河がみえてきた。蛇行した大河、迷走する四騎、河のうねりと四騎の航跡がなんども交錯する。固くしまった氷河を牽き馬で渡る。これで四度目の渡河である。

さらに西に進む。夕暮れになった。平地の中にこんもりとした林が見えた。そこに牽き馬で林の中に入った。すぐに館澤上等兵と神崎一等卒が露営の準備を始める。四頭の馬の世話は清水伍長が担当した。山内少尉は雪の上に立って地図を凝視し、

（どうやら石佛寺《しいふうじ》の西北約二里（八キロ）の地点にいるらしい。明日一里（四キロ）ほど西にゆくと街道にでるはずだ。なんとかなるかもしれない）

と考えていた。

この夜も冷えた。零下何度だろうか。もう寒暖計を見る気力もない。焚火はできたが平地のため火を大きくできない。小さな火を四人で隠すように囲んだ。米の残りが少ない。重湯のような夕食を終えた。馬の秣も今日で尽きた。

倒木に座って火にあたると睡魔に襲われる。抗する術もなく眠りに落ちる。深々と夜は更け寒さが増す。体温が奪われて鼓動の動きが鈍くなる。低体温症の症状である。このまま眠ると凍死する。

「おい、起きろ」

あわてて山内少尉が三人の肩をゆすって起こす。ノロノロと皆が立ち上がり馬のまわりを夢遊病者のように歩く。体が温まると座って三〇分ほど眠る。そしてまた立ち上がって歩く。四人は一晩中、これを繰り返した。

早朝、幽鬼のような四人が馬の脇に立っていた。もはや疲労は限界をこえて現実と夢の境があいまいになっている。いま見ている雪原の風景は現《うつつ》なのか幻なのか判然としない。

「出発」

山内少尉が騎乗し、磁石で方向を確認して馬を進めた。この日は快晴であった。幸いにも風がない。

数時間後、街道が見えてきた。

「法庫門《ほうこもん》から石佛寺にゆく街道だ。このまま行けば遼賓塔《りょうひんとう》があるはずだ」

方向はまちがっていない。

「元気をだしていこう」

山内少尉は三人を励ました。遼賓塔は沙河と鉄嶺のほぼ中間にある佛塔で集落の中心に立っている。往路でそれを見た。遼賓塔が見えればゴールが見えてくる。

しばらく行くと街道に農夫がいた。どこに行くのか馬に荷車を牽かせてのんびり歩いている。

山内少尉が荷車に馬を寄せ、

「石佛寺にロシア軍はいるか」

と後ろから支那語で聞いた。振り返った農夫が、

「へえ、昨日の夜はたくさんきてましただ」

と答えた。さらに聞く。

「騎兵か」

「みな歩きでさ」

「馬に大砲を牽かせていなかったか」

「鉄砲ばかりでがんす」

砲兵がいない、騎兵もいない、となると大きな部隊ではない。これから先の敵兵は少ないようだ。

(これは抜けられるかもしれない)

農夫に礼を言って別れ、街道をはずれて西に向かった。

前方に遼河が見えてきた。五度目の渡河である。牽き馬で向こう岸に渡ったが土手を上がる力が馬

にない。何度も馬が足を滑らせ、それを支えようとして兵たちが転ぶ。ようやく土手を上がると四人は動けなくなった。

しばらく休んで息を整えると清水伍長が立ち上がり、神崎一等卒と館澤上等兵を励ましながら出発の準備をさせる。山内少尉は地面に膝を着いたまま地図を見て動かない。覗き込むと目を閉じて眠っている。

「少尉どの。行きましょう」

清水伍長が声をかける。四人が騎乗する。馬がゆっくりと歩き始める。

「西へ。西へ」

四騎はゆらりゆらりと揺れながら前にすすんだ。

睡夢

真っ白な時間がすぎた。この間の記憶がない。ただ眠りたい。それだけを思いながら四人は馬にゆられていた。

ふと、山内少尉が目をあげて一点を凝視した。左の遠方に高い塔がみえた。青空にむかってまっすぐに立っている。あの塔は見覚えがある。

「遼賓塔だ」

清水伍長が後方から大声で叫んだ。往路で見た塔である。

「おお……」

霞がかかったようにぼんやりしていた山内少尉の頭が明確になってきた。

「一月四日に沙河を出発し十二日に遼賓塔を見た。そこまで七五里（三〇〇キロ）と計算した記憶がある」

四人は真っ黒なクマにふちどられた目で西の地平線をみた。あと三〇〇キロ進めば日本陣地に着く。

遼賓塔は秀山子《しゅうさんし》という高台の上にある。四騎はこの塔を左に見ながら西方に進んだ。

雪原に太陽が沈もうとしている。この日も陽が暮れる。馬の足が驚くほど遅い。今ロシア騎兵に襲われたらひとたまりもない。敵に出会わないことを祈りながら四騎が進む。

遼賓塔をすぎて二時間ほど過ぎた。ふいに道に出た。法庫門と新民廳《しんみんちょう》を結ぶ街道である。その街道を超えたところで闇につつまれた。この日は月がない。

（今夜こそ民家にとまりたい）

朦朧とする意識のなかでそう願う。

四騎の馬が止まった。人を乗せる力が尽きたようだ。馬を降りて牽き馬で歩く。四人は首をたれて馬にひっぱられながら進む。

街道を通って二里（八キロ）ほど進むと前方に灯火が見えた。民家である。その灯にふらふらと吸い寄せられていく。

家の前まで来ると山内少尉が扉を叩いた。しばらくすると支那人の親父がでてきた。人相が悪く目が険悪に光っている。

「なんだ兵隊じゃねえか」

「泊めてくれ」

「だめだ。司令部でなきゃここには泊めねえ。あっちの部落に行ってってくれ」

と言ってドアを閉めた。我々をロシア騎兵だと思ったようだ。兵隊は報酬が安いから泊めないのだ。大盤振る舞いをしてくれる将校を泊めたがっている。やむなく四人は別の部落に向かった。

小径をすすむと集落が見えてきた。民家の灯火が多い。大きな村である。部落に入ると左に大きな家があった。ロシア兵はいないようだ。山内少尉が扉を叩くと太った中年男がドアを開けた。

「泊めてくれ」

「泊めないこともないが」

と言いながらじろじろ見ている。

「何人だ」

「四人と馬四頭だ。きびか粟がほしい」

「金がかかるよ」

「かまわん。メキシコ銀貨で払う」

親父と山内少尉が話しているとき、路上で待つ三人と四頭を通りがかった支那人が取り囲んだ。みな酒に酔っている。七、八人だろうか。工事などでロシア軍に雇われた連中である。飲む店を変えようとプラプラ歩いていたところ風変りな騎兵を見つけた。どうやらロシア騎兵じゃあなさそうだ。酒の勢いもあってちょっかいを出しはじめたのである。

「おい、鞍の形がちがうぜ」

「刀も違う」

「頭巾をぬいでもらおうぜ」

「日本兵ならつかまえろ。勲章もんだ」

「おい、駐屯しているロシアの将校さんを呼んでこいや」

命令された若い支那人が走り去った。

（まずい）

山内少尉は、

「用事を思い出した。また来る」

と親父に言い捨てて三人の元に走り、後ろから酔っ払いを突き飛ばして愛馬に騎乗するや、

「早駆け」

と命令した。四人が馬体を蹴るや馬が前足をあげて竿立ちとなり、わっと崩れ立った酔っぱらいを押しのけて四騎が走りはじめた。後方で大騒ぎする支那人の声が聞こえる。ロシア騎兵か馬賊が来るまでに逃げなくては。四騎は死力を尽くして走り、やっと平原に出た。

やがて命じないまま自然に馬が足を止めた。四人は馬を降りて牽き馬で歩いた。後ろを何度も振り返る。追撃はない。

いつの間にか雪が降っている。大粒の降雪であった。辺りは踝《くるぶし》まで埋まる雪原である。今日も露営となる。今夜の寒さも厳しそうだ。生きて朝を迎えることができるだろうか。空腹と疲労で四人の体力が尽きようとしている。

突然、神崎一等卒が膝をついてぱたりと倒れた。館澤上等兵もつられるようにその場にへたり込み横倒しに倒れた。山内少尉はそれに気づかず前を一人で歩き、坂道で足を滑らせて膝をつきそのままうつ伏せに倒れた。地面に積もった雪が頬にあたった。

「温かい」

実家で眠ったときの布団のような感触である。

（気持ちがよいな。少し眠ろうか。少しだけ、少しだけなら大丈夫だ）

そのまま雪に埋もれて山内少尉は動かなくなった。最後尾だった清水伍長はこのとき隊から遅れていた。はずれた馬の蹄鉄を直していたのである。

（足跡をたどれば追いつけるだろう）

そう思って跡を追った。雪原の踏み後を追いながら牽き馬で四半里（約一キロ）ほど急いだ。

（なんだろう）

前に黒いものがある。

（動物の死骸だろうか）

よく見ると人ではないか。

「神崎、館澤、起きんか」

仰向けにして頬をたたいた。二人がハッと目を開けた。

（少尉殿はどうした）

清水伍長はその場に馬を置いて山内少尉の足跡を追った。一〇〇メートルほど先に人が倒れている。

「少尉殿、少尉殿」

山内少尉の顔面が雪より白い。

「少尉殿、少尉殿」

上体を起こし、体を必死にゆすった。力なくたれさがる腕、半開きの口、開かぬまぶた。

「少尉殿、少尉殿、おきてください」

やがて山内少尉の目が開いた。

「ん……」

うっすらと目を開けて怪訝そうな表情を浮かべた。やがて意識が戻ると立ち上がって辺りをきょろきょろ見ている。体はふらついており、まだ正気ではない。山内少尉は焦点のあわない目で、

「ここは支那か」

と聞いた。

「そうです」

と清水伍長が答えた。

「夢だったのか」

山内少尉は故郷に帰り、実家で母の手料理を食べようとした、そのとき揺り起こされたという。

「せめて食ってから起こしてほしかった」

山内少尉が苦笑しながら愚痴を言った。

民家

四人はその場で馬の荷物の中を探しパンの欠片やミルク缶の残りを持ち寄って分け合った。ほんのわずかな量だったが体力が少しだけ回復した。

四人は牽き馬で再び平原を歩きはじめた。歩かなければ凍え死ぬ。

やがて林に差し掛かった。その林の中に入って四人がかりで薪を集めた。しかしマッチが湿気って火がつかない。順番にマッチを擦るが点火しないまま使いきってゆく。

山内少尉のマッチが最後になった。数えると箱のなかに三本ある。一本目はつかないまま折れて地に落ちた。二本目は擦る前に手から雪のなかに落ちた。最後の一本になった。祈るような目で四人がじっと見つめる。山内少尉がシュッと擦った。ポッとマッチ棒の先に火がついた。それを六個の手が包んだ。蛍のような小さな光が枯れ木に移った。神崎一等卒と館澤上等兵が手帳をちぎってか細い火にくべた。火が少しずつ大きくなってゆく。やがてパチパチと音をたてて火がおきた。

「みつかってもよい。今日は盛大に火をたこう」

もう逃げる体力はない。もしロシア兵に襲われたら、

（ここで討ち死にをしよう）

そう決めた。火が大きくなって四人の体をあたためた。

「眠ってはならんぞ」

過酷な命令であった。四人は火を囲んで座り、他の者が眠りに吸い込まれると起こし、自分が眠り

に落ちると起こされる、それを朝まで繰り返した。眠ると体温は低下する。体力が皆無の体で熟睡すれば二度と起きれない。四人はつつきあい、ゆり起こしあいながら、長い夜をすごした。

朝になった。

「牽き馬」

山内少尉が命令した。陽がのぼってきた。

「乗馬」

四人がゆっくり騎乗した。四騎は縦列で進みはじめた。三里（一二キロ）ほどゆくと部落が見えた。瓜里窩棚《くわいくわほう》という村であった。往路のときこの村に駐屯するロシア軍から一斉射撃を受けたため覚えている。しかし今は静かでロシア兵の姿はない。静まり返る村に四騎が入った。

支那人がちらほら歩いている。みな農夫だ。

（ロシア兵も馬賊もいないようだ。さて、どの家を頼るか）

村のはずれの一軒屋が目にとまった。山内少尉が馬を降りて玄関の前に立った。

「誰かおらんか。馬の食い物がほしい」

支那語で言った。なさけないことに声に力がない。

「おおい。誰かおらんか」

中から若い支那人がでてきた。善良そうな男である。

「金をやる。食い物がほしい。馬と、それから人だ」

「へえ、兵隊さん四人ですか」

ロシアの騎兵だと思っているようだ。

「先発の斥候隊だ。あとから大勢くる。早くしろ」

というと支那の若者はあわてて家の奥に駆け込み、馬糧がはいった大きな袋をもってきた。

四人は馬にたらふくきびを与え、水も飲ませた。四頭とも水を一斗以上飲んだ。それを見て支那人の若者が目をまるくしている。山内少尉が銀貨を渡して飯を炊かせた。四人は馬から鞍を降ろした。安全だとみたのである。

民家の中に入った。やがて支那人が湯気の立つ飯茶碗を四つ持ってきた。四人は茶碗を受け取ると外に出て馬の蔭で立ったまま食った。ハシを使っているところを見られないためである。

飯はコーリャン米だった。そのうまさは表現できない。大釜いっぱいの飯を一時間ほどで食ってしまった。

「兵隊さん方のほうが馬のようだ」

支那人があきれてつぶやいた。飯を食い終わり、熱いお湯を何杯も飲み、ようやく生きかえった。

まだ午前中である。ここで休憩をすることにした。

「なかでやすませてもらう」

と支那人に言って三人が板の間に横になり一人が歩哨に立った。一時間で交代して一人三時間ずつ眠った。この休憩で四人は生きかえった。

午後一時をすぎた。眠い目をこすりながら馬に鞍を載せた。数日分の米と馬糧も買いとった。

支那人の若者に支那語で礼を言い銀貨を渡した。

四騎が土塀の門から道に出た。そのとき見送りに出てきた支那人が、
「気をつけていきなせ。日本の旦那たち」
と声をかけた。四人がおどろいて支那人の顔をみた。この若者は日本兵であることに気付いていた。山内少尉がマスクを外して笑顔を見せた。支那人もニコニコ笑って手を振っている。四騎も手をあげて別れのあいさつをし、馬首を西に向けて走りはじめた。

やがて四騎は若者の視界から消えていった。

到着（一月二一日）

息を吹き返した四騎は四時間を走り抜き林家屯に着いた。この村は往路のとき、一月一〇日の夜に泊まった村である。残る距離は四四里（一七六キロ）である。

部落から少し離れたところにある民家を訪ねた。ここは往路で宿泊した気の良い老夫婦の家である。老夫婦は四人を憶えており笑顔で歓迎してくれた。この夫婦にとっては訪ねてくる者が日本人だろうがロシア人だろうが関係ないようだ。今夜はぐっすり眠れる。四人は小躍りしたくなるほど喜んだ。ただし眠るとはいってても外套も長靴もつけたままである。一人は歩哨に立つ。眠る権利を得た三人が横になった。

「少尉殿」

館澤上等兵が話しかける。

「なんだ」

山内少尉が答える。もうまぶたがくっつきそうだ。

「家というのは、いいものですなあ」

と館澤上等兵が言ってハ、、、とみじかく笑った。

「いいから早くねろ」

と山内少尉が小さな声で諭した。

「ククク」

何が可笑しいのか清水伍長が暗闇の中で笑った。笑い声が収まると寝息が聞こえた。

眠りは深く夢もみなかった。

朝がきた。今日は、一月十八日である。空は雲一朶ない蒼空であった。

出発のとき、老婆が家から出てきて呼び止め、背伸びをしながら小さな包みを渡して歩いた。温かい握り飯である。四人は母親を思いだして目頭が熱くなった。

湯気を立てる包みを外套の下に押し込み、見送ってくれた老婆と老爺に一礼すると、馬体を蹴って平原まで走り出た。

それからいくつかの丘を越え、無数の林を抜けた。やがて遠くに集落が見えた。

近くにいた農夫に聞くと、

「九門房《じゅうめんぼう》」

という部落だという。

「少尉殿」

清水伍長が山内少尉に声をかけた。みると遠くに馬賊の一群が行軍している。

（敵か）

山内少尉が望遠鏡をだし、先頭から最後尾までみる。約一〇〇騎の馬隊だ。

「ん……」

中央の馬賊が紅い布をもっている。山内少尉の望遠鏡がとまった。三人がかたずをのんでみる。

「どうしましたか」

館澤上等兵がたまらず聞く。

「日章旗だ」

日本側の馬賊であることを証明するために日章旗をもっているのである。

「味方だ」

山内少尉が叫んだ。ついに日本の陣地に辿り着いた。

「ばんざあい、ばんざあい」

四人が両手を挙げて大声をあげた。付近の農夫たちがきょとんとした目で見ている。

山内隊は馬速をあげて帰隊を急いだ。そして一月二一日午後三時、四騎が騎兵第一四連隊の陣地である沈旦堡に到着した。

「そろそろ馬が帰るころだが」

と好古が呟いた翌日の帰隊であった。

この直後に始まる黒溝台会戦においてロシア軍の猛攻を凌ぎ切った第一四騎兵連隊の豊辺連隊長も

山内隊の帰還を喜んだ。

好古は山内隊が持ち帰った情報を児玉が待つ総司令部に速報した。

山内隊の任務は終わった。一八日間、二五〇里（一〇〇〇キロ）に及ぶ挺進斥候であった。

「鉄嶺に要塞なし」

という報告を受けた児玉は、

「そういうことが可能なのか」

と疑いの言葉を発した。敵中を鉄嶺まで行って帰任することができるとは思えなかったのである。

しかしその後、山内隊の行動詳細を聞くと、

「武功ここに極まるじゃのう」

と言って感嘆した。

山内隊の報告は、大きな岐路に立たされている日本軍にとって極めて重要な情報となり、さっそく次戦（奉天会戦）の作戦計画の基礎情報となった。

黒溝台会戦（一月二五日～二九日）

山内隊が帰任してから四日後、一月二五日午前三時、秋山支隊の前方でロシア軍が動いた。

前夜から部隊移動を始めたロシア第二軍（約一〇個師団）が、地響きとともに日本軍に襲い掛かったのである。一〇万を超える大兵力であった。総司令部にとって、晴天の霹靂ともいえる突然の戦闘開始である。

実はこれまで左翼陣地を守る好古が、

「敵攻撃の兆しあり」

と報告して警鐘を鳴らしていた。しかし総司令部はそれを信じず、

「敵は奉天会戦に向けて補給で忙しい。今動くはずがない。秋山は何を心配しとるんじゃ」

と黙殺していた。そういう状況であったため戦闘開始の第一報が総司令部に届いたときも、

「そんなはずはない。なんかの間違いじゃろて」

と児玉は一笑に付して歯牙にもかけなかった。ところが事実であった。それを知った児玉は、

「なんでじゃあ」

と逆上し、うろたえるばかりで作戦もなにもなかった。

日露戦争の開戦後、鴨緑江、南山、得利寺、大石橋、様子嶺、楡樹林子、析木の局地戦を経て遼陽会戦と沙河会戦が行われて沙河の滞陣になり、その後、総司令部は、

「冬期に敵は動かない」

と信じて冬眠状態に入った。この極めて無防備な状態の日本軍にロシア第二軍が凍った大地を踏み越えて攻撃を開始した。グリッペンベルク発案による大兵力による奇襲である。

この会戦において日本に幸いだったのは、クロパトキンが、

「第一軍は戦況をみて必要により投入する」

という理由で全軍を動かさなかったことである。このときもし第一軍も参加して総攻撃を行っていれば、黒溝台会戦において日本の敗戦が決定したかもしれない。

黒溝台会戦でロシア第二軍が狙ったのは秋山支隊が守る陣営（最左翼）である。ミシチェンコ騎兵集団が営口方面を襲撃した際、日本軍の左翼兵力が脆弱であることを見抜き、それをロシア司令部に報告した。その情報を元にグリッペンベルクが黒溝台に攻勢をかけたのである。

秋山支隊の守備陣地は、

李大人屯（最右翼）

支隊主力

韓三台（中央）

三岳支隊

沈担堡（左翼）

豊辺支隊

黒溝台（最左翼）

種田支隊

という配置である。好古は李大人屯にいる。李大人屯から黒溝台まで四〇キロ以上あり、その間を守る兵数は約八千しかない。対するグリッペンベルク指揮の第二軍は十万を超えた。全滅は必至の情勢である。

好古はこのとき徹底した守勢をとった。戦闘方針は、

「ただ耐えるのみ」

である。戦術もなにもなく、

「地面に張り付いて一歩も引くな」

と指令をとばした。

秋山支隊は砲兵だけでなく各支隊に一挺から五挺の機関銃を持っていた。各隊は各拠点に壕を掘り土塀による障害物を設けて機関銃で対抗した。

黒溝台会戦は一月二五日から二九日までの五日間行われた。暴風雨のような猛火に日本軍は耐えに耐え、紆余曲折を経てなんとかロシアの攻勢をしのぎ切った。

日本軍の戦線が崩壊しなかったのは好古の徹底した防御戦術と将兵の旺盛な敢闘精神に加え、最新の兵器である機関銃の威力が大きかった。好古が軍に働きかけて備えた近代兵器が日本の窮地を救ったといっていい。

しかし、黒溝台会戦で日本を敗戦から救った最大の功労者は、やはりクロパトキンであろう。

黒溝台会戦は徐々に拡大し、日本軍が五万三千、ロシア軍は十万五千の兵を投入する総力戦となり、日露双方とも約一万の死傷者がでた。戦闘わずか五日で日本軍の戦力が二〇％損耗したことになる。

この戦闘があと十日続けば日本軍はどうなるのか。戦況はどう見ても日本軍が劣勢であった。

ところが戦闘開始から四日が経過した二九日の夜明け前にロシア軍が突如撤退を開始した。

クロパトキンが第一軍を投入しないまま撤退命令を出したのである。

「敵に後退の動きあり」

との情報をつかんだのは秋山支隊であった。押しに押しているロシア軍が退却を始めたという。

信じがたいこの情報はすぐさま好古に伝達された。

「そんなことがあり得るわけがない。誤報じゃ」

好古にしては珍しく大きな声をあげた。副官は好古の権幕に怯えつつも、

「各隊から複数の報告があがっております。間違いないと思われます」

と重ねて言うと、この地での全滅を覚悟していた好古はまだ信じられず、すぐに前線の視察に出た。

そして高台で騎乗したまま双眼鏡越しにロシア軍の動きを見て、

「確かにさがっとるな」

とつぶやいた。好古はロシア陸軍の撤退方法について熟知していた。眼前のロシア軍は教科書通りの手順で部隊が退却している。

「ロ軍退却」

の報はすぐさま総司令部の児玉の下に届けられた。

「本当かっ」

伝令の胸倉を掴むようにして児玉は叫び、本当であることを知ると小躍りして喜んだ。

結局、ロシア軍は九〇％以上の戦力を残して退却した。この謎の撤退については、クロパトキンとグリッペンベルクの確執が原因とする説が有力であるが真相はわからない。

とにもかくにも日本軍は窮地を脱した。しかし、この予定外の会戦によって日本軍の兵力は完全に余力を失い、会戦を行えるのはどう無理をしてもあと一回だけとなった。

さらに黒溝台会戦が行われたことによって児玉に新たな悩みが生じた。

山内隊の報告で鉄嶺の状況が分かり、クロパトキンが奉天会戦を決意していることを確信した。

安心したその矢先に、突如、黒溝台においてロシア軍が攻撃を開始した。しかも全軍ではなく半分の兵力で戦闘を行い、優勢の状況下において突如撤退した。

「長期消耗戦を計画しての前哨戦だったのでしょうか」

松川参謀が児玉に意見を述べる。

「わからん。そうだとすると黒溝台で一撃を加え、その後、奉天会戦をした後に鉄嶺、撫順、栄盤のいずれかの都市まで我が軍を引きいれて包囲殲滅する意図ありとなる」

それをもしやられると日本軍に勝ち目はない。鉄嶺が要塞化されていないことは山内隊の報告で分かっている。しかし黒溝台会戦が終わった現時点において鉄嶺、撫順、栄盤のいずれかに、あるいはその全てにロシアの予備部隊が集結し、奉天会戦後の作戦に備えて戦備を充実させているとすれば、非常にやっかいな事態となる。果たしてクロパトキンはそうしようとしているのか。あるいは単なる児玉の妄想に過ぎないのか。

「できれば次の奉天戦で決着をつけたいのじゃが」

児玉は地図を凝視し、茫然と佇んだ。

建川隊、荷駄偵察（一月十八日）

ここで、黒溝台会戦前に時間を巻き戻す。

一方の建川隊は、鉄嶺の偵察結果を、

「鉄嶺には膨大な倉庫がたくさんあって敵は忙しく働いてはいるが、鉄嶺に布陣する兵力は大なるものではない。鉄嶺の内外に陣地があるが大規模なものではない。列車の運行は上り下りともひんぱんであるが鉄嶺に下車する部隊はほとんどなく、鉄嶺で降りた部隊も次の列車に再び乗り込んで南に向かう。現時点において鉄嶺に兵力の補強はなく、奉天に集中していることは明瞭である。これにより敵は奉天で決戦する意図にあると認める」

と結論付けた。このあと帰りの足を利用して撫順方面を偵察する。鉄嶺から撫順を経て奉天に至るルートは敵の重布陣地区である。集落にはロシア軍が駐留し都市部には厳重な警戒網が敷かれている。そこを突破することは簡単なことではない。

撫順は今居るところから遥か東南方向にある。撫順方面の山岳は遼河、渾河の水源であり、山脈は縦に横にもつれ合って人煙もまばらである。晴れたこの日、東南に目をやると白い山脈が雲の上に幾重にも連なっている。鉄嶺までは平原であったが、これからは山を越え谷を抜ける難路が待っている。

一月十八日、六騎は鉄嶺を出発し、狭い路を南方に向かった。しばらく常足で進むと道の両側に畑があり向こうに小高い山が迫る。この先もこうした丘陵地帯が続くだろう。

「鉄嶺と撫順の間には軽便鉄道が敷設してある」

という情報を出発前に聞いていた。まずはそれを確かめに行く。

軽便鉄道は鉄道がない地域に簡易な線路を敷き、小型の汽車（あるいは牛馬）で貨車を引く輸送用の鉄道である。ロシア軍は沙河を中心に左右両翼に広く陣地を展開しており、撫順はその北方にある。電柱が立ち並んで電力を供給し、整備された道路がある大都市である。その道路に軽便鉄道が敷設されて物資を鉄嶺から運び込んでいるという。その状況を見たい。

「こっちでいいはずだが」

建川中尉がたびたび立ち止まり地図と磁石を突き合わせて方向を確認する。

馬上で広げている地図は東亜百万分の一の地図である。詳細な軍用地図はない。地図では東南方向に撫順があると書かれているがこれは間違いで撫順は鉄嶺の南にある。この地図のずれによって建川隊は撫順方向とは逸れながら行軍を続けることになる。むろん建川中尉はそのことに気づかない。

六騎が谷合の小路を一里（四キロ）ほど進んだ。山間部を抜けて道なりに左に曲がると街道にでた。道幅が馬がすれ違えるほど広い。村が近いようだ。この付近はロシア軍の駐屯地になっているため早くぬけたいのだが、どちらの方向に行けば安全なのかがわからない。とりあえず街道を南にむかう。辺りにロシア兵はいない。

三〇分ほど進んだ。

「なんでしょうか」

豊吉軍曹が馬をよせて建川中尉に聞いた。畑のむこうの街道をながながと連なって動くものがある。シルエットからすると荷駄隊のようだ。建川中尉は馬を降りて望遠鏡をとりだした。五騎が建川中尉をかこみ周囲を警戒する。

「軽便鉄道だ。撫順へ物資を運んでいる」

建川中尉が呟いた。東清鉄道は鉄嶺と奉天をむすぶ。その鉄道から南に外れたところに撫順があるため補給はノロノロと進むこの鉄道に頼らざるを得ないのである。

（荷物の中身をみれば撫順の様子がわかる）

建川中尉がカツカツと望遠鏡をたたみ、懐に納めながら騎乗して、

「いくぞ」

と五人に声をかけた。六騎が軽便鉄道に向かって進みはじめた。

「沼田、前に立て」

ロシア騎兵に見せるために、白馬に乗る沼田一等卒を先頭にした。

近づくとその全容が見えてきた。一個縦隊が貨車（トロッコより少し大きい）三〇両ほどで構成されている。長さは一〇〇メートルを超えるだろう。それを小型の汽車が牽いている。速度は馬の常足と少しで横をついていける程度である。荷台には物資が満載されている。

（積み荷はなにか）

六騎は大胆にも貨車に寄り添うようにして進んだ。貨車には麻の袋に入った糧食が満載されていた。ロシアの監視兵が数両ごとに配置されて麻袋の上に座っている。ゆられながら銃を抱え、皆眠たげな顔だ。監視兵たちはのんきな様子でなかには鼻歌を歌っている者もいる。ふと、一人の監視兵と沼田一等卒の目があった。沼田一等卒が動揺を隠してそしらぬ顔で馬にゆられる。監視兵は目をそらしてタバコに火をつけた。

積載物件がわかった。みな糧秣（食料）である。武器弾薬はない。ということはロシア軍は撫順での戦闘を考えておらず、単なる補給基地として使っている。

（会戦地は、やはり奉天一本だ）

建川中尉は自らの結論に自信を深めた。

（ここらが潮だな）

かねてから申し合わせのとおり建川中尉の合図で停止し、全員が下馬して蹄鉄の確認作業を始め、貨車を見送った。二、三の監視兵が時折振り向いたが日本騎兵だと気づいた者はいなかった。

貨車が離れると六人は騎乗して東へ向かった。これから撫順市街に向かうのである。

敵中の敬礼

騎乗してしばらく進むと路がわかれた。建川中尉は細い方の左を選んだ。入った路は右が森、左は谷であった。静かな小路を六騎が進む。六人の顔がマスクのなかでほころぶ。

（うまくいったな）

目をあわせて笑顔でうなずきあう。そして前をむいた。その瞬間、六人の顔が恐怖でひきつった。一〇〇メートルほど先に武装した十数人の支那兵（「団錬」という）がバラバラとでてきたのである。支那兵たちは次々と出てきてその数を増やす。突然のことで対応できない。身がすくんだまま六騎は前に進んだ。その後、支那兵の数は一〇〇人に達した。みな防寒服で身を固めて小銃をもっている。支那人たちの向こうに村の入口がみえる。この村に駐屯するロシア側の支那兵たちだ。

将校らしい男がすらりと剣を抜いた。

（すわ、戦闘か）

と緊張した。しかし様子がおかしい。支那兵たちは攻撃体勢である横隊をつくらず、道の端に縦隊で整列している。

「気をつけえ」

軍刀をぬいた将校が号令をかけた。なんと支那兵たちは我々をロシア騎兵だと思っているのである。歓迎の意を込めているのか紅い旗まで持ち出して四騎の通過を待っている。建川中尉はあえてゆっくりと馬を進めた。

「敬礼」

支那兵の将校が号令をかけ、抜き身の軍刀を顔の前にたてた。他の支那兵たちは両手を袖口にいれて顔の前にあげながら頭を下げた。欧州式と支那式が混ざった奇妙な礼式である。

先頭を行く建川中尉が支那人の将校らしき男の前にさしかかった。

「ご苦労」

建川中尉が鷹揚な動作で右手をあげて敬礼した。そのあとに五騎が続く。

(ロシア軍の勢力下にある武装民団の根拠地だろう)

村に入った。道ゆく支那人がみな立ち止まって頭を下げる。子供たちが手を振りながら追いかけてくる。

(村人たちも熱い歓迎だな)

ロシア軍はこの地区の支那人をよく手なづけている。相当の金を落としているのだろう。

ようやく村を過ぎた。道は一本しかない。進むとまた村があった。そこでも同じ歓迎式が行われた。

その村も抜けた。次の村でもまた同じように支那兵が整列をして六騎を迎えた。村を過ぎるたびに道が整備されて集落が大きくなり、行き交う人も多くなる。

この道は鉄嶺と撫順を結ぶ街道であった。牛や馬が牽く荷車に兵糧や馬糧を載せて運んでいる。行き先は撫順であろう。荷車の列にはロシア兵が監視についていた。

「まずいな」

支那人とロシア人が行き来する喧噪の街道をすすんでいる。これ以上の危険はない。馬に水を飲ませたいが我々の正体が発覚すれば一網打尽である。六騎は止まることなく、かといって急ぐわけにもいかずゆっくりと敵中を進んだ。

午後三時をまわった。今日は零下四、五度の温かい一日だったが夜になれば零下二〇度を下回るだろう。疲労がたまった人馬にとって厳寒の野宿は辛い。できればどこかに泊まりたい。

(水はないか。秣《かいば》はないか)

馬に水と餌をやりたい。まだ朝から一度も水をあたえていない。どこかに安全な家はないかと六人の目は忙しく左右を物色した。

脱出

六騎はいくつかの村をさまよいながら抜けた。早く馬に水をと焦るがよさそうな水場がない。やむなく道路を避けて近くの山に入った。するとそこに一軒家があった。

「よし、あそこだ」

早速馬を乗りつけた。小さな家であった。家人は不在である。

「井戸があります」

隊員が嬉しそうな声を出した。井戸水を汲み、馬に飲ませる。馬たちは如何にも美味そうに飲んだ。水飼《みずあたい》を終え、水筒に水を詰めると直ぐに出発した。次は飯である。もう人馬とも食料がない。この家は空き家で何もなかった。

午後二時出発、一軒家を後ろに山を降りて元来た方向に戻り、軽便鉄道を視察した街道に出て東南方向に進んだ。

やがて日没となった。この界隈に宿営できる独立家屋はないかと探したが一向にそれらしいものが見当たらない。

「ありませんね。露営しますか」

馬を寄せて豊吉軍曹が建川中尉に言った。

「ないな。もう少し行ってみよう」

皆、疲れている。今日は屋内で眠らなければ体がもつまい。あせる気持ちを抑えて前進を続ける。

「村です」

夜目が効く沼田一等卒が後方から声を出した。近づくと茨榆臺《じゆだい》という村落であった。

その村落から少し離れたところに馬車宿がある。

「よし、あそこにしよう」

建川中尉が指をさした。土塀の前まで来ると納屋と馬糧の俵がみえる。近くの村にロシア兵が駐屯している可能性もあるがいたしかたない。秣をやらないと馬は一歩もうごかなくなる。

六人が土塀の前で馬を降りて中に入ると数人の支那人が酒に酔って庭先をうろついていた。季節労働者であろう。ロシア軍に雇われて日雇いで働いている連中だ。たれかが来客を報せたのか、家からひときわガラの悪い親父がでてきた。ここの主人のようだ。

「水と秣がほしい」

建川中尉が支那語で言うと親父は険しい顔で手を振って出て行けという。宿はいっぱいだというのである。建川中尉は手袋を外して懐に手を入れ、財布から十円のロシア紙幣を出して親父に渡すと、

「好々的《ホーホーデー》」

と笑みを浮かべ、

「泊まれるか」

と聞くと、ニコニコしながらうなずき、

「どうぞ、どうぞ」

と大仰に家屋に招き入れる動作をした。

「現金なものだ」

マスクの中で皆苦笑している。親父はこの連中は金になると思ったのか大声で賄いの小僧を呼んで倉庫に走らせた。

秣が来るまでの間に井戸の水を汲んで馬に飲ませた。そこに小僧が荷車を牽いてきた。一俵のきびが載っている。さっそく袋のひもを解いて馬にやる。ひさしぶりに馬に十分な水と餌をやれた。

周囲は静かである。思ったより安全なようだ。

「鞍を降ろして馬を休ませるように」

建川中尉が小声で指示した。

野田上等兵と大竹上等兵が馬番で残り、四人が粗末なドアをくぐって宿の中に入った。家内は暗い。手探りで足を踏み入れ板の間に座った。奥には四、五〇人の支那人がいた。ここは人夫たちの木賃宿で一日の労働を終えた荒くれたちが酒宴を始めていた。博打をやっている者もいる。その全員が突然入ってきた騎兵をみて手を止めた。

(疲れた)

疲労は極に達していた。座るやいなや四人は首を垂れて目を瞑った。

ふと、建川中尉が目を覚ました。眠ったのは三十分ほどだろうか。

「日本人じゃねえか」

「あほう。こんなところにくるもんか」

「いや、さっき赤いズボンがみえた。ロシア兵じゃあねえ」

「じゃあ、賭けるか」

「いいぜ。いくらにする」

人声の中からこんな会話が聞こえてきた。支那語がわかる建川中尉がそれを聞いている。

「よし、そこまで言うなら近くでみてみようじゃあねえか」

「おう。おい行こうぜ」

(いかん。ばれたようだ)

建川中尉が三人をつつき、

「感づかれた。いくぞ」

と囁いた。四人がノロノロと玄関に向かう。

「旦那たち。泊まっていかねえのかい」

人夫たちがうしろから声をかけた。

「用ができた」

建川中尉が支那語で答えた。と、うしろから、

「この銃はロシアのもんじゃねえ。こいつら日本騎兵だ」

大声で一人の支那人が騒ぎはじめた。以前、どこかで日本騎兵を見たことがあるようだ。

四人は急ぎ足で外にでた。

「服装もちがう。まちがいねえ。全財産かけたっていい」

まだ家の中で騒いでいる。四人は小走りで急いだ。早く馬の背に鞍を置かなければ。

「あいつら絶対日本人だ。つかまえりゃあ賞金だ」

バタバタと家から人が出る音が聞こえてきた。

「いそげ」

豊吉軍曹が声をだした。鞍を置くには時間がかかる。暗闇の中を走りながら、

「鞍を置け」

豊吉軍曹が叫んだ。

「まちな」

「おい、銃をもってこい」

「ロシアの将校さんを呼んでこい」

支那人たちが大声をだす。大変な騒ぎになった。鞍を載せている間に包囲されるのは必至である。

（俺一人が残って中尉らを逃がすほかない）

豊吉軍曹は馬に向かって走りながら拳銃を抜き、盾となって死ぬことを覚悟した。

そのとき、

「鞍は置いています」

という大竹上等兵の声が耳に届いた。野田上等兵と大竹上等兵が六頭から鞍を外さずに待っていたのである。付近の不穏な空気を読み取っての用心であった。

「騎乗即前進」

建川中尉が号令を発した。六人が馬にまたがり土塀の出口にむかって馬を走らせた。

「まちやがれ」
五、六人の支那人が農具をもって前をふさごうとした。
「ダーン」

豊吉軍曹が馬上から拳銃を地面にむけて一発撃った。

「ひいいっ」

声をあげて支那人たちが飛び退く。そこを風のように六騎が走りぬけた。

建川隊は夜の小径をひた走った。時間は午後九時を過ぎている。走っても走っても中天の月はその位置を変えずに追ってくる。行く先の道に積もる雪が月明かりに映えて白く輝く。

三〇分ほど駆けた。十字路に差し掛かった。そこで馬を止めた。白い息が人馬ともすさまじい。

「ありがとう」

「たすかった」

「おまえたちのおかげだ」

四人が口々に礼をいった。あのとき馬に鞍がなかったらどうなっていたか。今ここに六人が揃っていることはないだろう。二人は照れくさそうに笑った。

息が整うと寒さが身に染みてきた。今夜は露営だ。ろくに食っていない。生きて朝をむかえられるだろうか。建川中尉が星と磁石を見ながら方角を定めて馬を進める。

「あれをもってゆこう」

豊吉軍曹が指さした。道の脇に背丈ほどの看板があった。支那語でなにか書かれている。先ほどの木賃宿の看板だろう。よい薪になりそうだ。さっそくえいやっと引き抜いてロープにつなぎ、野田上等兵の馬がずるずるとひきずって運んだ。

見上げる空に雲はなく満天の星が明滅する。みな無言で進む。周囲はしんと静まりかえり音さえも凍りついたかのようだ。凍土満州の一月、厳寒の夜、氷の中にいるかのように体が冷える。

たまらず建川中尉が馬を降りて歩き始め他の者も続いた。六人の背中が老人のように丸い。足もとがふらつき手綱を牽きながら老爺のような足取りで歩く。

寒さは地表から防寒用の長靴をつらぬいて骨に達する。しびれて足の感覚がないため地面の小さな凹凸につまずく。疲労と空腹でふらつきながら前に進む。

（死ぬことはたやすく、生きることは辛い。生還することこそが武人たる君たちの務めだ）

六人は出発前に好古が言った言葉を思い出し、歩きながら歯を食いしばった。

六人は山に続く路を進んだ。急に坂になった。六人は足を滑らせて何度も転んだ。転ぶとなかなか立てず馬にすがりながら立ち上がる。他の者は足踏みをしながらそれを待つ。やがて山頂まで来た。そこから風下の谷側に降りて窪地に足を踏み入れた。ここが今夜の宿である。

まずは焚火用の薪がいる。しかし樹木が雪に覆われて小枝しか集めることができない。野田上等兵と大竹上等兵が看板の柄に帯剣できざみを入れて足で折り四本の薪をつくった。これに火がつけば朝まで六人の体を温めてくれるだろう。他の者が雪を掻いて地面を出し、石で囲ってかまどをつくった。看板の板も割ってくべやすいようにし、燃えそうな枯れ枝を集めてかまどに積んだ。

豊吉軍曹が油紙に包んだマッチを出した。何度か失敗した後にようやく火がついた。板にはペンキで文字が書かれており、そのペンキが着火材の代わりとなって太い薪に火を移してくれた。

炎があがった。周囲が明るく照らされる。馬から鞍をはずして地面においた。この鞍が椅子となる。

飯盒に雪を詰めて火で熱し、つくった水を馬に飲ませた。そのあと蹄鉄の検査をし、馬の背や足をなでて癒やし、鞍のすれ傷を手当てした。

馬の世話が終わると乏しい米を集めてかゆをつくった。馬車宿で食料を買い取る前に脱出したため手持ちの米はわずかである。地面に置いた鞍に座って六人で火を囲む。

粥が炊けた。マスクをはずして塩をふった熱いかゆをすする。かゆの熱が体内にひろがってゆく。

「うまいのう」

「うまいですね」

飯を食い終わると何杯も熱い白湯を飲み、タバコで一服つけた。

腹がおちついた。みな無心に火を見ている。建川中尉が五人の顔を見る。出発前とは別人だ。肌は蒼白で血の気がなく、げっそりと痩せて目ばかりがぎょろぎょろ光っている。

(青鬼のようだ)

建川中尉が育った田舎の神社に地獄絵図が掲げられており、それを子供のときよく見ていた。その絵の中にガリガリの青鬼たちが地獄の案内人として出てくる。五人の顔はその鬼の顔に似ている。

火が熾きになった。その火にあぶられながら鞍にすわった六人が交代で眠った。一人は起きて馬の周りをぐるぐる歩いて警戒する。三〇分警戒すると次の者と交代し、それを朝までくりかえす。

この日の行程は七里（二八キロ）であった。辛い一日であった。

井戸

朝になった。朝日がのぼり闇がはらわれた。死はかろうじて免れた。幾日続いたかと感じるほど長い夜であった。

過酷な行軍で馬も弱っている。もう食う物もない。見れば谷一面に霜が降り、積雪のようだ。人馬の鼻孔からもれる息が煙のように白く立ち上る。

「寒い」

時折吹く谷風が肌を刺し貫く。六人は震えながら手綱を牽き山を降りた。再び鉄嶺撫順街道に出た。磁石で方向を確認し南に向かう。

午前十時、前方に村が見えた。早朝から人馬荷駄が行き交う中規模の集落である。

「井戸があります」

豊吉軍曹が言った。街の入口からすこし入った路傍に井戸がある。一人の支那人が水を汲んでいた。

「共同の井戸だな」

建川中尉がつぶやく。一日の行動前に馬に水を飲ませておきたい。

村の入口から三〇メートルほど離れたところに松林がある。その中に六騎が入った。ここなら井戸が見える。誰もいなくなった隙をついて一騎ずつ水を飲ませることにした。

支那人が離れた。

「よし、おれが行く」

まず建川中尉が行った。井戸に着いた。周囲をさりげなく警戒しながら馬に水を飲ませた。

馬が飲み終わると井戸を離れる。入れ違うように野田上等兵が行った。

野田上等兵の次に神田上等兵が井戸に向かった。

神田上等兵が戻ったところでロシア歩兵が井戸に立ち寄った。六騎は松林の中でじりじりしながら待った。

ロシア歩兵が立ち去ると、大竹上等兵が井戸に行って馬に水を飲ませ、次に豊吉軍曹が井戸に近づいた。

（なんだ、あいつは）

ふと見ると、向こうの土塀の角に若い支那人が立っており、タバコを吹かしながらじっとこちらを見ている。豊吉軍曹は馬に水をやりながら動向を観察した。

（やばそうだな）

豊吉軍曹が騎乗して入口を出た。そこで、

「沼田まて」

すれちがう沼田一等卒を呼び止めたが、沼田一等卒は気づかず村に入ってしまった。

「不審な支那人が立っていました。気のせいかもしれませんが」

松林にもどった豊吉軍曹が建川中尉に報告した。建川中尉が望遠鏡を出して井戸の周辺を見ると、確かに不審な支那人が監視している。そしてタバコを投げ捨てると反転して走り去った。

「密偵だ」

建川中尉が叫んだ。

「わたしが行きます」

豊吉軍曹が「河北」に鞭をいれ松林からとびだした。沼田一等卒は愛馬「勇乗」に水をやっている。豊吉軍曹が村の入口まできたとき、井戸の向こうに先ほどの支那人が現れて沼田一等卒を指さした。

「沼田、敵だ」

豊吉軍曹が大声をだした。沼田一等卒が驚いて顔をあげた。そのとき支那人の脇から十数騎の馬賊が突進してきた。更に、わらわらと徒歩のロシア兵たちも銃を持って出てきた。その数四〇くらいか。

殉難

「沼田、逃げろ」

豊吉軍曹が叫んだ。沼田一等卒があわてて騎乗し馬を走らせた。豊吉軍曹も馬首を反転させて建川中尉たちのあとを追う。

建川中尉以下四騎は松林から出て早駆けし、約五〇メートル離れて豊吉軍曹が走り、その一〇〇メートル後ろを沼田一等卒が追った。沼田一等卒とそれを追う馬賊の距離は一〇〇メートルもない。

このままこの道を逃げると隣の村に行く。そこには敵が待ち構えているだろう。

(山に逃げるしかない)

建川中尉は道を右に逸れて雪が覆う畑に馬を乗りいれた。四騎が次々と雪畑に乗り入れる。豊吉軍曹も距離を縮めながら白い畑に入った。畑の向こうに山がある。あの山に逃げ込みたい。五頭は口からアワを吹き、首を振りながらあえぐように進む。

遅れた沼田一等卒もようやく畑に入った。

「沼田、急げ」

豊吉軍曹が後方を見ながら大声をだした。

目を転ずるとどこから現れたのかロシアの歩兵部隊が回り込もうとしている。

先頭を行く建川中尉ら四騎が畑と山の境まで辿り着くと、幅一メートルほどの水路があった。四人は水路の手前で飛び降りて渡り、反対側から手綱を牽いて馬を渡らせようとした。しかし先頭の建川中尉の馬は能登産の馬で水を嫌い飛ぼうとしない。

「跳ばせ」

建川中尉が叫ぶと他の馬がつぎつぎと水路を越え、それにつられて建川中尉の馬も水路を跳んだ。そこに豊吉軍曹が追いつき水路を越えた。

水路を渡るとゆるやかな雪の斜面を牽き馬で登った。まだ早朝であるため雪が硬くしまっていたのは幸いだった。斜面を五〇メートルほど登ったところで山頂に続く小径に出た。五人が騎乗したまま振り返って見ると、遅れていた沼田一等卒がやっと水路まで来た。

馬賊との距離は五〇メートルに縮まっている。

「沼田、急げ」

上等兵たちが叫ぶ。

「歩兵だ」

豊吉軍曹が声をだした。右方二〇〇メートル地点に約四〇人のロシア歩兵が走ってくる。

水路までできた沼田一等卒は騎乗したまま水路を跳躍した。白馬「勇乗」は建川隊随一の名馬である。一メートルの水路などなんなく飛び越える力がある。しかしこのときは長い行軍で足腰が弱っていたうえ、積雪に足をとられて飛びきれず、反対の土手に前脚をかけた状態で水路に落ちた。馬は狂ったように雪を前足で掻くがずるずると馬体が水路に落ちて上がれない。

追っ手の馬賊がみるみる近づく。

「くそ」

沼田一等卒が飛びおりて必死に手綱を牽いた。馬はいななきながら必死にあがく。しかし武装した馬の重さは一〇〇貫以上ある。這いあがれない。銃を持った馬賊が馬を降りて徒歩で接近してきた。右方から来たロシア歩兵は山の中腹にいる五騎に向かって約一〇〇メートルの距離から立射をはじめた。

「撃て」

建川中尉の号令で五騎が小銃を構えて馬上から応射した。その間も沼田一等卒が雪まみれになって馬ともがいている。

「襲撃。襲え」

建川中尉が号令をかけた。五騎が雪の斜面を駆け降りる。馬賊が膝射で五騎に小銃を撃つ。弾がかすめ飛ぶが幸いに被弾はない。沼田一等卒の脇までくると五騎は馬から飛び降り、建川中尉と豊吉軍曹が馬賊に応射して牽制し、野田上等兵がロシア歩兵にむかって立て膝で小銃を撃った。馬賊と歩兵の足が止まった。

「いまだ、急げ」

建川中尉の声が飛んだ。神田上等兵と大竹上等兵が沼田一等卒のところに駆け寄り、馬をひきあげようとした。しかし馬は水路のなかでもがくだけで土手に上がれない。

「勇乗の腹帯を斬れ、鞍をおとせ」

豊吉軍曹が大声で指示した。大竹上等兵が軍刀をぬき腹帯を斬った。鞍がずさりと水路に落ちた。裸馬となって軽くなった馬体が土手を軽々と駆け上がった。

馬賊と歩兵たちが放つ弾丸が雪の地面にプスプスと小さな穴をあける。

「よし、いくぞ」

五人が馬に乗り山に向かって逃げた。

「沼田が遅れました」

神田上等兵が叫んだ。沼田一等卒は裸馬に乗ろうとするが防寒着で着ぶくれているため馬の背を跨げないのだ。神田上等兵と大竹上等兵が駆け寄って鞍の上から手を伸ばし、沼田一等卒の腕を掴んで「勇乗」に乗せようとするがうまくいかない。

「騎兵だ」

みると畑のむこうから二〇騎以上のロシア騎兵が三手に分かれて建川隊を包囲しようとしている。馬賊たちも馬を降りてじりじりと詰め寄る。ロシア歩兵たちも前かがみで前進を始めた。

「行ってください。行ってください」

沼田一等卒が叫ぶ。

「のれ、沼田、のれ」

大竹上等兵が悲痛な声をだす。

「行ってください。行ってください」

沼田一等卒は叫び、馬から離れて軍刀を抜いて構えた。白刃が朝日に光った。

そして、

「行ってください。はやく。はやく」

もう一度沼田一等卒が叫んだ。神田上等兵と大竹上等兵は顔を見合わせ、

「沼田すまん」

引き絞るような声を発し、建川中尉の元に走った。

建川中尉以下三人は騎兵銃をくるりと背中にまわして馬体を蹴り、五騎は水路沿いを加速して一気に山を駆け上がった。後方から撃つ敵の弾が五騎をかすめる。あたらないことが不思議であった。

五騎が山の小径を登って雑木林まで辿り着いた。馬を止めて振り返った。山裾でロシアの歩兵たちに沼田一等卒が包囲されている。水路の向こうで馬賊が面白がって囃し立てる。沼田一等卒が軍刀を振り回す。その沼田一等卒めがけてロシア歩兵が長槍を突き出した。さらに二本、三本と槍が沼田一等卒の体に向かって伸びる。ドウッと沼田一等卒が白い雪面に倒れた。

「おのれ」

上等兵たちが馬をかえして襲撃の態勢にはいった。

「まて」

豊吉軍曹が止めた。山裾からロシア騎兵が追ってきている。

「ゆくぞ」

五騎は再び馬を走らせて山中に向かった。マスクの下の五人の顔が涙で濡れた。

勇乗

山を登る五騎をロシア兵が包囲した。右に行けば右から左に行けば左から歩兵や騎兵に追われた。五人は馬を降りて牽き馬で谷に降りた。雪が深い。くずれる積雪ともに人馬が谷底にむかって転がるように下る。雪まみれになった五騎の上の小径をロシア騎兵が通り過ぎる。

「馬をなかすな」

建川中尉が小声で命令した。五人が手綱をひくひくと引く。手綱を引かれると馬は鳴かない。

ロシア騎兵が頭上を去った。五騎は雪をけ散らしながら谷底を山奥に向かって歩いた。

四方からロシア兵たちの声がする。すでに一〇〇人以上の部隊がこの山を包囲している。

（ここまでか）

建川中尉は戦死を覚悟した。五人は雪だるまのようになって馬を牽きながら谷を抜け、山を這い上った。もうどこにいるのかもわからない。山の奥へ奥へと夢中で逃げ、方向も分からないまま深い谷へ分け入った。

「ひゅ、ひゅ」

弾が飛んできた。そのあとに、

「ターン、ターン」

遅れて射撃音がこだまする。

（見つかった）

尾根の路からロシア兵が撃ってくる。幸いにまばらに生える雑木が弾避けになっている。

「馬をはなせ」

五人が手綱を離して谷底を走った。馬と一緒にいると標的が大きくなる。人馬が分かれることによって被弾の確率が減る。雪をかきわけて転びながら走る。そのあとを愛馬たちがついてくる。

やがて敵の射程から逃れた。再び五人と五頭が一緒になって谷底を山の奥へと進んだ。

ふいに山がひらけた。前方に小径が通っている。小径の向こうに小さな畑があり、その向こうに山が見える。

(道を行こう)

騎乗して小径を左に進んだ。道が急な坂道になった。辺りは雪が深く路幅が狭い。尾根を走る山路を五頭があえぎながら登る。ようやく頂がみえてきた。

部下たちに声をかけようと建川中尉が後ろを振り向いた。

「……」

驚いて声が出ない。最後尾の豊吉軍曹がいないのである。

「軍曹はどうした」

三人に声をかけた。一同が振り向いた。

「……」

三人もまた驚いて声が出ない。豊吉軍曹が忽然と消えている。

「神田、野田、捜索」

建川中尉が命じた。神田上等兵と野田上等兵は、

「了解」

と答えて捜索に向かった。

そのとき、豊吉軍曹は雪の急斜面でもがいていた。しんがりだった豊吉軍曹の馬が足を踏み外して雪の斜面を滑り落ちたのである。

豊吉軍曹は凍った斜面を約一〇〇メートルもいななく馬と一緒に落ちた。かろうじて止まった中腹で体を起こし、馬を急いで立たせながら遠くに目をやると、畑の向こうからロシア軍の歩兵部隊が向かってくる。

「河北行くぞ」

豊吉軍曹が手綱を牽いて山を登ろうとしたそのとき、ロシア兵の銃弾が馬に命中した。ドウッと馬が横倒しに崩れ倒れた。銃弾は首筋の急所に命中していた。

馬の陰に立っていた豊吉軍曹は無事であった。馬がいなければ自分に命中していたであろう。馬が盾になってくれたかのようであった。

「河北」

豊吉軍曹が愛馬の名を呼びながらとりすがる。目をあげるとロシア歩兵が畑の雪を蹴散らしながら走ってくる。斃れた馬の血が雪を真っ赤に染めた。

(もはやここまで)

愛馬と共にここで死することを決めた。

豊吉軍曹が手袋をはずしてけん銃を抜き、目を瞑って銃口をこめかみにあてた。そして自決しようと引き金を引こうとした、そのとき、

「軍曹殿、勇乗がいます」

という叫び声がした。

「なに、勇乗が」

見上げると神田上等兵と野田上等兵が徒歩で斜面を降りてくる。

「勇乗がいるのか」

「います。鞍をもってきてください」

神田上等兵と野田上等兵が捜索のために路を引き返したとき、反対方向から白馬がトコトコと走ってきた。その馬が沼田一等卒の「勇乗」だったのである。仲間を探してここまで追ってきたのだ。倒れた河北の呼吸がかぼそい。目から大粒の涙がこぼれている。

「ゆるせ」

豊吉軍曹は馬に頬ずりした後、たてがみをひとつかみ引きちぎってポケットに突っ込んだ。そして腹帯を外し、鞍を担いで斜面の雪を掴みながら登りはじめた。

「軍曹はやく。敵がきます」

斜面の途中で待つふたりが叫んだ。鞍を持った豊吉軍曹が二人と合流すると三人は雪をかきわけて這い登った。山裾からロシア兵が狂ったように銃を撃つ。建川中尉と大竹上等兵が尾根から騎乗のまま援護射撃する。

ぜえぜえと喘ぎながら三人が建川中尉の元に辿り着いた。そこに沼田一等卒の愛馬「勇乗」がいた。

「おお」

と豊吉軍曹が駆け寄る。

「はやく鞍をつけろ」

建川中尉が声をかける。上等兵たちが「勇乗」に鞍を付けた。

五人が騎乗した。

「霧だ」

畑のうえを這うように霧が動いている。

「天佑だ」

豊吉軍曹が声をあげた。

「いくぞ」

建川中尉が尾根の坂路を登り始めた。

五騎はやがて灰色の霧のなかに消えていった。

露営

濃霧のなかを一時間ほど進んだ。どうやら包囲網から逃れたようだ。しかしロシア軍の駐屯地の間で斥候出没の報が飛び交っているであろう。これから先は鉄嶺撫順街道を使うことはできない。

「これよりは山間渓谷を縫って撫順へ向かう」

馬上から建川中尉が言った。隊員たちは無言でうなずいた。とは言っても現在地が全くわからない。はたしてここはどこだろうか。とりあえず磁石を頼りに東南に向かう。

だんだん山が深くなる。

「奥飛騨の山中のようだ」

神田上等兵がつぶやいた。

深い霧が防寒具を濡らす。寒い。疲れた。眠い。

（飯を腹一杯食って、暖かい場所で眠りたい）

これまで弱音を吐いたことがない男たちの心に、打ち消しても打ち消しても叶わぬ願いが浮かぶ。

牽き馬で五騎が登山道のような小路を進む。やがて日没になった。建川中尉は露営の指示を出さない。今夜は夜通し歩いて撫順に到達するつもりであった。

山道をゆっくりゆっくり登る。もはや馬たちは喘ぐ力もない。ただ首を垂れて主人に牽かれてゆく。

四方の山々が月光に浮かぶ。見上げると月が浮かんでいる。ゆく道が細く途切れがちでかぼそい。度々道を見失って行きつ戻りつを繰り返した。急斜面を登ることも一度や二度ではない。筆舌尽くしがたい苦痛の難行であった。

五騎はひたすらに東南方を目指して進んだ。積雪が深い北側の斜面では脛まで雪に埋めながら進む。寒さの厳しさは増し手足の感覚がない。凍傷を免れるため手を擦り、ひたすら体を動かしたが、それだけでは足らず一〇分に一度はお互いの体を擦り合って体温を保った。

深い雪の谷あい、すさまじい風の峰、狐狸も棲まない深山を進む。地図はなく道を尋ねる人もない。

はたしてこの先に撫順があるのだろうか。寒天の群星が行く道を照らす。五人は北斗七星に導きかれながらひたすら歩く。林を抜け山腹を縫う。月は昇るに従って輪郭鮮やかに冴え、ゆく道を昼のごとき明るさで照らし始めた。その月を目指して必死に山道を登る。

午前二時、山の頂まできた。山頂に馬をとどめ四人に休憩を命じた。澄み切った空の月は高く頭上にあり、清光流れるようであった。建川中尉は立ったまま名月を無心に眺めた。

（ここまでか）

ふとそう思った。

四囲を見渡せば大満州の山々が浮雲の切れ切れに連なり果てしない。出発してから十三日が経つ。これまで歯を食いしばって紡いできた生還への気持ちが途切れつつある。それもそうであろう。ここまで不眠不休で厳寒の敵地を駆け続け、糧秣は乏しく換馬もない。人馬とも疲労の限界はとうに超えている。部下を叱咤激励しながらなんとかここまできたが、道はあまりにも遠い。

建川中尉のこの心情には沼田一等卒の死の影響が大きかった。部下を死なせたという指揮官の自責の念が気力を萎えさせる要因となっていた。

「疲れた」

建川中尉が首を垂れて思わずつぶやいた。

五騎が林のなかにはいった。

「ここにしよう」

今夜も露営である。馬がよろめく。人も膝をつき肩で息をする。骨まで氷る冷気がすでに五人の体を包みはじめていた。

「火を」

豊吉軍曹が指示を出した。全員で雪をはらって地面を出し、枯れ枝を集めた。

「これがあります」

大竹上等兵が看板の板の破片を取りだした。ペンキがついた板はよく燃えるため火起こしにいい。

火がおきた。鞍を火の前に置き寄り添って座る。馬たちは立木の皮を剥いでボリボリ食べている。

雪を飯盒に集めて水をつくり馬に舐めさせた。そのあと食べ物が残っていないかと調べた。

「ミルク缶がありました」

「パンがのこっていました」

上等兵たちが明るい声をあげる。

「おお、でかした。感状もんだぞ」

豊吉軍曹が上等兵たちの肩を叩いて喜ぶ。ミルク缶が一個、こぶし大の黒パンが一つ。それを飯盒に入れて雪を詰め火にかけた。パンくずが入った甘い汁ができた。旨そうな湯気が鼻孔をつく。

さっそく皆でまわし飲む。

「うまい」

声がもれる。飲み終わるとまた雪を詰め、湯をつくって飲む。それを何回か繰り返した。たばこは切れてもうない。体が温まると五人は毛布をかぶり火を見つめた。

「沼田が死んだ」

哀しみが五人を包んだ。みなうつむいて黙る。建川中尉がふいに立ちあがった。

「どこへ」

豊吉軍曹が聞いた。

「しょんべんだ」

建川中尉が毛布をかぶったまま歩いてゆく。建川中尉の姿が消えると、

「おまえたちに話がある」

豊吉軍曹が言った。

「斥候潜入の報は各部落にわたっているだろう。我々は敵の重囲にある。もはや五人が生還することはむつかしい。しかし建川隊が得た情報はなんとしても持ちかえらなければならない」

上等兵たちは無言でうなずいた。

「そこで次に敵と遭遇したときはわれわれ四人が突撃する。その間に中尉殿に脱出していただく」

豊吉軍曹が上等兵たちの顔をみた。

「よいな」

「わかりました」

三人がうなずきながら答えた。そこに、

「今夜も冷えるな。眠るなよ。凍死するぞ」

ぶつぶつ言いながら建川中尉がもどった。建川中尉が鞍の上に座ると、

「お話があります」

と豊吉軍曹がいった。

「なんだ。あらたまって」

怪訝そうな顔の建川中尉に豊吉軍曹が計画を話した。

建川中尉は黙って聞く。肉片のない頬に大きな目が見開いている。その目から大粒の涙がホタホタとこぼれ落ちた。

建川中尉はあわてて右手の甲で顔をごしごしこすり、

「もういうな。もういうな」

と言った。他の者も顔をふせて泣いた。鉄嶺潜入前に建川中尉は、

「軍務を最優先とするため、場合によっては置き捨てる。その覚悟はしておけ」

と指示した。しかし実際に部下を失ってみると誰よりも取り乱している自分が居た。そして、目的達成のために部下を捨てるなどといった気持ちは消え去り、どこまでもこの五人で行きたいという思いしかなかった。

その夜、五人は毛布をかぶり、肩を寄せ腕を組んで寒さに耐えた。眠ってはならない。しかし睡魔には勝てず眠りにおちる。冷気が容赦なく五人を襲う。体温が徐々に下がって凍死が迫る。それに誰かが気づいて声をかける。五人が腕を組んだまま立ち上がって馬の周りで足踏みを始める。

三〇分ほど、

「ワッショイ、ワッショイ」

と体をゆすってまた座る。それを繰り返す。

それにしてもなんと辛い夜だろうか。五人の相貌は地獄をさまよう幽鬼そのものになっていた。

いつのまにか空が明るくなった。五人がふらつきながら立ち上がる。意識が混濁したまま鞍をつけ装具を整えて出発する。

「撫順へ」

かすむ意識のまま牽き馬で下山する。細い登山道を半ばまで下った。

前方に一軒家が見えた。

「おお、家だ」

さっそく家の戸を叩いた。大人しそうな支那人の老爺が出てきた。

「何事でござんしょか」

老人は突然の騎兵の訪問に驚いている。

建川中尉は銀貨を渡し、水と米を分けてくれるよう頼んだ。老爺は笑顔でうなずき、奥に居た老婆が飯を炊き、老爺が馬の世話をしてくれた。五人は久しぶりの温かい飯を夢中で食った。

腹がいっぱいになると建川中尉が、

「ところでここはどの辺か」

と地図を示しながら聞いた。しばらく地図を見ていた老爺は、

「この辺でさ」

と一点を指した。建川中尉は驚いて、

「本当か」

と尋ねると老爺は黙ってうなずいた。

今いる場所は撫順から三里（一二キロ）も逸れて栄盤の方が近い。建川中尉が使っていた地図の誤謬が方向を狂わせたのである。

老爺は栄盤によく薪を売りに行くという。その話によると、

「栄盤にゃあ沢山のロシア兵がいますだ。そりゃにぎやかなもんでがす」

という。建川中尉はしばらく考えたのち、

「撫順をあきらめて、栄盤の視察を行う」

と四人に伝え、

「今後は夜間行軍に徹する」

と指示した。そしてこの民家で夕刻まで泥のように眠った。

この日一昼夜の挺進距離は約三〇里（一二〇キロ）以上に及んだ。この日も辛い一日であった。

午後四時になった。日が暮れつつある。建川中尉がまず起きた。他の者もムクムクとおきあがる。

「出発準備」

たっぷり眠り、たらふく食った。よし行こうと馬に鞍をおき腹帯を締めたが、馬の状態がひどい。蹄がぐらついているもの、あごの鎖が切れているもの、ひざをケガしているもの、馬はどれも傷つき衰えていた。これからも難路が続く。果たして馬がこの状態で逃げ切れるだろうか。

五人の顔が不安の影で暗く曇った。

遭難、乱戦

陽が暮れた。幸い月光が道を照らしてくれている。牽き馬で谷を進むと路に出た。騎乗して常足で進んだ。予定では人里まで行く予定であったが、どうしたことか、全く人家のない山中に迷い込み、無我夢中で登っているうちに高い山の頂に出てしまった。

「これは大変なところに来てしまった」

とりあえず山を降りようと進みやすそうな小路を辿って山の中腹まで来てみると、今度は一木一草もない一面の銀世界に出た。しかも雪が完全に結氷して鏡のように輝いている。雪の鏡面は月に白く照らされて眩しいほどであった。

行くべきか引き返すべきか。

「行こう」

疲労しきっている。引き返す体力はない。建川中尉を先頭に氷の上に足を踏み出した。

一同牽き馬でゆっくり歩く。

「馬を滑らすな」

と豊吉軍曹が声をかけた。とは言っても馬は氷上蹄鉄を打ってあるためしっかり歩けるが、主人である五人の方がつるつる滑って数歩ごとに転ぶ始末である。五人は転ぶたびに腰を痛め脾腹を打つ。痛みに耐えながら必死に立ち上がり、馬に支えられてなんとか進むという有様であった。

「もうどうとでもなれだ」

半ばやけくそになって歩いていると、ついに立つことができない急斜面に行き当たった。

「いくぞ」

建川中尉が四つん這いになって這い上がり手綱に牽かれた馬がそれ続いた。四人も同じように続いたが滑って前に進めない。それでもわずかに顔をだす草を掴み、氷のくぼみを支えに少しずつ進んだ。そしてようやく難所を乗り越えた、そのとき、

「あっ」

建川中尉が馬もろとも右方の斜面を滑落した。そして他の四人と四頭も巻き込まれて急斜面を滑り落ちた。五騎はもがきつつ速度を上げ、風を起こしながら真っ暗な山裾に向かって滑落を続ける。止めるすべもなく滑り落ちる途中、断崖絶壁から落下するのではないかとハラハラしたが、幸いにも二〇〇メートルほどで平坦になって止まった。人馬にケガはなく装具も無事であった。

「助かった」

一同、蘇生の思いで息をついた。これだけ滑り落ちて無事なのは奇跡である。

「天祐だ」

豊吉軍曹が急斜面を見上げて呟いた。五人は気を取り直して出発の点検を急ぐ。

「よし、行くぞ」

危機回避の興奮も冷めぬうちに建川中尉が出発の命令を発した。

（なにか食わせなければならない）

馬にである。そろそろ何かを食わせなければ馬の足が止まる。

立派な街道に出た。どうやら栄盤に通じる道らしい。五騎が村を避けながら街道を進む。いくつかの集落をぬけると大きく風景がひらけた。広大な畑が広がりその向こうに無数の灯が見える。

「営盤だ」

夜の街の灯火が美しく輝いている。

（ついに栄盤まできた）

五人の目が感慨深げに街の明かりを見る。

「よし、行くぞ」

五騎が街道を進みロシア軍の騎兵斥候を装って営盤の街に入った。栄盤には鉄嶺ほど電灯はない。適度な暗闇が正体を隠してくれそうだ。

「おい。まて」

歩哨が呼び止める。

「友軍の将校巡察だ」

ロシア語で建川中尉が応える。歩哨があわてて敬礼する。

「とまれ」

「将校巡察、急いでいる」

なんども歩哨に呼び止められる。そのつど悠然と通りすぎる。時間は午後八時になろうとしていた。

道に街路灯がないため暗い。歩哨をだましやすい。

街は静かであった。営盤に大軍がいないことは明白である。むろん陣地構築もされていない。

「鉄嶺を要塞化せず、撫順に兵力少なく、営盤に軍なし」

これにより次の決戦地は奉天にしぼられた。日露戦争の勝敗を左右する重大な情報であった。

十字路に差し掛かった。突然バラバラと一〇人ほどの歩哨が現れて囲まれた。手に角形のランプを持っている。

「戦闘準備」

建川中尉が小さく命令した。豊吉軍曹が軍刀の柄に手をかけた。

「将校巡察だ。道をあけろ」

建川中尉が流ちょうなロシア語で言った。

「マスクをとってくれ」

一人の歩哨が言いながら顔にランプを突き付けた。建川中尉の黒い目が闇に浮かび上がった。

両側から歩哨が建川中尉の両腕をつかみ、

「マスクをとれ」

と怒鳴り声をあげた。日本の斥候隊が侵入しているという情報が入ったようだ。確たる証拠を掴み次第、捕縛するつもりでいる。

「はなせ」

建川中尉がロシア語で一括した。

「日本兵だ」

後ろから騎兵銃をランプで照らした歩哨が叫んだ。バタバタと両側の家のドアが開き、ドヤドヤとロシア兵が飛び出してきた。

「襲撃」

建川中尉が声を出した。馬上ですらりと豊吉軍曹が軍刀をぬいた。四人の上等兵もそれにつづいた。月光に刀身が煌めく。

「うわっ」

騎兵の軍刀はサーベル式（長くて軽い）であるが、刀身は日本刀様に作られている。外人は日本刀に言い知れぬ恐れを持っている。歩哨たちが声をあげて一瞬ひるんだ。

「ちぇぇえい」

豊吉軍曹が腕を掴んできた歩哨の顔を気合いもろとも斬り裂いた。悲鳴をあげて歩哨がのけぞる。わっと衆がくずれた。建川中尉も馬の沓を掴んできた歩哨の頭部を右から左に薙ぎ払った。

抜き身をもった五人を四〇以上のロシア兵が取り囲んだ。包囲の輪は縮まりあちこちから手がのびてくる。手と手の間から槍の穂先が向かってきた。

「斬れ、斬れ」

豊吉軍曹の声がこだまする。五人は右に左に馬を躍らせて刀を振り下ろした。

「つかまえろ」

「にがすな」

「かこめ。かこめ」

ロシア語の怒号が沸き、

「どけえ」

「おのれ」

「はなせ」

日本語の怒声が響く。すさまじい狂騒、敵味方入り乱れ、営盤の十字路は阿鼻叫喚の巷と化した。

「きぇぇぇぇい」

野田上等兵が甲高い声を発して白刃をふるう。捕まりそうになってもがく大竹上等兵のもとに神田上等兵が駆けより、

「どっせい」

独特の気合とともにロシア兵の後頭部を横殴りに斬る。

「ぐわっ」

頭を割られたロシア兵がのけぞって倒れ、その兵を飛び超えて大竹上等兵が包囲網から脱出する。

「ぬけろ。ぬけろ」

建川中尉が叫ぶ。馬たちが狂ったようにぐるぐるまわりながら建川中尉のあとを追う。

建川中尉の前に槍をもったロシア兵が立ちふさがった。建川中尉は槍の穂先を払いながら馬を進めロシア兵の頭に上段から刀を振り落とした。

「ぎゃあああ」

悲鳴を発してロシア兵が転がる。転がったロシア兵の腹を蹴りながら建川中尉の馬が包囲を抜けた。

そのあとを四騎が追う。

「ダーン、ダーン」

銃声が空気を引き裂いて夜の市街地にこだまする。五人は馬上に伏せて馬をとばす。

「馬をきるな。馬をきるな」

豊吉軍曹がしんがりから声をかける。抜き身の軍刀を鞭代わりに使っている。刃を立てると馬の尻を切ってしまう。五人は馬を傷つけないように刀の峰でピタピタと尻をたたいた。

「ウラアア」

新手の集団が前方の左右から群がり出てきた。

「どけい」

五人は声をだしながら全速力で突っ切った。幸いにロシア軍の馬は厩舎にいて日本騎兵を追う手段がない。なによりも騎兵が駐屯していなかったことが幸いであった。

「撃て。撃て」

ロシアの将校が歩兵に狂ったように声をかける。後方からロシア兵が闇に向かって銃を乱射したが当たることなく五騎が営盤を抜けた。

死地を脱した五騎は周囲の集落を避けながら山に向かった。

幻覚（一月二十日）

林の道を五騎は休まず駆けた。細い道を一列になって進む。馬が喘ぎに喘ぐ。それを励ましながら山の頂上に辿り着いた。追っ手はない。

五人の右手には軍刀が下げられている。その切っ先からロシア兵の血が滴り落ちる。

雪にできた赤い斑点は寒さでたちまち凍った。

「無事か」

「無事です」

「よし、よくやった」

「敵中突破だ。感状もんだぞ」

豊吉軍曹がおどけて笑う。

五人が馬を降りた。あと数時間で夜が明ける。その場で馬を休ませることにした。五人は立ったまま毛布をかぶり馬にもたれかかって休んだ。たえず足踏みをしていなければたちまち足が凍る。五人は体をゆすり続けたが、そうしていてもいつしか眠りにすいこまれた。

夜が明けた。今日は一月二十日である。一月九日に「韓三台」をでてから一二日間がすぎた。ここまでの行軍距離は二〇〇里（八〇〇キロ）をゆうに超えている。

（よく生きている）

まことに今ここに五人が生きていることが奇跡であった。

「さあ。いこう」

建川中尉が声をかけた。

五人は牽き馬で東南に向かって進んだ。営盤を離れると集落の間が離れて敵の数が減ったが、今度は飢餓と凍死との本格的な戦いとなった。五騎は村を避けてなるべく人里離れた山の路を進んだ。

この雪中の行軍は三日続いた。

その間、急峻な渓谷にある炭焼き小屋で一夜を過ごし、雪洞を掘って夜をやり過ごした。その二日目、飢餓に瀕してやむなく山を降り、民家に侵入して蔵から飯盒一杯分の米と一俵の粟を盗んだとき、村人に追われて再び山中に逃げ込んだ。こうした状況から五騎に対する警戒網は増々強まり、もはや一歩も山を降りられない状況になってしまった。

五人の疲労は言語に絶し、夢中遊行の世界を彷徨う。幻覚を見たのもこの間である。心身の疲労が死の直前に達すると人はまぼろしをみる。

前方に家の明かりが見えて喜んで近寄ってみると単なる森だったり、突然四方に六、七人のロシア兵が現れてとっさに拳銃を構えると切り倒された木の切り株だったり、いきなり目の前に山があらわれて驚いたり、高低差がわからなくなり、数十センチの段差だと思い踏み出して数メートルの崖下に落ちたりした。

三日目の夕刻になった。これ以上の前進は危険と感じた建川中尉が、

「露営準備」

と命令した。五人は風が当たらない山影で鞍を椅子にして座り毛布に頭からくるまって目を閉じた。

五人はたちまち深い眠りの淵に落ちていった。

生還へ

建川中尉が目を覚ました。辺りを見回すとすっかり夜が明けている。地上には雪が四寸ほど降り積

もっていた。見渡す限り純白の銀世界である。

「雪が降ったのか」

熟睡して気付かなかった。まだ雪がちらちら降っている。起きようとするが体が動かない。足腰肩の節々が痛い。体の筋を抜き取られたようにだるい。

「風邪をひいたかな」

体調の悪さを心配しながらもう一度辺りを見渡した。そのとき、

「どうしたことだ」

びっくり仰天して跳ね起きた。部下が一人もいないのである。残された馬だけが林の中で首を垂れて立っている。驚いて走り回ったがどこにもいない。いったいどうしたのだ。騎兵が馬を置いて行動するはずがない。信頼する部下が任務を放棄して逃げ出すはずもない。敵が接近して軍曹以下で応戦して戦死したというのか。それにしてはそよとも音がしなかったし、その痕跡はどこにもないではないか。混乱した建川中尉はその場に立ち尽くした。

「ん、あれはなんだ」

よく辺りを見るとこんもりと盛り上がった小さな山がいくつかある。建川中尉が近づいてその山を足で踏む。靴底に柔らかいものが当たる。動物の死骸でもあるのかと雪を払うとカーキ色の防寒外套のラシャが出てきた。

「おい、起きろ」

建川中尉は慌てて抱き起して体をゆすった。豊吉軍曹であった。

「中隊長どの」

ねぼけた豊吉軍曹が目を覚ますと建川中尉は軍曹を放り投げて次の山の雪を払った。事態を察した豊吉軍曹もあわてて上等兵たちを荒々しく叩き起こした。皆、雪に埋まったまま眠っていたのである。建川中尉が起きなければ全員凍死していたかもしれない。

「馬鹿者、あれほど寝るなと言ったではないか。凍死するところだったぞ」

自分のことを棚に置いた豊吉軍曹が上等兵たちを叱っている。

ほっとした建川中尉は笑みを浮かべ、

「もうよい。さあ朝飯の準備だ」

と声をかけた。まだ大粒の雪が盛んに降っている。熟睡の中で死線を彷徨した五人が木の枝や松葉を集めて屋根を作り、その下に入った。そして、

「手持ちの糧秣を全部だせ」

と建川中尉が命じた。四人が積み荷の中から食い物を集める。

「米が一合、牛乳が少量、醤油エキス若干、それとブランデーが少々です」

豊吉軍曹が地図を見ている建川中尉に報告した。建川中尉は振り向いてニヤリと笑い、

「これもあるぞ。全部使え」

とポケットから鰹節一本を取り出した。この鰹節は故郷の母親が手紙と一緒に送ってくれたものである。その郵便が奇遇にも挺進作戦出発の早朝に届いた。それを大切に持っていたのである。

「おお、ありがたい」

隊員たちはさっそく牛乳を入れた米粥を炊いて飯盒に分け、鰹節を回しながら齧った。

朝飯が終ると建川中尉が、

「ここから南方一帯の要路は全て敵軍の警戒部隊で埋め尽くされているのは明白である。この警戒線を突破することは容易ではない。しかし、俺の地図の読みが間違っていなければ、ここから日本軍の右翼陣地である城廠《かんしょう》まで一八里（七二キロ）ほどだ。急げば一日の行程である。我々は今夜、敵中を挺進突破し、明日の払暁に城廠に到達することを目標とする」

と一気に言った。建川中尉は、

「ええか、苦しゅうなってどうにもこうにもならんようになったらな、指揮官は明確な目標を立ててそれを部下に伝達するんじゃ。そうしたら部下たちも元気が出てなんとかなるもんじゃ」

騎兵学校で好古が言った言葉を思い出していた。

「我々は生還できるのか」

五人の顔が思わずほころび、興奮で頬が赤く色づいた。

出発は夕方である。五人は毛布にくるまってもう一度休み、午後から出発準備に入った。そして、午後四時、残っていた少量のブランデーを分け合って飲んだあと谷合の露営地を後にした。

これから厳戒の危険地帯に入るのだが五人の表情は明るい。馬も日本陣地への帰還が近いことがわかるのか思いのほか足取りが軽い。

山間の小路を慎重に進む。しばらく行くと大南講《だいなんこう》という村落の手前まできた。

「私が見てきます」

豊吉軍曹が馬を走らせて偵察に向かった。

「馬糧が欲しいな」

建川中尉がつぶやく。馬が草を求めて盛んに前足で土を掻いている。腹を空かしているのだ。

「ロ兵なし。村民に敵性なし」

戻ってきた豊吉軍曹が報告した。よしと五騎が土塀から村内に入り一番近い民家の親父と交渉して粟と米を買い取った。その後、五騎はすぐに村を出て一里（約四キロ）ほど進み、小高い山の鞍部で足を止めて馬に馬糧を与えた。

馬の世話が終わり五人が飯を腹に詰め込むと、

「騎乗」

と建川中尉が声をかけ、午後六時出発、そこから山間部の獣道を一時間ほど進むと前方に細い小川が横切っていた。田んぼに水を引く水路である。辺りはまだ薄明るい。危険ではあるがここで馬に水を飲ませたい。建川中尉がどうするか迷っていると、

「だーん、だーん」

轟然耳をつんざく射撃音に包まれた。付近の木陰からロシア兵が小銃で猛射してきたのである。

「下馬、ふせろ」

五人は馬から飛び降りて手綱を牽きながら地に伏せた。突然の一斉射撃に驚きながら振り向くと、夕闇に発火の炎が無数に閃いて花火のようであった。

「川を渡れ。渡ったら騎乗、前へ」

建川中尉が声を発すると豊吉軍曹以下四人が次々と馬を牽きながら川を飛び越えた。

「よし」

と最後に建川中尉も川を越えたが後に続く馬が首を振って渡ろうとしない。建川中尉の馬はいつものように水をきらって飛ぼうとしないのだ。

「こら、とべ、飛ばんか」

建川中尉が必死に手綱を引くが、馬は飛ばないどころか後ずさりをはじめて建川中尉がずるずると引っ張られる事態となった。その間も敵の射撃音が天地を覆うがごとく鳴り響く。

「どうどう、飛べ、くそ飛ばんか、なぜ飛ばんのか、どうどういい子だから飛んでくれ」

建川中尉が必死に引っ張るが馬は後ずさりをやめない。豆を炒るような銃声音が取り残された建川中尉に集中する。

「くそ、これまでか」

と思ったそのとき、神田上等兵が猛然と走ってきて川を飛び越え、身を低くしたまま建川中尉の馬の後方に回り、

「飛ばんか、この馬鹿者」

という大声とともに手に持った鞭で馬の尻を思いっきり引っ叩いた。鞭の強烈な一発に驚いた馬はいななきながら地を蹴って川を越え、手綱を持った建川中尉を引きずりながら走りだした。

「こら、止まれ、止まらんか」

建川中尉が必死に声を出す。そこに救援に来た野田上等兵が馬の沓を抑えて足を止め、

「どう、どう、よし、よし」

と落ち着かせながら、

「中尉どの、早く乗ってください」

と声をかけた。

「さ、早く」

追ってきた神田上等兵が建川中尉に手を貸して立たせ、

「すまん。助かった」

と礼を言いながら建川中尉が騎乗し、全員が騎乗するや疾風のごとく縦列で路を駆けた。

「怪我はないか」

建川中尉が駆けながら声をかけた。

「人員装備異常なし」

最後尾から豊吉軍曹が応えた。奇跡的に被弾ゼロであった。

午後十時頃、山間に入った。今日は月明も乏しく辺りは墨のような闇である。

「疲れた」

五人は首を垂れて馬にゆられた。疲労は極限を超えていたが休むわけにはいかない。夜が明ける前に日本陣地に辿り着かなければならない。今五騎は敵の探索網の中に居る。闇を味方に敵中突破できるか、それを成し得ず戦死するか、二つに一つである。五人は目をぎょろぎょろ動かしながら、ゆるゆると前進した。

「中隊長殿」

後方から隊員が声をかけた。その声がうわずっている。反対方向から無数の松明が縦隊となって向かって来るではないか。ロシア軍か。はたまた狐火か。ロシア兵ではなく狐狸か物の怪であってくれと皆が願う。

「拳銃を持て」

建川中尉が命令した。各人がマントの中で拳銃を抜いて銃把を把持した。両脇とも急峻な山がそびえている。逃げ道はない。かといって引き返す体力もない。このまま進み何食わぬ顔ですれ違うつもりでいるが、もしそれができなければ銃を乱射して疾駆する腹積もりである。

「装填確認」

銃に弾が入っていることを確認せよと、しんがりから豊吉軍曹が指示した。

「異常なし」

隊員たちが小さな声で応えた。

(しかし面妖な)

建川中尉が首を傾げた。松明を数えると三〇を超えている。

(いったいどこの部隊だろうか)

騎兵は松明を使わない。馬賊が松明を使ったというのも聞いたことがない。馬が火を怖がるからである。ロシアの歩兵部隊でもあるまい。ロシア軍が松明を持って行軍をするはずがない。ロシア軍に属する支那兵か、あるいは砲兵が夜行軍を行っているのではないか。それならば突破できる可能性がある。先頭をゆく建川中尉が頭の中で思いをめぐらす。

謎の部隊が五〇メートル先まで来た。ロシア兵ではなく支那人のようだ。さらに接近する。

「中隊長殿、葬式のようです」

夜目に強い神田上等兵が後ろから声をかけた。

「おお、確かにそうだ」

建川中尉が明るい声で応えた。松明の行列は死者の会葬であった。村内で亡くなった者を墓地に運ぶ途中だったのである。五騎は路傍に避けて一行を見送った。支那人たちは五騎を一顧だにせず静かに通り過ぎた。

「よし、行くぞ」

建川中尉が声をかけて一キロほど進んだ。

「来たぞ」

建川中尉が緊張した声を発した。小路の向こうから馬賊が来たのである。ロシア軍の馬賊であることは直観で分かった。

「戦闘準備」

建川中尉が命令を発した。隊員たちは再び拳銃を抜いて握った。できれば戦闘は避けたい、何事もなくすれ違えればよいがと全員が願う。五騎は常足のまま前進を続ける。馬賊も同じく常足で向かって来る。距離がみるみる縮まる。その距離が五メートルほどになったとき、先頭の馬賊が軽く手をあげてロシア語で何事かを話しかけた。聞き取れない。どうやら暗号のようだ。

「……」

建川中尉は無言のまま手をあげてあいさつし、そのまま通りすぎようとした。

「○×◇……」

再び馬賊が何事かのロシア語を発した。符号する暗号を応えよと言っているのである。しかし建川中尉は答えない。答えることができないのである。異常を察した馬賊たちが五騎の進路を塞ぐようにして前に出ようとした。そのとき、

「パーン」

建川中尉が上空にむかって拳銃を一発撃った。馬賊たちが突然の発砲に動揺して後ずさりをした。

「前へ」

建川中尉が馬体を蹴って猛然と走り隊員たちがそれに続いた。後続の馬賊たちは事態が把握できず、呆気にとられて立ち竦んでいる。先頭の馬賊が反転して追おうとしたが馬列が乱れて追うに追えない。一瞬の隙をついた脱出劇であった。

「走れ、走れ」

豊吉軍曹がしんがりから声をかける。疲労しきった馬たちは止まろう止まろうとする。それを後方から追い立てる。

「追っ手なし」

豊吉軍曹が駆けながら建川中尉に報告する。

「もう少し走るぞ。がんばれ」

建川中尉が隊員たちに激を飛ばす。馬は首を振り、口から泡を飛ばしながら懸命に走る。路が次第につま先あがりになってきた。山道にさしかかるのだろう。もう馬たちは疲労して走れなくなった。常足で縦列行軍をする。

午前零時、今度は前方にみえる鞍部に歩哨らしき兵が二名、路の両側に立っている。後方の警戒地点であるらしい。険峻な山岳地帯を抜けていないため逃げ道はない。近ずくと向かって右側の歩哨が建川中尉に、

「ホジャー○×◇……」

と声をかけた。建川中尉は意味も分からず、

「ホジャー○×◇……」

と適当に復唱した。歩哨は更に、

「ホジャー○×◇……」

と声をかけた。建川中尉が常足のまま、

「ホジャー○×◇……」

と返した。歩哨は怪訝そうな表情を見せたが五騎を止めることなく通過させた。

（無事に抜けれるか）

と思ったそのとき、左側の歩哨が大きな声を出しながら最後尾の豊吉軍曹の左腕を掴み、他の歩哨が警笛を吹鳴して仲間を呼んだ。

「はなせ」

「○×◇……」

左腕をつかんだ歩哨が叫びながら豊吉軍曹を馬から引きずり降ろそうとする。

歩哨小屋からはバラバラと十数名のロシア兵がでてきた。

「パン、パン」

豊吉軍曹が腕をつかんだ歩哨に拳銃を二発発射した。歩哨は叫び声をあげながら後方に倒れた。

「襲撃、襲え」

建川中尉の声で四人が軍刀を振りかざして突進した。月光に鉄の刀身が妖しい光を放った。軍刀の輝きに怯えた歩兵が反転して逃げようとし、あわてて小銃を構えようとする後方の歩兵とぶつかって混乱が生じた。そこに建川中尉、神田上等兵、野田上等兵が馬を乗り入れて白刃を振るい、手当たり次第に斬りつけた。その間に大竹上等兵が歩兵に囲まれている豊吉軍曹の救援に向かい、小銃を撃とうとしていた右側歩哨の後方に回り込んで一閃、その背中を軍刀で切り裂いた。

「ぎゃあああ」

鳥肌が立つような絶叫が辺りにこだました。

「逃げろ豊吉、大竹」

建川中尉が後方にいる二人に声をかけた。

豊吉軍曹と大竹上等兵が馬体を蹴って包囲網から脱した。

「退却」

建川中尉が命令を発しながら刀を振り回す。その間に神田上等兵と野田上等兵が豊吉軍曹と大竹上等兵の後を追う。その直後、建川中尉が反転して四騎の後を追った。

豊吉軍曹が歩哨から腕を掴まれてから脱出するまで一、二分の出来事であった。

ロシア兵は暗闇に消える四騎に小銃を乱射した。ロシア兵たちの喧騒を聞きながら五騎は夜道をひた走った。

時が過ぎた。もう追っ手はない。死地を脱した五人が雪の原野で馬を牽いている。

「寒い」

時間は午前一時をすぎた。一月二四日、この日の夜はひときわ寒い。汗をかいた体が急速に冷えて命をおびやかし始めている。出発以来二週間以上経つが今夜がもっとも気温が低い。寒暖計が零下三〇度を大きく下回る。

(敵陣地の第一線を通過したとは思うが、果たしてそうなのかどうか)

建川中尉は薄れる意識のなかで自問自答していた。五人とも疲労困憊の極に達し、体は綿のように疲れ、足は石のように重く、歩調は乱れて間隔が開きつつある。眼は開き耳も聞こえてはいたが周囲に対する警戒心もなくなった。五人の顔に死相が浮かぶ。今の敵はロシア軍ではない。疲労、飢餓、睡眠不足による生命の危機こそが真の敵であった。

五人は歩きながら眠り、馬の腹にぶつかってはっと目を覚ます。意識が薄れ、視力が衰え、またもや幻覚を見る。

山間の路を進んでいるはずなのに目の前に茫々たる大河が現れて立ち竦む。なんの声かと空をみると妖怪が叫び声をあげながら飛び回る。周囲から狼煙が立ち上り煙に包囲される。地上が消えて満点の群星に包まれる。

大河は倒木であり、妖怪は蝙蝠であり、狼煙は林であり、群青の星は夜空を見上げただけなのだが、夢現の中にいる五人には幻覚が現実としか思えず、幻覚を見ては驚きの声をあげ、それが消えると正気に戻ってまた歩き始めた。

午前四時、三時間以上歩いてやっと山間部を抜けた。

午前六時、朝日が昇り始めた。輝く陽光が五騎に降り注ぐ。体温がみるみる上がる。

「おお光だ」

「温かい」

気温の上昇とともに危機を乗り越えたことを実感する。

「中尉殿、村です」

後ろから大竹上等兵が建川中尉に言った。みると小さな集落が山裾から現れた。数軒の小さな村である。ロシア軍がいないことは遠目にもわかった。

「どうやら敵の戦線をぬけたようですね」

豊吉軍曹が話しかけた。建川中尉はうなずき、

「おそらくそうだ。しかし、油断はできん」

と言いながら、

「けん銃」

と命令した。各人がけん銃を抜きつつ村に近づいた。

水路がある。馬に水を与えた。上等兵たちが周囲を警戒する。静かな村だ。水路の向こうに馬小屋がある。見ると数人の子供たちがこちらをのぞいている。建川中尉が馬から離れて土橋を渡ると老いた農夫がいた。その農夫に村の名前を尋ねた。

「太陽溝《たいやんこう》といいますだ」

と答えた。

「この近くに竜王廟《りゅうおうびょう》という村はないか」

「あります。東の方でがんす」

「どれくらいだ」

「二里ほどですかのう」

「本当か」

建川中尉が驚きの表情を浮かべた。すぐそこではないか。

「竜王廟」は沙河に布陣する日本軍の最右端陣地である。馬賊操縦の根拠地になっている村だ。我が陣地がこの先にあるという。

建川中尉は駆け足で戻って四人に告げた。

（夢のようだ）

勇躍五人が馬体を蹴り馬を走らせた。とはいっても人馬とも弱り切っている。二里（八キロ）など三〇分もあれば着く距離であるが、建川隊は三時間以上をかけて進んだ。

午前九時をすぎた。小さな街道を進んでいると畑の向こうの丘陵に一騎の馬賊がこちらを見ている。

見張りのようだ。

（敵か）

緊張がはしった。見ると馬賊がこちらに向かって右手を上げ下げしている。「止まれ」と言っているのだが、これは日本軍の合図である。ということはあの馬賊は日本側の馬賊ということになる。

野田上等兵が急いで軍帽を小銃にかぶせて高くかかげた。日本騎兵であることの信号である。

「こっちにこい」

馬賊が手招きをした。五人が二重頭巾を始めて脱いだ。

「現《うつつ》だろうか」

幻覚ではないかと疑いながら五騎は進んだ。丘に上がると村が見えた。小さな村である。

「竜王廟だ」

間違いない。見覚えがある。馬賊の案内で村に入った。村内に設置されている馬隊本部の前にきた。

土塀の入口に看板がある。

「日本陸軍竜王廟馬賊本部」

と書かれている。

「おお、日本語だ」

五人が感動の声をあげた。

門を入ると馬を降りた。手綱を支那人に預けて民家の戸をくぐった。中に入ると土間があった。

その土間で馬賊たちが大釜で豆を煮ていた。ホクホクと煮上がった大豆が大釜の中で盛大に湯気をあげている。馬の餌である。栄養価の高い煮豆は支那馬の大好物であった。

その豆めがけて五人が殺到した。手袋をはずして大鍋のふちをつかみ、手づかみでその豆を食おうとした。

「○×△◇……！」

びっくりした馬賊たちが何事かを叫びながら必死にそれを止める。五人と豆当番の馬賊がもみ合いになった。そのとき一人の支那人が現れ、

「どうした。なんの騒ぎだ」

と流ちょうな日本語で声をかけてきた。突然の日本語に驚いた五人が豆を食おうとした手を引っ込めて振り向いた。そして建川中尉がたちあがって、

「お名前は」

と尋ねると、その支那人は、

「光岡特務曹長です」

と答えた。支那人馬賊に扮して馬賊を操縦している陸軍工兵特務曹長の光岡義一であった。

建川中尉は大豆が付いた手をズボンで拭きながら、

「私は建川中尉です。挺進斥候中のところ帰還しました」

と言った。

「おお、あの建川隊ですか」

建川中尉率いる挺進隊のことは知っていたが、音信がないとも聞いていた。おそらく全滅したのだ

ろうというもっぱらの噂であった。その建川隊が忽然と現れたのである。

光岡曹長は、

「あなた方が食おうとしていたのは馬の餌ですよ」

と言いかけてやめ、

「まあとりあえず中にどうぞ。飯の準備をさせますから休んでください」

と五人を奥に入れた。五人が消耗しきっているのは一目瞭然である。光岡曹長は馬賊たちに五人の世話を命じたあと、近所の女たちに声をかけてあるだけのごちそうを食卓にならべた。

五人は食いに食った。大食い揃いの馬賊たちも建川中尉らの食いっぷりに驚愕したほどであった。馬賊たちはおかしがり、

「俺の馬より食ってたよ」

とあとあとまで笑った。五人は食卓にあった二〇人分の飯を瞬く間に平らげた。

「すごいですね」

光岡曹長も目をむいておどろく。五人はなにもかも食い尽くすとその場にずさりと横倒しになっていびきをかきはじめた。そして翌一月二五日の夕方まで四〇時間も眠りつづけた。

もう敵影におびえることもない。凍死の恐怖と戦うこともない。母親の胸で眠る赤子のように安らかに眠り続けた。

一月九日に「韓三台」を出発し、最右翼陣地の竜王廟に到着したのが一月二四日である。

一六日間でじつに二五〇里（一〇〇〇キロ）を踏破した。

驚くべき長途の挺進斥候であった。

帰還報告

建川隊帰着日	戦況	行動内容
一月二四日、龍王廟着		
一月二五日、龍王廟発、城廠着	黒溝台会戦開始	騎兵隊九連隊に電報報告
一月二六日、城廠発、賽馬集着		
一月二七日、賽馬集発、草河口着		
一月二八日、草河口発、甜水站着		
一月二九日、甜水站発、湯河沿着	黒溝台会戦終了	豊吉軍曹、第九連隊（黄泥窪）に先着
一月三〇日、湯河沿初、黄泥窪着		
二月　一日、黄泥窪、原隊復帰		豊吉軍曹、総司令部に出頭
		建川中尉、原隊及び秋山支隊長に報告

建川隊が所属する騎兵第九連隊は黄泥窪に布陣している。したがって、建川隊にとってのゴールは黄泥窪《こうでいわん》になる。竜王廠から左翼の黄泥窪まで二〇〇キロ以上ある。どんなに疲れていても黄泥窪まで急いで行かなければならない。

戦雲は急を告げている。一刻も早く挺進斥候で得た情報を届けなければならない。飯を食ったらすぐに出発だ。寝ている暇などないのである。

ところが、龍王廟に到着して馬のように大飯を食ったあと五人は眠ってしまい（二四日の朝から二五日の夕方まで一粒の米も一滴の水も飲まず眠った）、しかも寝ている間に黒溝台会戦が始まってしまった。

「まずい、寝過ごした」

二五日の夕刻、戦闘開始の報を聞いて青くなった五人は黄泥窪を目指して馬を飛ばし、二五日深夜、城廠に到着し、第二騎兵旅団司令部から、

「昨日、龍王廟に帰任いたしました」

と第九騎兵連隊に電報を打った。するとすぐに、

「特使一名を急ぎ原隊に出頭せしめよ」

と折り返し電報があった。建川中尉は特使に豊吉軍曹を指名し、翌日、先発させた。

二六日、賽馬集に向かう途中、建川中尉たちは馬上で黒溝台方面を見た。はるか西方から殷々と鳴り響く砲声が聞こえるような気がした。すでに戦闘は始まっている。左翼陣地は凄惨な状況になっているであろう。戦火は今日か明日には右翼方面まで及ぶに違いない。

「ああ、間に合わなかったか」

建川中尉は天を仰いで嘆いた。連隊の名誉のために、秋山支隊長の恩に報いるために、国家に奉仕するために身を挺してきたのだが、到着が遅れてしまった。

「あのとき寝なければ。なんたる怠慢、なんたる失態」

と悔やんだ。そうであろう。すこし仮眠をとろうと思って眼をつぶったら四〇時間も寝てしまったのである。一刻を争う斥候任務では前代未聞の失態である。そのうえ会戦（建川隊には黒溝台会戦と奉天会戦の区別はつかない）が始まった以上、我々の情報に価値などない。

五人は、

「挺進行動は無駄であった」

と失望した。五人が置かれた状況からして当然のことであるが、この時点では現地から持ち帰った情報の重要性に全く気付いていなかった。

一月二九日、豊吉軍曹が黄泥窪の騎兵第九連隊に先着した。連隊から直ちに秋山支隊長及び総司令部に建川隊帰任の一報が届けられた。

この日、ロシア軍が撤退し、黒溝台会戦が終わる。

二月一日、建川隊（豊吉軍曹を除く四人）が黄泥窪に到着、直ちに騎兵第九連隊長に申告、その後、好古の元に建川隊の情報が届いた。好古は建川隊の生還を喜んだであろうし、報告内容を聞いて驚いたであろう。

同日、豊吉軍曹が総司令部に出頭して大山総司令官以下の幕僚に報告した。

以上が龍王廟に到着後の建川隊の動きである。建川隊が一月九日に韓三台を出発し、黄泥窪に帰任したのが二月一二日である。この日をもって原隊に復帰したことになるため、記録上は、
挺進期間　二三日間

挺進距離　約一二〇〇キロ（三〇〇里）

とされている。世界の騎兵史にない稀有な記録である。

総司令部の児玉が、建川隊帰任の情報をいつ聞いたのかは不明であるが、ロシア軍が撤退して一息ついた二九日か三〇日だと思われる。

建川隊の情報の重要性については参謀以上の将校にしか分からない。戦況の全般が見える役職（地位）にいなければ児玉（総司令部）の苦悩がわからないからである。

建川隊の報告を受けて最初に驚いたのは騎兵第九連隊長であったかと思える。おそらく連隊長自らが総司令部の参謀に速報したと推測する。そして、

「直接話を聞きたい」

と総司令部（おそらく総参謀長である児玉源太郎かと思える）から要請があったのではないか。

そして二月一日、豊吉軍曹が総司令部に到着した。

軍曹が総司令部に行って直接報告するなど稀有なことである。

豊吉軍曹が建物に入るとすぐに総司令部に案内された。部屋に入るとテーブルの上に地図が広げられており、そこに大山総司令官、児玉総参謀長以下の幕僚がテーブルを囲んで立っていた。

全員、豊吉軍曹を待っていたのである。豊吉軍曹は驚いてドアの前で立ち竦んだ。

「さあ、こっちにきて話を聞かせてくれ」

と児玉が笑顔で自分の脇に来るように手招いた。いったい何事だろうかと萎縮しながらテーブルに向かう豊吉軍曹に、

「地図を見ながら出発からの行軍経路と敵陣の情報を話せばいいんだぞ」

と騎兵出身の福島情報参謀（少将）が満面の笑顔で言った。

「はい」

と答えた豊吉軍曹が地図の前に立ち、手帳の記録を見ながら挺進行動を詳細に話した。

その際、話の途中で児玉が、

「その時、この付近に敵はおらなんだか」

「この山のこちら側に陣地はあったか」

というような質問を何度もした。それに対し、

「いません。ここで建川中尉が農夫にロシア軍の駐屯状況を聞いていますから間違いありません」

「ここから馬賊の追跡を受けてこの道を逃げ、この辺りで振り切りました。その後、ロシア軍に遭遇しないでこの山中に逃げ込みましたので、この街道沿いに敵はいません。陣地もありません」

といった回答を豊吉軍曹がした。児玉を初めとする幕僚たちが驚愕の表情を浮かべた。

一月二九日に敵が黒溝台から撤退して今日で三日目である。

「ありゃあいったいなんじゃったんじゃ」

というのがこの間に生じた児玉の疑問である。想像するに、
一、黒溝台会戦で左翼を牽制している間にロシア本軍を鉄嶺に下げ、奉天を日本に取らせた後、日本軍を撫順、栄盤、鉄嶺の三方向から包囲戦で攻撃する。
一、黒溝台会戦は単なる遭遇戦である。敵はあくまで奉天会戦を意図している。

が考えられるが、正解がどっちなのか皆目わからない。この三日間、児玉を筆頭に参謀連中が地図を前に頭を抱えて呻吟していた。そこに忽然と答えを携えた騎兵が現れたのである。しかもその報告は実見と体験によるもので驚くほど精度が高く、児玉が必要とする全ての情報が揃っていた。

「信じられん。まさに天祐じゃ」

一同が驚きの声をあげた。児玉は感激のあまり涙ぐみながら豊吉軍曹と握手を交わした。

しかし一番驚いたのは豊吉軍曹であろう。会戦はすでに始まっている（二九日に終わったことを豊吉軍曹は知らない）。

「我々の情報などもはや不要」

と思いながら総司令部に出頭し、建物に入る前には、

「今回の挺進行動は極めて不首尾なり」

と騎兵出身の幕僚から叱責を受けることを覚悟していた。ところが来て見ると元帥や大将といったこれまで顔も見たことがない将軍たちが待っており、報告をすると感嘆の声をあげ、ため息まじりに称賛し、手を叩いて賛辞を送ってくれるのである。

「我々の苦労は無駄ではなかった」

と豊吉軍曹は安堵し、すぐにでも建川隊のみんなに報告したい気持ちであった。豊吉軍曹の報告が佳境を迎えると児玉たちの興奮は収まるどころか増々高まりを見せ、騎兵出身の福島中将が、

「よくやった」

と涙を拭きながら肩をほたほたと叩き、大山は地図上の行軍経路（赤線）を見ながら、

「全く人ではできないことです」

と感嘆の言葉を発して絶句し、児玉に至ってはすっかり舞い上がり、図上説明が終わって退室しようとする豊吉軍曹を呼び止め、

「記念のため揮毫してくれ」

と手帳を差し出し、

「あとの四人にも書いてもらうから、このあたりに書いてくれ」

と注文をつけたりした。更に、後日、内地にいる明治天皇も建川隊の生還に感激されて五人の写真を手元に納められたという。

建川隊の報告とは別に、この時期、ロシア国内に潜入中の明石元二郎（当時大佐、戦時中諜報家として活躍、後に陸軍大将）から、

「先の会戦（黒溝台会戦）はグリッペンベルクの発案で行われしもの、クロパトキンの計画に基づくものにあらず」

との情報があり、アメリカ（米国情報局）からの情報と一致した。

加えて、

「グリッペンベルクは、二月某日、戦線を離れ、ロシアに帰任する見込み。以後の指揮は従前通り、クロパトキンに帰せり。なおロシア国内は反体制勢力の動きが活発となり、益々不穏の空気が充溢」

との情報が明石元二郎から入ったことにより、「黒溝台会戦の謎の撤退」は、

「クロパトキンとグリッペンベルクの内紛を要因とする指揮系統の混乱によるもの」

と断定することができた。

この時期にもたらされたこれらの情報により、児玉の迷いは完全に払拭され、

「決戦地は奉天なり」

との結論を出した。そして、総司令部は奉天会戦にむけた作戦の決定に入った。

第五章　永沼挺進隊、鉄橋爆破と月下の騎兵戦

さて、ようやく黒溝台会戦まで終わり一息ついた。

これから奉天会戦（二月二一日～三月一〇日）に向けた永沼挺進隊の動きを追う。

またここで少し情況を整理したい。

山内隊と建川隊の報告により児玉は奉天会戦一本で作戦を練ることになった。しかしロシア軍との兵力差は歴然としており勝つ見込みはどう見ても薄い。しかも遊軍として動きまわるであろうロシアの騎兵集団をどうするかという問題も解決されていない。

児玉は、奉天会戦では両翼を突出させて包囲態勢をとりつつ中央を衝くという戦略を立てているが、両翼を徒歩兵がいくら駆け足で進んでも騎兵集団の好餌となるだけではないかという懸念がある。

かといって、よい案があるわけでもない。

「果たして日本に勝てるのか」

というのが児玉の次の悩みである。まことに戦役中の児玉の心労はすさまじい。戦後すぐに児玉は亡くなるが（明治三九年七月に逝去。明治三八年九月の終戦から約一〇か月後）、この時期の心労が原因としか思えない。

奉天会戦を前にした日本軍は遼陽に総司令部を置き、クロパトキンの司令部は奉天にある。

奉天会戦で日本が勝ちとなるためには、ロシア軍を後退させて奉天を占領することが条件となる。その場合、後退したロシア軍が鉄嶺に入った段階で再び膠着状態となり、時期を見て次戦を行うか講和が成立するかのどちらかになる。

逆にロシア軍に押されて遼陽から撤退するような状況になれば日本軍の負けとなる。その場合にはロシア軍の猛烈な追撃がどこまでも続く。援軍どころか予備隊もない日本軍は崩壊して壊滅するであろう。

戦争は損害の多寡を競うのではなく、土地を取り合うために行う。そして地面の奪い合いを行うのは陸軍であり、海軍はそれを支援するのが任務である。したがって、仮に海軍が負けても陸軍が勝てば（相手の領土を占領すれば）戦争は勝てるが、その逆はあり得ない。

戦争の主体はあくまでも陸軍にあると言っていい。

この後、日本海軍の連合艦隊とロシア海軍のバルチック艦隊が戦うのだが、予定されている海戦の目的は「日本陸軍に対する海上補給路の確保」をめぐる制海権の争奪であり、仮に日本陸軍が先に負けてしまえば、その後に行われる海戦の目的も失われる。

すなわち、奉天会戦において日本陸軍が敗戦し、満州から撤退するような事態になれば、その後の海戦を待たずに日本の敗戦が決定するのである。

日本がこの戦争に負ければ、多くの領土を失うと共に半植民地化が進み、国民はロシア圧政の下、長い年月を苦しみの中で暮らすことになるであろう。

こうした状況下において好古の騎兵が敵地で決死の作戦を行い、奉天会戦を勝利に導くのである。

以下、日本騎兵史の白眉と称される永沼挺進隊の行動を第五章で追う。
まずは鉄橋爆破作戦からである。

（以上、閑話休題）

目標変更

ロシア軍の鉄橋を爆破する日が近い。暦は二月に入った。天気は連日快晴である。気温は零下三十度を超える寒さが続く。この地に生まれ育った馬賊たちですら綿入れを重ね着したうえに毛皮の外套を着て震えている。その寒さのなか日本兵たちは、綿ネル（コットン生地）の下着に毛メリヤス（ニット生地）を重ね着し、その上に軍服を着ただけという薄着であった。

これには、

「日本人は寒さを感じないのか」

と馬賊たちも驚きの表情を浮かべている。

それにしても鉄橋爆破は容易なことではない。鉄道はロシア軍の大動脈であり橋梁は心臓部である。当然、その警戒は厳重を極める。作戦の成否を決めるのは鉄橋に接近できるかどうかである。爆破前に発見されれば全ての計画が水の泡となる。今日までの四十日間、数度にわたって敵性馬賊（ロシア側の馬隊）と戦闘の機会があったが、その戦闘は帯同する馬隊に任せて挺進隊は一切戦わない行軍を貫き、ひたすら潜行に徹してきた。それは全て爆破目標である鉄橋に接近するためであった。

二月六日、橋梁爆破の作業隊を決定した。作業隊とは橋脚に爆薬を巻き付けて点火する部隊である。鉄橋を爆破した後、急行してきたロシア軍から猛射を受けることは必至であり、生きて離脱すること

は極めて至難となる。まぎれもなく決死隊であった。しかし隊員たちからすれば花形任務であるため
ほとんどの者が志願した。作業隊は各小隊から六名ずつ選ばれた。六名のうち五名は爆薬を運搬し、
残りの一名は有刺鉄線突破用の鉄線ハサミを携行した。指揮官は浅野中隊から小堤少尉、中屋中隊か
ら栗田少尉が選ばれ、統括指揮は宮内大尉があたることになった。

二月七日午前五時、乗馬呼集を行った。騎乗した隊員が整然と集合した。内蒙古の二月上旬の五時
はまだ暗くて寒い。寒暖計は零下三九度を示している。爆破作業は夜間に行う。作業隊の行動内容、
手馬の監視、付近の警戒、敵襲撃に対する応戦要領等の研究と演習を行った。

午前九時、トンジーを出発、午後二時、古井子《ぐうじんし》に到着、小さな村である。
まだどの橋梁を目標とするかが決まっていない。

「あせるな」

永沼は自分に言い聞かせた。綿密な計画がなければ成功の可能性はない。各鉄橋の警戒状況を探ら
せるため馬隊から斥候を出している。今はその情報を待つことだ。

二月八日、情報がないまま古井子に滞在した。この日、午前十時から宮内大尉指揮による作業訓練
が実施された。訓練終了後、宮内大尉が、

「よし。あとは魂で爆薬を橋梁に縛り付けるのだぞ」

と言えば、兵たちは、

「まかせてください」

「自分の体も一緒に縛り付けてやりますよ」

と口々に言い、決行の時を今か今かと待った。

同日、午後十時、古井子から約一キロ先を手馬（馬をまとめて置くこと）の置き場とし、村の土塀を橋脚に見立てた訓練を開始した。作業隊が土塀にむかって走り、爆薬を土壁に固定した後に点火し、一定の距離から爆発を見届けた後に退却を開始、援護部隊は作業隊を守るために近接配置する訓練を繰り返した。

「練度があがっているねえ」

視察していた永沼はニコニコして、

「これなら大丈夫だ。お疲れ様」

と隊員たちをねぎらった。訓練後、深夜一時ころから休憩に入った。

そして午前三時、

「隊長どの、伝令が戻りました」

との声で永沼が浅い眠りから引き戻された。鉄橋の警戒状況を探りに行った馬隊が戻ったという。永沼が隊長室（民家の一室であるが）に行くと松岡勝彦氏（王大人）と若林龍雄氏（高大人）の報告書が届いていた。二つ折りの紙を宮内大尉が永沼に渡した。

永沼は受け取ると立ったまま開いた。

「新集廠の東方にロシア軍なし。楊家屯に駐屯中のロシア軍も本日、寛城子に引き上げて不在なり。現地馬賊の協力者を確保した」

と書いてある。各鉄橋付近にロシア軍がいないという内容である。

永沼はこれは都合がいいと笑い、
「窰門《ヨウメン》が狙えそうだね」
とひげをしごきながら言った。宮内大尉も、
「接近できそうですね」
とうなずいた。爆破の対象となる橋梁は、
窰門河《ヨウメン》　二八八メートル
卜海河《ブハイ》　六四メートル
伊通河《イイトン》　一九二メートル
新開河《シンカイ》　六四メートル
東遼河《トンリャオ》　二八八メートル
である。現在地から近く、一番長い窰門河を爆破できれば最大の戦果を得ることができる。
爆破目標は窰門河の鉄橋に決まった。
二月九日午前十一時二十分、先発の馬隊が出発、翌十日午後三時に挺進隊が出発し、午後五時すぎに九里（三六キロ）先の鄭家屯《ていかとん》に到着した。
鄭家屯から窰門河の鉄橋までは徒歩でも半日かからない距離である。
「いよいよだ」
隊員たちの興奮も隠せない。決行を前に各宿舎では、
「よおし、やってやる」

と意気込む隊員に対し、

「やってやると言ったって、貴様は作業隊に入ってないじゃないか」

と隣の隊員が揶揄し、

「馬鹿野郎。全員一心同体なのだ」

「なんだ気持ちだけか」

と言って一同がどっと笑い盛り上がっていた。

二月十一日の夜明け前、寝床から這い出した永沼が水瓶に張った氷を割って冷水で洗顔し、日の出に作戦成功の祈願をしようと外にでた。そこに伝令が駆け込んできて永沼に文書を渡した。

馬隊からの情報である。

「いやな予感がする」

永沼が顔をしかめた。メモを開いてみると、

「先の新集廠、楊家屯にロシア軍なしの情報は誤りであった。偵察の馬隊が現地に接近することなく報告したもの」

という内容である。そこで改めて現地を偵察した結果、と続き、

「午後四時頃、現地支那人に変装した馬隊一名が窰門河に接近したところ、警戒中のロシア兵に連行され、二時間の取り調べをうけた後に釈放された」

という。更に、

「その者からの報告によれば、窰門河には歩兵、騎兵合わせて数百の警備兵が配置され、日夜の警戒

はすこぶる厳重であり、現地の支那人でさえも近づけば連行される状況にある。窰門河に近づくことは不可能である」

と書かれてあった。永沼は紙をしまいながら、

「やはりそうか」

と苦笑しながら宿舎に入り、広間にいた宮内大尉に、

「こんな手紙が来たよ。十時から中屋と浅野を呼んで相談しよう。それまでに考えを練ってくれ」

と言って部屋に入っていった。

午前十時、隊長室で宮内、浅野、中屋と馬隊指揮の松岡氏、若林氏が出席してテーブルを囲んだ。

永沼が口を開いた。

「窰門河が近寄れないとすると、別のところを選ばなければならないが、どこにしたものだろう」

この男の不思議なところは、どんな場面でも妙にのどかな口調でしゃべる点である。そのため座がいたずらに緊張することがない。どうかねと永沼は優しい目で四人をみた。しかし誰も口を開かない。三〇〇メートル近い大鉄橋を爆破しようと燃えていたところ突然の中止である。橋梁破壊がだめとなれば有線切断や線路破壊あるいは倉庫焼燬などに作戦変更となる。作戦の規模として小さくならざるを得ない。意気込んでいただけに気持ちが沈むところもあって意見がでないのだ。

永沼は腕組をして、

「計画が頓挫するのは残念だが目的地に近づいたことは事実だからね。そう気落ちすることもない。ただ、ここでうろうろしていると敵に所在がばれる可能性がある。敵と交戦して全滅することは仕方

新開河鐵橋破壞戰鬪要圖

二月十一日夜

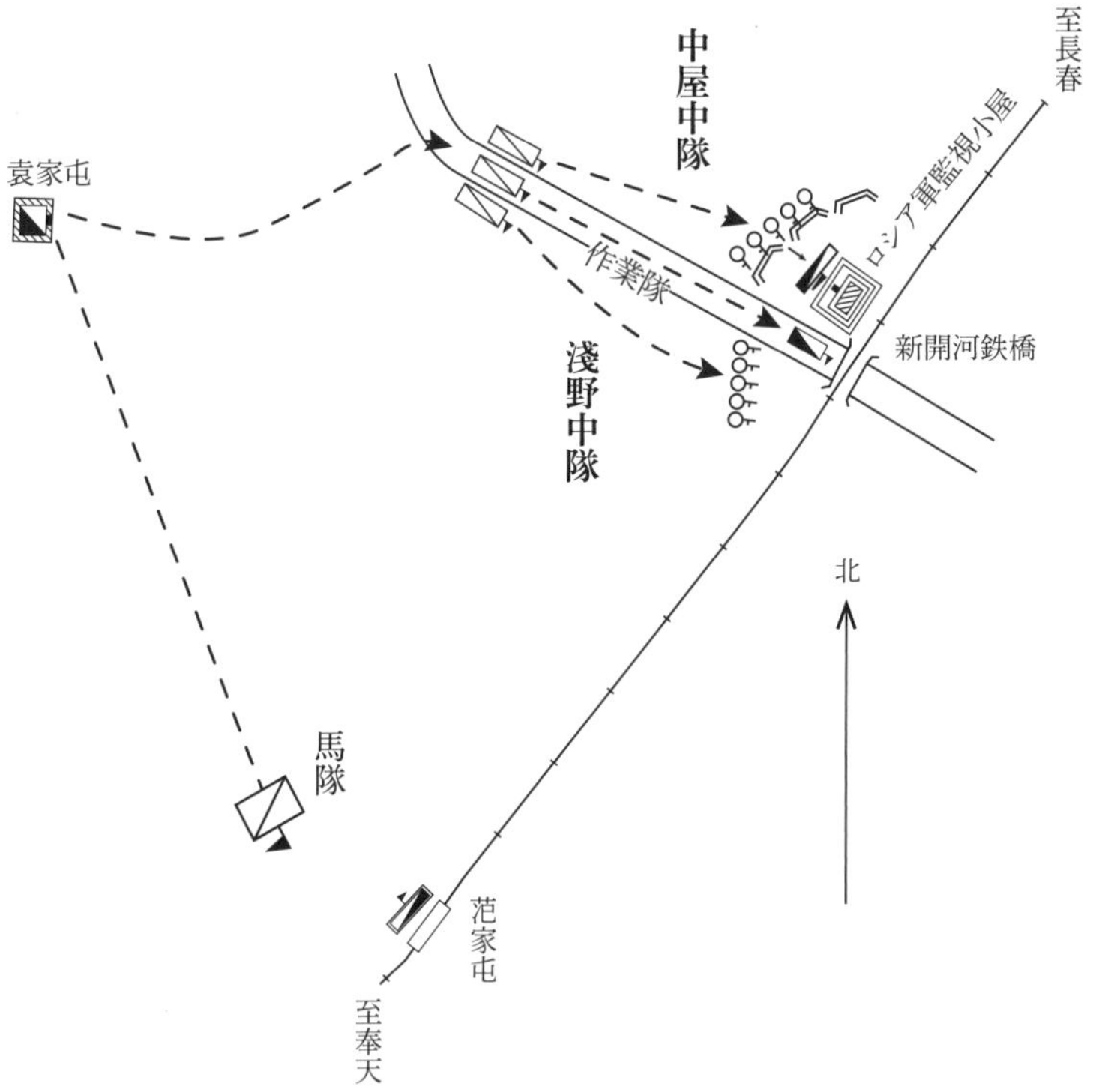

ないとしても、目的遂行が果たせないとなると国家に対して申し訳が立たない。黒溝台出発時の戦況を思い返せばそろそろ奉天への総攻撃が始まる頃だろう。作戦が遅れて奉天会戦に間に合わなければ、それこそ喧嘩過ぎての棒千切れになる」

と言って永沼が笑った。再び静かになった。

宮内大尉が沈黙に耐えきれず、

「貴様なにか言え」

と中屋大尉に目配せをした。と、中屋大尉がおずおずと、

「どこか近いところで別の鉄橋を狙ったらどうでしょうか」

と言った。すると、

「私も同感です」

と浅野大尉も同意した。続けて宮内大尉が、

「そもそも携行した爆薬では大鉄橋の破壊は困難だったでしょう。むしろ小さな鉄橋を爆破して完全に破壊した方が効果が大きいかもしれません」

馬隊指揮の松岡氏、若林氏も、

「小さな鉄橋であればロシア軍の警戒も薄い可能性がありますし」

と大尉たちの意見を肯定した。

「新開河の鉄橋はどうだろうね」

永沼がニコニコしながら言った。松岡氏は、

「新開河は監視小屋に約五〇人の警戒兵が常駐し、付近のロシア軍兵力は約一〇〇人前後、その他の兵数をあわせても約二〇〇人と思われます」

と馬隊からの情報を述べた。

永沼は、

「問題は士気だね。三〇〇メートルの大鉄橋から六〇メートルの小鉄橋に目標変更されると兵たちの元気がでないんじゃないかな」

とこの男にはめずらしく憂慮した表情を見せた。

「作業隊は不満でしょう。しかし隊長の命令とあれば彼らはやってくれるはずです。大丈夫です」

浅野大尉がそう答えた。永沼は腕組を解き、

「よし新開河に決定しよう。決行は今日だ。紀元節に行うことで士気もあがるからね。敵に発見されて我々が全滅したとしても橋脚のひとつくらいはやれるだろう。諸事計画どおり宜しく頼む」

と言って立ち上がった。大尉たちもすぐに部屋を出て命令伝達に走った。

二月十一日、こうして永沼挺進隊の橋梁爆破作戦の目標は新開河に決まった。

接近

紀元節とは、初代天皇が即位した日のことである。二月十一日とされていた。

「出発の準備を整えた後、将校は本部に集合」

との命令を永沼が発した。将校が集まると永沼を中心にテーブルにつき、焼酎と落花生で乾杯した。

紀元節の祝いと今夜決行の橋梁爆破の成功を祈念しての小宴である。

昼、宴も果てようかという頃、永沼がその場で詩を書いて宮内大尉に渡した。宮内大尉は受け取ると無言で立ち上がり、

鐵騎横蒙古　曠原無際涯
一鞭三百里　虎穴初載詩
てっきょうもうこをよこぎり　こうやさいがいなし
いちべんさんびゃくり　こけつはじめてしをのす

と浪々と吟じた。

「いいですねえ」

中屋大尉が声をあげた。いつもは隊長の詩に批判的な中屋大尉であったが、この日は気持ちが高揚していたためか、あるいは宮内大尉の詩吟がうまかったのか感動して目を赤くした。その後、三時間ほど休憩し、起床後、夕刻から準備に追われ、気がつくと午後八時になっていた。

今日も寒い。上限の月は冷えに冷えて沖天に凍っている。どこかで騾馬がいなないた。その悲しげな声は寒天に響き背筋を冷たくする。騾馬の声が止むと静けさと寒さが一層増す。零下三〇度の寒さは鼻毛まで凍らせる。鼻がむず痒いとこすれば鼻毛が針となり粘膜を傷つける。そのため兵たちは鼻を手で覆って温めた。

いよいよ出発である。

松岡氏（王大人）率いる馬隊（約三〇騎）が先発し、挺進隊が後発した。しんがりは若林氏（高大人）率いる馬隊（約四〇〇騎）である。いつもは騒々しい馬隊もさすがに今夜は声もない。時折する咳さえも小さく憚っている。気温は零下三〇度を超えた。体温を保つため時折下馬して歩く。つま先が凍ったかのように冷たい。凍傷を防止するために歩きながら長靴のなかで指を曲げ伸ばしする。

「冷えるな」

永沼がつぶやいた。

「はい」

中屋大尉が小さく返事をした。後は無言である。すさまじい冷気の中を挺進隊が馬隊と共に乗馬と下馬を繰り返しながら行軍する。

午前二時半、新開河から五キロほど手前にある五〇戸ほどの小さな村（袁家屯）に着いた。約六時間の強行軍であった。ここに馬を置いて徒歩で新開河に向かうのである。直ちに周囲に所定の馬賊を配置し、残りは村内に入った。

深夜の侵入者に犬が狂ったように吠える。

「誰だ」

この村一番の富家（村長）の門前に来たところで門番が飛び出してきた。

「まずいな」

永沼が顔をしかめた。村民の通報を畏れて秘匿行動する予定であったが、数百の人馬のざわめきと、この犬の声である。秘匿にはほど遠く、すぐに存在が知れたのである。

永沼は松岡氏（王大人）を呼び、

「どうしたもんかね」

と相談した。松岡氏（王大人）はしばらく考えた後、

「私が話をしてきます」

と言ってそこを離れ、

「王だ。主人と話しがしたい」

と声をかけ、門番とともに中に入っていった。しばらくすると門が開き、松岡氏（王大人）が手招きをした。それを合図に日本騎兵と馬賊がぞろぞろと門をくぐった。

中に入ると松岡氏（王大人）の横にこの家の主人がニコニコして立っている。どうやら我々に協力してくれるようだ。

永沼が主人に頭を下げ、

「日本軍が貴国（清国）に災いを及ぼすことはありませんし、あなた方に迷惑もかけません。ご安心ください」

と言い、さらに、

「現在、貴国を侵害しているロシアに対し、これからある作戦を行います。それが終わり次第、明朝には引き上げますので、それまでご協力願いたい」

と穏やかな口調で説明し、それを長谷川通訳が訳した。太った腹を揺すりながら主人は笑い、

「わかりました。寒いでしょうから家に入ってください。日本の方は母屋にどうぞ。他は東と西の家

を空けますのでそこをお使いください」

と言った。外で凍えていた日本兵と馬賊たちは喜んで暖かい屋内に入った。

「想わぬところに作戦拠点ができたね」

と永沼が喜び、

「君のおかげだ。ありがとう」

と松岡氏（王大人）に頭をさげた。

作戦開始

蒙古馬隊と支那馬隊のほとんどが屋内に入った。松岡氏（王大人）率いる馬隊以外は後方待機する。爆破作戦を実行する挺進隊と帯同する馬隊（松岡氏指揮）は休む間もなく凍てつく屋外に集結した。点呼が終ると永沼が次の命令を発した。

一　沼田少尉は、残留する下士（下士官）一人、卒（兵卒）四人と八騎（馬隊）を指揮し、手馬（残留する馬）の監視を行い、敵の襲撃があれば馬隊と協力して手馬の掩護をせよ。

なお、軍医は救急措置の準備をしておくこと。

二　宮内大尉は、小堤少尉と栗田少尉の両作業班を率い、爆破作業の指揮を行うこと。

三　浅野中隊は右翼から、中屋中隊は左翼から作業班を掩護せよ。

四　挺進隊長（永沼のこと）は、行進中は全隊の先頭に位置し、作業開始後は、作業隊と掩護隊の中間に居て作戦全般を指揮する。

五　馬隊は、鉄橋より南方に距離を置いて潜伏するものとする。ただし、作業班の爆発音を聞くまでは線路等の破壊に着手してはならない。
六　大爆発音をもって一斉退却の合図とする。
七　挺進隊の退却路は下流の氷上とする。仮に方向を失った場合は個々に河川の下流に沿って進み、手馬の待機場所まで自力で達すること。
八　暗号は、「好《パオ》」「不好《プパオ》」とする。
隊員たちの顔がこわばる。蒼白になった顔面は寒さのせいだけではなく壮図を前にした緊張が血の気を失せさせているのである。

準備が整った。作業隊を中央に右に浅野中隊、左に中屋中隊が三列縦隊で出発した。

隊員たちは軍帽の上から蒙古の毛皮帽子を被っている。当初は軍帽のみで出発するはずであったが、あまりの寒さに急遽、毛皮の帽子を装着した。日本の軍帽を重ねて被ったのは、敵軍に捕らえられたときにスパイ（間諜）ではなく正規軍の日本兵であることを証明するためである。

正規兵による作戦であったことが認定されれば国際法が適用されて捕虜となるが、スパイであれば非正規戦闘員とされて戦争犯罪人となり国際法の適用外となる。

スパイとして拘束された場合、軍事裁判によりその多くが死刑となる。日本騎兵であることに強い自負を持つ隊員からすれば、兵士として銃殺されることは恐れないが間諜（非兵士）とされて絞首刑になることは避けたいと願うのである。

鉄橋までは徒歩で行く。凍土を踏みしめる長靴の音が静かに鳴る。

このとき作業隊は軍刀を帯びていない。日露戦争後、騎兵操典が改正されて必要がある場合は軍刀を馬に置くことが許されるようになるが、このときはまだそうした規定はなく「武士の魂」と言われる軍刀を身辺から遠ざけて作戦を行った例はない。この措置は永沼の独断による。

作戦前に永沼は、

「軍刀は不要だろうから置いていくように」

と指示したのである。好古は、こうした決断を軽々と行う性格を買って永沼に挺進作戦を任せたのであろう。

針刺すような冷気の中、隊員たちは黙々と行軍する。その後を松岡氏率いる馬隊が続く。村はずれまで来た。西の上弦の月が地平線に沈みつつある。それに合わせるように雲量があがって星が次々と姿を消してゆく。黒溝台を出発して四〇日以上の間、一度として曇らなかった空が今夜に限り雲で覆われた。そしてやがて周囲が漆黒の闇となった。もう隣にいる者の顔も見えない。

「天佑だ」

中屋大尉が空を見上げてつぶやいた。敵陣に潜入して爆破作業を行うにあたり闇ほど心強い援軍はない。馬を帯同していないので聞こえるのは長靴が凍土を踏む音だけである。

「武者震いしてるか」

「なんともないな」

「橋脚に爆薬を巻き付けるときまでせんのではないか」

「馬鹿言うな。そのときは無我夢中で武者震いどころではないわ」

隊員たちがひそひそ話をする。

「静かに」

小堤少尉がたしなめる。

約一キロ進んだ。ようやく河まで来た。河面は完全に凍っている。河の南岸に作業隊、浅野中隊、中屋中隊、馬隊、総数約二〇〇が二列縦隊となって整列し、前に立った永沼が、

「もう何も言うことはない。落ち着いてやってくれ。また会えれば結構だ。もし会えなければそれも本望だ。行ってくれ」

と言った。静かな声であった。

「出発」

各隊長の号令で各隊が氷上に足を踏み出した。

「宮内君、しっかり頼むよ」

永沼が作業隊の先頭に立つ宮内大尉に声をかけた。宮内大尉は無言でうなずいた。

浅野中隊約五〇人、中屋中隊約三五人が作業隊掩護のため両岸に分散した。永沼は中屋中隊に帯同する。馬隊は途中から右翼に展開して鉄橋と停車場の間に進出した。この馬隊は鉄橋爆破の後に鉄道を破壊する予定である。

それにしても暗い。

(鉄橋はどこか。遠いのか。近いのか)

全員が首をかしげながら進んだ。事前の訓練を繰り返し行っているため爆破作業については一点の

不安もない。しかし、作戦距離については地図が不完全であるため目的地までの距離が明確ではない。胸中に不安を抱えつつ徒歩で進む。そのとき轟々と大きな音がした。はっとして前方を見るとわずかに燈火が漏れる列車一両が見えた。

「あそこが線路だ」

誰かが小声で叫んだ。

「我々のことを知っているな」

永沼がつぶやいた。不審者潜入の報が入っているのだろう、汽車の灯火管制をしている。警戒して消灯しているのだ。しかし今夜が決行の日だとは知るまい。

「いずれにしても急がねばならぬ」

永沼がぶつぶつ独り言を言う。作業隊が爆薬等の荷物を背負って氷上を小走りで走った。

「さあ、ちかいぞ。皆急げ。滑るなよ。転ぶな。足許に気をつけろ」

宮内大尉が指示を出しながら作業隊を急がせる。浅野中隊と中屋中隊が両岸を並進しながら進む。

「パン、パン」

突然、浅野中隊の方向から銃声が二発聞こえた。

「発見されたか」

作業隊の誰かが小声で叫んだ。

「いいから急げ。立ち止まるな」

宮内大尉が声を発した。あとでわかったことだが、このときの銃声は浅野中隊の隊員が発したものである。付近を警戒中であった敵兵に発見されたため隊員が咄嗟に発砲した。その際に一名を射殺したが一名は逃した。夜間の発砲は秘匿行為を悟られるため禁じている。しかしそれをこのとき守るべきであったのか、あるいは二名とも射殺して救援報告を防ぐべきであったのかは判断が難しいところである。

浅野中隊の発砲直後、対岸を前進していた中屋中隊の前に黒い建物が見えた。

「あれはなんだろう」

夜目に慣れた隊員が言葉を発した。予定にない建物である。斥候に出た及川中尉が戻ってきた。

「敵の監視小屋です」

中屋大尉が、

「隊長、寝込みを襲いましょう。躊躇すると銃眼から撃たれます」

永沼はよしとうなずき、

「襲撃開始。成し得れば中屋中隊は監視小屋を占領せよ」

と命令した。

「中屋中隊前へ」

中屋大尉が命令を発した。監視小屋は岸のゆるやかな坂の上にある。全員が這うようにして登った。遠いと思った目標物は案外近く、あっという間に小屋の基礎の石垣に行き当たった。想像以上に頑丈な小屋である。さてどう攻めようかと中屋大尉が思案していたところ、

「パン、パン、パン……」

と小屋の銃眼から銃弾が降ってきた。先ほど逃げた敵兵が我々の接近を知らせたのであろう。

（しまった。遅れた）

あせった中屋大尉が、

「銃眼に銃口をつっこんで撃て」

と叫んだ。全くの闇の中である。石垣をよじ登って小屋の銃眼を手探りで探したがよくわからない。そうこうしているうちに敵の態勢が整い、すべての銃眼から猛射してきた。

一人の兵が銃眼から銃口が出ているのに気づき、咄嗟に銃口を掴んでひったくろうとしたが銃床が穴にひっかかって出てこず、敵兵と日本兵が銃を引っ張り合う事態になった。他の銃眼からも銃弾が飛んでくるが、幸いにも敵は照準もせずに撃ってくるので損害はない。

「まずい情況だ」

中屋大尉が闇の中で舌打ちをした。小屋は凹の形をしており。今そのくぼみの壁に取りついている。このまま壁に張り付いていると側方から撃たれかねない。

「いったん退って銃眼目がけて撃て」

中屋大尉が叫んだ。真下からは銃眼内を撃てないからである。中屋隊はじりじりと五メートルほど後退し、斜面に伏せて狙い撃ちを開始した。このとき敵兵が撃つ際に発する火花が目印になった。

奇妙な銃撃戦がはじまった。暗闇の中、地面にはりついた日本兵が銃眼の火花目掛けて下から撃つ。小屋の銃眼から放つ敵の銃弾が頭上を通過する。双方とも損害がないまま乱射戦が続く。

「作業隊はまだか」

中屋大尉が鉄橋方向を見た。鉄橋の作業隊と中屋大尉の距離は近い。大声であれば会話できる程度の距離しかない。当然、小屋からの流れ弾が作業隊に届く。

「まずいな。なんとかせねば」

苦渋の表情で中屋大尉が思案していると、監視小屋の左側の扉が少し開いているのが見えた。よく見るとそこから敵が狙撃している。中屋大尉は隊員の列まで戻り、田村少尉以下の隊員に、

「左の扉が開いている。あそこから突入すれば小屋を占領できるぞ。突撃だ」

と指示した。田村少尉は、

「はい」

と答えて軍刀を抜き、立ち上がりながら、

「突っ込め」

と号令を発した。

そのとき爆音とともに閃光が走った。

「やったか」

鉄橋方向を見ながら中屋大尉が大声を発した。爆破したのであれば退却しなければならない。

「まだだ。敵弾が命中して一部が爆発しただけだ」

宮内大尉の声が鉄橋方向から返ってきた。橋脚に巻いた火薬の一部が暴発したのである。

橋梁爆破

ここで時間にして数分さかのぼる。今度は爆破班である作業隊の動きである。

本隊と別れて氷上を前進した作業隊がようやく橋脚に到達した。宮内大尉と三人の兵が先頭である。三人の兵は騎兵銃と鉄線を切るハサミ（鉄線鋏）を持っている。続く二六人は白木綿の長袋に爆薬を入れ、背中に背負ったり腹に巻いたりしている。すでに中屋隊と監視小屋の銃撃が始まっている。

「急ぐぞ。滑るなよ。慌てるな。気をつけろ。ほれほれ走れ走れ」

宮内大尉が檄をとばす。爆薬を抱いたまま何人かが転んだ。その度に隊員たちの背に冷たい汗が流れた。もしここで誰かの火薬が爆発したら部隊は全滅である。ひゅん、ひゅんと銃弾が作業隊に集まりはじめた。監視小屋の敵が気付いたのである。橋梁付近を狙い撃ちしている。

「急げ。転んだら転んだまま前にすすめ」

宮内大尉が大声をだす。隊員たちは転んでは走り、走っては転びつつ前に進んだ。

「鉄橋だ」

誰かが叫んだ。

「鉄線切断」

宮内大尉の指示が飛ぶ。鉄線鋏をもった兵が橋脚を取り巻く有刺鉄線の切断にとりかかった。

「切断完了」

通り道ができると小堤少尉が分け入り、橋脚をまわりながら軍刀で橋脚の太さを測った。

「直径二メートル五〇センチ」

敵弾降り注ぐなか、小堤少尉が落ち着いた声で計測結果を言う。

「よし巻き付きかかれ」

宮内大尉の号令で作業が始まった。作業隊が携行している火薬五一〇袋を橋脚に巻き付けて鉄橋を木っ端微塵にする算段である。

二五人全員が一本の橋脚を取り囲むようにとりついた。監視小屋は北にある。そのため南に回ると橋脚が銃弾の盾となって守ってくれた。

「落ち着いてやれよ。訓練通りだぞ」

宮内大尉が激を飛ばす。零下三〇度の冷気のなか全員汗だくでの作業が続く。

「ひゅ、がち、ひゅ、がち」

闇の中に飛ぶ敵弾が激しくなる。橋脚に当たる着弾音が喧しい。

「暗くてよかった。明るかったら狙い撃ちだ」

「爆弾を抱いて橋脚に抱きついたところを撃ってくれたら面倒がないのにな」

「無駄口はやめて早くしろ」

「布を結ぶのは南側でやれ」

「南側はどっちだろう」

「来た方と反対側だ」

「ぐるぐるまわっているうちにわからなくなりました」

「敵が射撃してくる方が北だ」

「そうですか。なら南にいます」

兵たちはガヤガヤと話しながら爆薬の巻き付け作業を急ぐ。爆薬の装塡がなんとか終わった。

「よし。栗田少尉、作業隊を率いて一〇〇メートル下がれ」

宮内大尉が命令をだした。作業隊が退却を開始した、そのとき、

「どーん」

橋脚に装塡した火薬に流れ弾があたって爆発した。幸い一部の小爆発で収まった。怪我人もなし。

「やったか」

中屋大尉の声が聞こえた。

「まだだ。敵弾が命中して一部が爆発しただけだ」

宮内大尉が返事をした。先に述べたやりとりである。

小堤少尉が一人で橋脚に戻り、爆発後の残り火を足でもみ消した。

中屋隊の奮戦にもかかわらず弾雨は衰えをみせない。横山上等兵が左の肘を撃たれて傷を負った。

小山内一等卒も右腕に貫通銃創を受けた。心配なのは小堤少尉である。数発の弾が体に当たっている。しかし負傷を申告すれば後方に下げられる。それを畏れてか、小堤少尉は無言のまま作業隊の指揮を続けた。

橋脚から数十メートル先いる宮内大尉の元に小堤少尉が戻った。

二人は地に伏せながら、

「装塡の具合はどうだ」

「火は消しました。装塡は二カ所ゆるんでいたので締めてきました」

大丈夫ですと荒い息を吐きながら言った。宮内大尉が「そうか」とうなずきながら小堤少尉を見ると顔面が蒼白である。それも尋常の顔色ではない。小堤少尉の異常は夜目にわかった。

「小堤、貴様、弾があたっているのではないか」

「いいえ、なんともありません」

と小堤少尉が答えた。

「そうか」

宮内大尉はその言葉に不審を感じたが今は作業を急がねばならない。宮内大尉と小堤少尉が懐からタバコを出して火をつけた。二人の手元には橋脚から伸ばしてきた導火線の末端がある。

「さあ点けよう」

と宮内大尉が言いながら二人同時に導火線にタバコの火を押しつけた。

導火線に移った火が橋脚にむかって走った。

「よし、大丈夫だ。行くぞ」

と宮内大尉が声をかけ二人が後方に下がろうとした、そのとき、

「グワーン」

すさまじい爆発が起こった。想定以上の衝撃である。二人は五メートル以上も吹き飛ばされて意識を失った。

「おお」

後方に退いた作業隊が声をあげた。火柱の中に黒煙がもうもうと立ち昇り、吹き上がった火炎は白、

赤、黄、紫と色をかえて沖天に達した。さらに爆発は続き、壮大な仕掛け花火のように誘爆しながら勢いを増す。爆風で橋桁が砕けた。欄干がへし曲がり蛇のようにのたうつ。粉々になった枕木の破片が霰のように降ってきた。挺進隊による爆破成功の瞬間であった。

退却

「ばんざーい」

隊長率いる本隊の声である。

「天皇陛下万歳」

中屋隊がそれに呼応する。万歳の声がこだまする中、息を吹き返した宮内大尉が立ち上がり、

「後へ、後へ、急げ」

と声をだした。脇に倒れる小堤少尉は気を失ったままである。

「小堤、大丈夫か」

体を揺するとうっすら目を開けた。

「いくぞ」

宮内大尉が声をかけたが小堤少尉は動かない。動けないのである。体を調べると三発の銃創があり体中血だらけになっている。これだけの爆音がすればすぐに敵が来る。宮内大尉は小堤少尉を背中に担いで後退を開始した。

「全軍さがれ」

永沼が計画通り退却命令を出すと監視小屋から敵兵が出てきて狙撃を開始した。中屋隊が応射しながらずるずると約三〇〇メートル後退する。敵兵は追撃しながら中屋隊に一斉射撃を行う。中屋隊は立ち止まって立射する者、背中を見せて逃げる者、混乱して味方同士でぶつかる者とバラバラである。

「さがれ、さがれ。逃げるな、さがれ、撃て、撃て」

中屋大尉が混乱しながら大声で指示する。部隊の統率がとれないまま後退が続く。

「まずい」

このまま敵に突撃されたら全滅しかねない。中屋大尉が途方に暮れて油汗をかいたそのとき、南方約一キロの地点から数回にわたって爆発音があった。別動の馬隊（松岡氏指揮）が線路を爆破したのである。予定の行動であった。この爆音により敵は混乱を来した。後方の小屋を占拠される（退路を断たれる）と畏れたのである。ピタリと足が止まり追撃を中止した。

「たすかった」

中屋大尉がほっと胸を撫でおろした。馬隊による線路爆破がなければ中屋隊は相当の損害を受けていたであろう。

その後、敵兵の追撃はなく、予定の集合場所に本隊、中屋隊、浅野隊、作業隊が戻った。

「ご苦労だった」

永沼が声をかけた。

「うまくいきました」

宮内大尉が笑顔で答えた。

「急いで袁家屯までさがるが、さがりながら人員点呼をしてくれ」

と永沼が指示した。終始、暗闇の作戦であったため、いまだ各隊の損害が把握できていない。

そのとき中屋隊から、

「田村少尉と望月一等卒がいません」

と報告があった。

「ああ、しまった」

中屋大尉が悲痛な声をあげた。中屋大尉が突撃を命じたとき二人が撃たれたのではないか。

「そうだとすれば、自分の命令で……」

中屋大尉は茫然と立ち尽くした。


以下、日露戦史にある「ロシア軍発表資料」の抜粋（筆者要約）

橋梁は袁家屯から北方約六キロの地点にあり、歩兵四二人（護境歩兵第二五中隊）が守備していた。

一二日午前三時三十分ころ、四二人のうち一八人（曹長指揮）が橋梁付近に配置し、残りの二四人（曹長指揮）が橋梁付近の石造の兵舎内に居たところ、日本軍の騎兵一個中隊及び馬賊の一群が兵舎に肉薄したため射撃により応戦、乱戦のなか長身の青年将校を先頭に日本兵が兵舎に突進してきた。そのため急いで扉を閉めようとしたが間に合わず、その後、扉の開閉をめぐってもみ合い、日本兵が扉の銃眼に銃身を押し込んで内部に向けて発射、兵舎内の兵はその銃身を掴んで奪おうとするもできず、他の兵の応援を得て扉の隙間から射撃し、日本人将校一名と兵一名を射殺、その後、日本軍は撤退したためこれを追撃……

田村少尉と望月一等卒は、兵舎の扉から内部を制圧しようとしたところを射殺された。現場は混乱に陥っていて命令の伝達が難しい情況であった。田村少尉とすれば自分が突撃すれば他の兵も続くであろうと立ち上がったのだが、突撃命令と同時に作業班の爆破（暴発）があったため隊員が突撃を踏みとどまった。隊員たちの足が止まったのは爆破と同時に退却する計画だったからである。しかし、突撃した田村少尉と当番兵である望月（康二）一等卒は爆破音に気づかず、結局、二人だけで突撃して戦死した。

「俺のせいで二人を犬死させてしまった」

中屋大尉は歯噛みしながら悔やんだ。

以下は余談。

日露戦争後、監視小屋の傍らに黒い墓標（幅一尺、高さ一丈三尺）がロシア軍によって立てられた。墓標にはロシア語で、

西暦一九〇五年一月二九日から三十日の夜、袁家屯（ハルピンより起算して二四七露里）の鉄橋攻撃の際、戦死せし日本将校及び下士を埋葬する。

と書かれてあった。墓標に書かれた露歴の日は、和暦で明治三八年二月十一から十二日にあたる。戦後、正式に埋葬するためこの地を訪れた日本陸軍将校が墓地を発掘すると、二人の遺体は将校用の白い毛布二枚で丁寧に包まれていたという。

またこの墓標は戦後、鉄道の割譲に関する日露の交渉において日本軍進出地の根拠となり、南満州鉄道(長春以南の鉄道の権益)を獲得するなど日本に大きな国益をもたらした。

田村少尉らの突撃はけっして犬死ではなかったといえる。

被害はこの二人にとどまらなかった。

「横山(藤右衛門)一等卒と小山内(由吉)一等卒は作業中に負傷したため後退しました。その後は不明です。作業中のことであり護衛させる者がおらず自力で退却させました」

と大井軍曹が報告した。横山一等卒と小山内一等卒は中屋大尉が特に目を掛けていた兵で永沼隊長に意見具申して作業隊に入れた経緯がある。以下は後日判明したことであるが、この二人は退却途中で方向を失い、道を探しているうちに敵に包囲されて捕虜になった。

損害を調査した結果、鉄橋爆破作戦で戦死者二、負傷者八、行方不明二の損害があった。

負傷者のうち一番の重傷者は小堤少尉である。三発の銃弾を体に受けている。幸い急所は外れていたが傷は重い。

挺進隊には帯同の軍医がいて治療を担当する。ところが行軍途中に外科嚢《のう》(治療道具一式が入った袋）をそっくり盗まれてしまった。これが痛かった。医療道具がないために救える命が救えなくなったのである。あまりの失態に軍地軍医は密かに自決しようとし、それを軍医付きの看護兵が阻止する事態になった。その後、軍地軍医の自決未遂を聞いた永沼が、泣いて謝罪する軍地軍医に、

「気持ちはわかるが軍医が必要となるのはこれからだ。死ぬことはいつでもできる。どうかひとつ死んだ気になって任務を全うしてはくれまいか」

と諭した経緯がある。

そのため隊には薬も手術道具もない。あるのはわずかな包帯だけである。消毒もできない。縫い針も糸もないため傷口の縫合もできない。軍医、看護兵、蹄鉄工長が懸命に治療に当たったが、できることと言えば包帯でぐるぐる巻きにして寝かせるしかないという状況であった。

包帯を巻かれた負傷兵たちは数台の支那馬車（木製の簡易な荷車）に分散して横たわった。荷物用の荷車で馬に牽かれて退却するのである。

袁家屯に戻った隊員たちは準備された粥をすすり一息ついた。飯を食い一服つけると、じわじわと爆破成功の喜びが隊員たちの心に広がった。

「やったな」

「計画通りだった」

「これで大手を振って帰れるわい」

「しかし腹が膨らむと目の皮が緩んでくるなあ。こりゃ眠くてたまらん」

「貴様が眠いのはいつもだろうが」

と軽口を叩いて笑いさざめいた。

退却開始

午前六時、

「出発しよう」

永沼が静かに命令した。永沼の命令はいつも静かである。部下たちから見ると永沼はいつも冷静で、ときにのんきすぎるように見えた。しかしその内心はその風貌と必ずしも一致しない。

永沼はどちらかと言えば直情的であり、緊迫した局面に遭遇すればときに激しく動揺し、困難に突き当たると熱くなって頑なになる性格を持っていた。このときの永沼の心中も冷静ではない。退却にあたって負傷者は支那馬車で運ぶ。自然、行軍速度は遅い。敵に追撃されれば全滅は必至である。

「急がねばならぬ」

あせりが永沼の心をさざ波立てていた。

支那馬車の上に民家から買い取った古着、座布団、藁布団などを敷いてその上に負傷者を寝かせた。荷車にバネはない。これから道なき道を行く。傷口は開いたままである。地面からの振動が傷に響くであろう。今更ながら医療器具の喪失が悔まれる、

「道具があれば」

軍地軍医は涙して悔しがった。

挺進隊に帯同してきた軍地軍医は予備軍医である。地方で開業医をしていたところ、予備役として

招集されて本作戦に就いている。最近まで町医者だったこともあり人柄に軍人の匂いがない。誰からも好かれ、隊員の信頼も厚い。

永沼も軍地軍医にはことのほか親しみを持ち、

「軍地君、一局どうかね」

と暇さえあれば「へボ碁」に誘っていた。

部隊が帰還にむけて進み始めた。馬隊が先頭をゆく。その後に負傷者を乗せた荷車が続く。負傷兵は八名である。荷車は現地で雇った支那人の農夫らが馬で牽く。その荷車を特別編成した護衛騎兵が囲む。本隊はその後である。

隊列は老人のような速度でゆるゆる進む。みな疲れていた。不眠は三日に及びその間、激動の任務に明け暮れた。そのうえこの寒さである。

「寒い」

緊張の糸が切れた隊員たちは一様に首を垂れて馬に揺られた。特に辛いのが荷車の負傷兵である。傷を負って横たわる者たちは歯を食いしばって痛みと寒さに耐えている。

「つらかろう」

後続する馬上の兵たちは無言で心を痛めた。挺進隊は進路を西北にとった。

「進めるだけ進みたい」

永沼は遠くを見ながらそれだけを考えていた。二臺子《にいたいし》という小村に到着した。この間、荷車が悪路に苦しんだ。進んだ距離は三五清里であった。一清里がおおむね五〇〇メートルであるから一七、八キロしか進んでいない。時間は午前十時になる。わずか一七、八キロに四時間を要した。馬のみで駆ければこの二倍は進んだであろう。

馬がひどく疲れた。ここで三時間の休憩をとった。兵たちは付近の村から調達してきた飼葉（干し草等）を馬に与え、水を飲ませ、蹄鉄を補修し、その後に休憩をとった。

兵たちの疲労が限界を超えた。睡魔に勝てず携帯食を口に運んだところで眠りに落ちる兵が多い。この状況を見て永沼の心に変化があった。追撃してくるロシア軍に追いつかれたら逃げ切れないことは明白である。逃げ切れない以上、そのときは、

「全滅を賭して戦う」

と永沼は心中密かに決意した。

負傷兵のなかで小堤少尉の傷が一番重い。数カ所の貫通銃創を受けている。急所をはずれているとはいえ余談は許さない。目を閉じたまま荷車の上で横臥している。顔面は死人のように蒼白であった。

「どうだ、なにか喰わないか」

中隊長である浅野大尉が心配して声をかけた。小堤少尉は目を開けて起き上がろうとした。

「そのままでいい」

浅野大尉があわてて肩を押さえた。小堤少尉は苦笑しながら、

「傷は大丈夫です」

と言い、

「今朝は粟粥を三腕平らげました。さきほども四杯やりました」

と答えた。大尉を心配させまいとしての空元気である。負った傷の深刻さは軍医から聞いていた。

「馬にのせてもらえませんか。そのほうが楽なのですが」

「そうはいかん。傷に障る」

「わかりました。しかし戦闘が始まれば私はここにはいませんよ」

「いいとも。もとより誰も生還しようとは思っていない。そのときは大いに奮闘をしてもらう」

と言って笑う浅野大尉の目に涙がにじんだ。

午後一時出発、五時三十分、二再山《にいさいしゃん》に到着した。この日は七〇清里進んだ。三五キロの行程である。

「もう少し進みたいが、馬がもたんな」

永沼が馬上でつぶやく。兵たちは行軍の苦しさに耐えるが、馬は限界を超えると足が止まり場合によっては斃れてしまう。無理をせずに距離をかせぐことを考えなければならない。

二月十三日、午前一一時二十分出発、午後三時三十分すぎ寶湖に到着、この日も七〇清里進んだ。

宿営地に到着したが、永沼が馬から降りない。

「隊長、どうされましたか」

中屋大尉が馬を寄せて永沼に聞いた。永沼は後方の原野を見ながら、

「なんだか、いやな予感がするね」

とつぶやいた。

「そうですか」

中屋大尉も同じ方向を見た。そう言われると不吉の雲が山の上空に湧いているように見える。

「気のせいならいいんだがねえ」

永沼が馬を降りながらそう言い、従卒に手綱を預けて休憩に向かった。

「中隊長殿、どうされましたか」

馬から降りない中屋大尉を見て従卒が戸惑っている。中屋大尉は従卒に気付かないまま、

（隊長殿の予感が当たりそうな気がする）

と心のなかでつぶやいた。

接近

二月十四日、午前六時三十分、寶湖《ばおこ》を出発。荷車に乗った負傷兵を守りながら西に向かう。うねうねとした丘陵地帯が前方に広がる。未整備の道は凹凸が激しく、荷車の車輪がとられてしばしば立ち往生する。波状地形の悪路に人馬の疲労が重なり、進む速度は昨日よりも落ちている。

村が見えた。パラパラと農民が出てきて散開し、じっとこちらを見てる。各人の手には鍬や鎌を持っており、なかには猟銃を持っている者もいる。挺進隊を馬賊だと思ったのか、それともロシア軍に懐柔された敵性部落なのか、いずれにしてもここで無駄な争いをしている場合ではない。

「村の外側を通れ」

永沼が命令を出す。乗馬していた兵たちは馬を下りて手綱を牽いた。

挺進隊が畑に足を踏み入れた。

「蹄に気をつけよ」

宮内大尉が、馬の足を痛めないよう気をつけろと指示を出した。でこぼこの畑は予想以上の難路であった。荷車に横たわる負傷兵たちの体が激しく揺れる。皆、歯を食いしばって痛みに耐えた。

村は土壁に囲まれてところどころに銃眼がある。その銃眼からいつ弾丸が発射されるかわからない。早く通過したい。不気味な静けさのなかで悪戦苦闘の行軍が続く。

ようやく畑を抜けた。少しずつ村が遠ざかる。荷車を牽く支那人の馬匹も疲れ切った表情を浮かべている。馬も疲れて盛んに首を振る。全員、牽き馬で歩く。

「牽馬牽馬行軍遅遅だな」

内心のあせりを隠して永沼が苦笑した。

「それにしても皆、元気がないねえ」

永沼が中屋大尉に言った。

「そうですねえ。疲れのせいでしょうが……」

中屋大尉がそう言って口をつぐんだ。作戦前は鉄橋へという目標があって士気が横溢していたが、作戦が終わった今は負傷兵を連れて帰還の道をひたすら辿るという状況である。しかも続く悪路は果てしなく、行軍は進まず、疲労は極に達している。元気が出るはずがない。

生気のない兵たちを見ながら永沼は、

「弱ったねえ」

と溜息をついた。

午後一時やや大きな村に着いた。幸い敵性部落ではない。隊員を集めて支那菓子を配る。塩饅頭が一人二個、これが昼食である。

永沼は下馬すると双眼鏡で南方を見て、

「あれはなんだろう」

と宮内大尉に言った。はるか地平線に動くものがある。低い雲のようにも見え、風に舞い立つ砂埃のようにも見え、人が列を成して移動しているようにも見える。

「山だろうか」

永沼が言った。

「山は動きませんからねえ」

双眼鏡を覗く宮内大尉の目にもそれが動いているように見えた。

「おかしいなあ」

永沼が首をかしげた。ロシア軍の追撃隊ならこちらに向かうはずだ。それが地平線沿いに挺進隊と並行して西に進んでいる。

「馬賊ですかね」

「そうでもなさそうだね。隊伍が整然としている。馬賊ならバラバラだ」

「敵でしょうか」

「そうかもしれんが、方向がねえ」

双眼鏡を覗きながら二人でぶつぶつと話す。小休止の間に斥候を出したが遠すぎて情報がない。

「出発」

挺進隊が西に向かって再び進み始めた。気温はマイナス二〇度を超えている。風はなく晴れ間になると日差しが暖かく感じられるが、曇ると一転して痛烈な寒さが心身を苛む。

やがて地相が変わった。道の南方に砂丘が広がりその向こうに低山が見える。

午後を過ぎた。夕刻が近い。この日も終わろうとしている。

「もうすぐ休める」

そのことだけを心の支えに隊員たちは帰路の行軍に耐えていた。

追撃

午後四時、腰坨子《ようだし》というやや大きな村に着いた。この村の先に六河局《ろっかきょく》という村がある。今夜の宿営地はその六河局を予定していた。そこに将校斥候に出ていた佐久間中尉が戻り、

「隊長殿、六河局よりも腰坨子のほうが大きいです。そろそろ日も暮れますので宿営地をここにしてはいかがでしょうか」

と永沼に進言した。六河局にはすでに馬隊が到着して宿営準備を始めている。馬隊と一緒では混雑して何かと不便である。そこで馬隊を六河局に置き、人数が少ない挺進隊は腰坨子に宿営したほうがいいのではないかというのである。

永沼はうなずき、

「そうしよう。浅野中隊を呼び戻してくれ」

と答えた。浅野中隊は先行して腰坨子を出発している。五〇〇メートル程先にいるはずだ。

「はい、すぐに」

と佐久間中尉が答え、命令を下達された伝令が馬で駆けて浅野中隊に宿営地の変更を伝えた。

命令を受けた浅野中隊は直ちに反転して腰坨子に戻ろうとした。そのとき、

「ズドーン」

と大砲の発射音が地響きとともに辺りに轟いた。久しぶりに聞く砲声である。南方の砂丘から轟然と一発、二発と砲撃を受けたのである。全く予期せぬ事態であった。砲弾は挺進隊の二〇〇メートル南方の原野に落下してゴロリと転がった。幸い爆発はしなかった。

「敵だね」

永沼がひげをしごきながら言った。ついに来たかという感じの口調である。

「敵ですね」

宮内大尉が応えた。

「隊長殿、浅野中隊が戻りました」

と報告が届いた。永沼は挺進隊の集結を確認すると最古参の小隊長である及川中尉に、

「及川中尉は挺進隊を率い、直ちに部落の北口から出発して東麓を迂回し、北方高地の陰に退避した後に戦闘準備をさせよ。行動は秘匿とし可能な限り敵に発見されないよう注意すること。予は、浅野中隊長、中屋中隊長、宮内大尉と共に当村の南側において敵情を視察する」

と命令した。及川中尉は、

「了解」

と答え、直ちに部隊を率いて出発した。そのあと永沼、浅野、中屋、宮内が村内を移動し、南側にある関羽の石廟（三国志の英雄、関羽を讃える高さ二メートルの石碑）の影から双眼鏡で偵察した。

南方六キロの砂丘高地に敵の騎兵集団が見えた。兵数は一〇〇位だろう。敵の本隊のようだ。大砲は見えないが二基ほどあると推測した。

その本隊とは別に六河局に約二〇〇以上の騎兵集団が向かっている。

「ターン、ターン」

と騎兵集団が放つ銃声音が聞こえる。

「あっ、馬隊だ」

六河局からバラバラと馬隊が出てきて騎乗のまま射撃を開始した。馬賊らしく統率がないまま敵火を冒して得意とする馬上射撃を展開している。馬賊たちにとって馬で駆けながら銃を撃つことなどたやすいことであった。ジグザグに疾走する馬を足で操りつつ小銃を連射する。手綱はどちらかの腕にからめたり口にくわえたりと騎乗スタイルは様々である。

「壮観だねえ」

永沼が楽しそうにつぶやいた。

「すごいですね」

中屋大尉が同調する。疾走する馬上から次々と発砲する馬賊たち。弾を撃ち尽くすと馬の速度を落とさず装塡し再び撃つ。その戦いぶりはチンギスカーンの末裔らしく勇猛であった。日本軍に雇われた馬隊が日本軍不在のままロシア軍と戦う理由はないのだが、彼らが持つ闘争本能が戦闘に走らせたのであろう。その戦いぶりは見事であった。

対するロシア騎兵は下馬して馬を盾に立射、膝射、伏射をしている。

ここで永沼がひげをしごきながら、

「つまりこういうことだな。敵は我々と並行しながらここまで追跡し、あの高地の南側に兵力を隠蔽して今夜の夜襲を計画していたが、浅野中隊が反転したのをみて発見されたと勘違いし、あわてて攻撃に打って出たと見える」

と語った。さらに首をかしげ、

「それにしてもなぜ敵は六河局の馬隊を襲ったんだろうか。もしかしたら人数が多い馬隊を日本軍の本隊だと思い、人数が少ない我々を後衛の馬隊と誤認したのかもしれないねえ」

(なんとのんきな。そんな検討を今しているときではないではないか)

中屋大尉がいらいらしている。宮内大尉も同じ気持ちで、

「今、敵の右側面に攻撃を加えれば敵はひとたまりもなく崩れます」

と柔らかい口調で永沼に進言した。早く攻撃しようというのである。これまで挺進隊は橋梁爆破のために隠忍自重を強いられ戦闘を避けてきた。そのため同行する馬賊からは、

「日本の兵隊さんの鉄砲は弾が入ってないらしいぜ」

「あいつら軍服を脱ぐと女だそうじゃないか」

「馬に乗るのに必死で戦う余裕がないんじゃないのか」

などと揶揄されて口惜しい思いをしてきた。今こそ日本騎兵の勇気と強さを示すときではないか。

ましてや馬隊が戦っているのに日本兵が戦わずして戦場を離脱するようなことがあれば、世界に生き恥をさらすことになりかねない。

「馬隊は敢闘しています。あっ、馬から落ちた馬賊がまた騎乗して前進しました。あっ、やられた馬を捨てて徒歩で前進している」

普段大声を出さない浅野大尉が双眼鏡を見ながら叫んだ。

ロシア軍接近のとき馬隊は六河局の村内にいた。中国の村は外敵の侵入を防ぐために土塁で囲われ壁には銃眼が穿たれている。この防御壁を利用すれば損害は最小で済むし、北方から逃げることもできた。しかし馬隊はそれをせずに敵の砲火を冒して猛進している。そして六河局から出撃した馬隊は敵の前線を押し下げて高地に布陣する本隊との距離を約七〇〇メートルまでに縮めた。

決断

「やらなければなるまいね」

双眼鏡を覗いたまま永沼が口を開いた。傍らの三人が双眼鏡から目をはずして一斉に永沼を見た。

「やりますか」

と宮内大尉が言った。

「やる」

双眼鏡を覗いたまま永沼が答えた。

「もうすぐ日が暮れます。今やりますか」

と宮内大尉がさらに聞いた。襲撃の時間についての質問である。今晩は戦闘準備をして明日の未明にするか、今から野戦を行うかについてである。

「今やる」

「本当にやりますか。我が隊が全滅してもやりますか」

「やる。断固としてやる。やるといったらやる」

後に有名となる永沼と宮内大尉の問答である。

「わかりました。やりましょう」

宮内大尉が嬉々とした表情で答えた。そして永沼が双眼鏡から目をはずし、

「宮内大尉は次の命令を伝えよ、
一　敵は我が馬隊と交戦中である。
二　挺進隊はこれより敵本隊を攻撃する。
三　本隊は直ちに戦闘準備。
四　負傷者、予備馬携行者及び非戦闘員は六河局に行くこと」
と命令を発した。宮内大尉は「了解」と答えて馬に飛び乗り、北方に退避した及川中尉指揮の本隊に向かった。時に午後四時、太陽は西の山に姿を消そうとしている。

宮内大尉を見送ると、永沼は再び双眼鏡で視察を始め、

「出発以来、潜行ばかりであったし、とくにここ数日は敵の追撃を避けることばかり気にして士気が下がっていたからね」

とつぶやいた。浅野大尉も、

「戦闘回避ばかりだと馬隊に侮辱されますから」

と苦笑いしながら応じた。すると中屋大尉が、

「隊長は聞かれたかどうかわかりませんが、馬隊の連中はなにかにつけ『日本の銃は撃てないのか』とか『戦闘は日本兵にはできないんだろう』とからかわれてきました」

永沼は笑いながら、

「そうだろう。作戦遂行のためとはいえ戦闘は馬隊にばかりやらせていたからねえ」

と言って笑う。

「我が隊の目的遂行のための隠忍など彼らにはわかりませんから」

と中屋大尉、

「作戦後も戦闘を馬隊に任せきりでは卑怯者の誹《そし》りを受けかねない。多数の負傷者を抱えている現状での戦闘は避けたいが仕方がない」

と永沼、

「我々にはこれから哈爾浜《ハルピン》の鉄道破壊という二つ目の作戦があります。それを実行するためにここでの戦闘は避け、伝令を発して馬隊を撤退させた後に、本隊も今夜西に離脱することは可能です」

と浅野大尉、

「それも考えたが、この敵兵は追撃の手を緩めないだろう。たとえ今夜離脱できたとしても傷病者と大荷物を抱える本隊の足は遅い。明日か明後日には間違いなく追いつかれる。そうなると昼夜兼行で

しかも疲労困憊の我が隊の全滅は必至だ」

と永沼、しばしの沈黙の後、

「恐れながら進言致します」

と前置きして浅野大尉が次の案を出した。

「私の中隊が敵に突進して一兵残らず獅子奮迅の戦いをする。そうすれば敵にかなりの損害を与えるでしょう。我が中隊は全滅するでしょうが、敵は我が中隊の全滅を挺進隊全員が戦死したと勘違いする一方、敵も死傷者が出るため追撃を断念するに違いありません。隊長殿は中屋中隊を伴って日没後に脱出し、第二の作戦地に向かうのです。いかがでしょうか」

これに中屋大尉が、

「浅野中隊を犠牲にして我々に後退しろというのか」

と声を荒げた。中屋大尉からすれば浅野大尉は先任将校になる。これまで先輩に対する気遣いを忘れたことがないのだが、元々感情の量が多いこともありこのときはつい謹みの態度が破れた。

「まあ、そんなに怒らんでもいいじゃないか」

永沼が双眼鏡から目を離しながらなだめ、

「敵は我々を追撃してきて今夜宿舎に夜襲を行う計画だったところ、日本軍に発見されたとみて攻撃を開始した。どうやら六河局の馬隊を本隊だと勘違いしているようだ。こちらとしては好都合、戦機は今だろう」

話を続ける永沼の顔からいつのまにか笑顔が消えている。そして、

「戦力を二分しては到底勝ち目はない。ことここに至っては今夕の薄暮から夜にかけて全隊一丸となって肉弾戦を行い、万死に一路を求めることが唯一の道である。敵が昼に攻撃を開始し、薄暮にかけてその所在を明らかにしてくれたことは天佑だ。戦力からして昼間の戦闘では勝てないが夜戦なら勝機がある。いや必ず勝てる」

と言い、

「勝つのだ。勝って北進する。よいな」

微笑みながら永沼が優しく言った。北進とは次の作戦であるハルピン方面の鉄道破壊のことを指す。一丸となって敵を倒し、それからみんなで第二の作戦をやろうじゃないかと言っているのである。

「はい」

両大尉は返事をしながら胴が震える思いでうつむき、

(この隊長の下でならこころおきなく死ねる)

と涙ぐんだ。

戦闘準備

一方の宮内大尉は襲歩で及川中尉を追った。及川中尉は既に北方の丘に到着しており、

「弾薬は馬の鞍から外套のポケットに入るだけ入れておけ」

「馬の腹帯をもう一度点検せよ。緩んでいたら締め直せ」

「負傷者の包帯が解けないよう隣の者がよく見よ。ほどけていたら締めてやれ」

と指示していた。そこに猛然と宮内大尉が駆けてきた。なにやら馬上で叫んでいる。

「どうしましたか」

と及川中尉が馬上の宮内大尉に尋ねようとしたとき、

「攻撃開始だ。敵を急襲するぞ」

と宮内大尉が大声で言った。付近に居るのは隊員だけである。他には家路に遅れた豚が一匹斜面をうろつくだけで人影はおろか空に鳥もいない。宮内大尉は誰憚るともなく、

「敵は南方の砂丘高地にあり。挺進隊は直ちに攻撃を開始する。攻撃隊形は中屋中隊、浅野中隊の順で縦隊前進とする」

と隊員全員に聞こえるよう大声で命令を伝達した。

「万歳」

隊員たちが歓声をあげた。出発以来四〇日の間、橋梁爆破のために戦闘を避けてきたが、その行動を見た馬賊にこれまで馬鹿にされ続けてきた。

そのときの思いを大井軍曹が書き残している。


「忍び難きを忍び、耐え難きをあくまで耐えてきたのは大目的があったからである。それを知らぬ馬隊は不遜、無体の集団であり、我々がどれほどの屈辱を味わったことか。彼らが発する侮蔑の放語が何度憤激させたことか。日本兵の銃は役に立たないと公言し、刀は木であろうとを揶揄し、乗馬している姿は木馬のようだと嗤った。

そういわれてもなお、我々は銃を使わず、刀抜かず、馬を疾駆させることもなく、恥辱に耐えた。それは時期が来るのを待っていたからであり蛟龍地中に潜んで雲雨を待っていたのである。そこに攻撃開始の一令があった。隊員の活気、士気、闘志、その意気や既に敵を呑む勢いであった」

隠忍を重ねながらここまできたところ突然届いた福音の命令である。隊員たちの喜びは推して知るべしであろう。はち切れる闘志が解き放たれ天を衝く勢いであった。

「気をつけ」

及川中尉の一令一下でピタリと声は止み、全員気をつけの姿勢をとる。及川中尉が、

「小隊半輪に左へ、前に進め」

の号令を発し、行進を開始しながら馬上から、

「隊長命令である。佐藤軍曹は非戦闘員及び負傷者を伴い六河局で別名を待て」

と命令した。すると、

「私は大丈夫であります」

と荷車の上でムクムクと起き上がる者がいる。小堤少尉である。

「及川中尉、宮内大尉、負傷は治っております」

小堤少尉の傷は肩、頭、腰の三創で浅い傷ではない。厳寒の寒さで血が凝固して傷口は辛うじて塞がっているが、縫合されていないため動けばすぐに開く。

「私も大丈夫であります」

この兵は貫通銃創で右腕が動かないが自分は左利きだから軍刀を振れるし銃も撃てると言う。そのあと私も私もと負傷兵が一斉に起き出してきた。最後には佐藤軍曹まで、

「負傷兵が行くというのに、私は行けないのでありますか」

という始末である。説得している時間はない。宮内大尉が、

「ともかく全員で腰坨子に前進せよ」

と指示し、単騎疾駆して永沼の元に戻った。このとき永沼が居た場所は腰坨子の西端にある砂丘の北側であった。そこに及川中尉が率いる本隊が到着した。直ちに中屋大尉と浅野大尉が自分の中隊を掌握して先頭に立つと、永沼は間髪を入れず、

「挺進隊は今より敵を攻撃する。絶対に敵に背を見せてはならん。なお、佐藤軍曹はこの地において予備馬、負傷者の監視、この後に来る負傷者の看護に任ぜよ」

と命じた。佐藤軍曹と負傷兵たちが「えっ」と顔をあげて永沼をみた。永沼は目をあわせず、

「中屋中隊、浅野中隊の順に前進、予は中屋中隊の先頭にあり」

と一気に命令を下し、要駄子の西方から南方の砂山に布陣するロシア軍の本陣（砲兵陣地）に向けて部隊を出発させた。時計の針は午後四時三十分を指している。永沼は、

「負傷兵たちが戦闘に参加したがっております」

と宮内大尉から報告を受けたが負傷兵を諭している時間はない。戦機を逸しないために有無を言わさず命令を発したのである。永沼は呆然と立ち尽くす佐藤軍曹と悲しげな表情の負傷兵たちに目もくれず腰坨子に向かって馬を走らせた。

中屋大尉と永沼が馬首を並べて先頭に立ち、中隊が側面縦隊で後続する。

このときの兵数は中屋中隊が七〇騎（永沼以下本部員を含む）、後続する浅野中隊が六〇騎である。出発時は一七六騎を数えた挺進隊も負傷者、戦死者、行方不明者、第一根拠地の残留任務者、腰坨子残留者、非戦闘員を除き一三〇騎になった。この兵力で砲兵に守られた約三倍の敵を襲撃する。しかも昼夜兼行の行軍で疲労困憊しており、昨晩の睡眠もわずか三時間しかとれず、朝食も菓子を食べただけである。作戦は全滅覚悟の夜襲戦である。

死が約束されているようなものであるが、隊員たちの表情は明るかった。

月下の騎乗戦

出発前は六〇騎だった浅野中隊は出発すると六一騎となった。増えた一騎は小堤少尉である。

出発直前、小堤少尉は荷車を降り、

「隊長治りました」

と永沼に申告し、そそくさと戦闘準備を始めた。突然の申告を受けた永沼も説得している時間がないため慈愛の目で一瞥したのみでその後の戦闘指揮に移行した。

「従卒、馬をもってこい」

重傷の小堤少尉が声を絞り出した。痛いのであろう。傷は深い。

「貴様、隊長の命令に背くのか。負傷兵は腰坨子に行くのだ」

「少尉殿、その体では無理であります」

浅野大尉と従卒が止めた。

「私は完治しております。従卒、馬を寄せろ」

小堤少尉はひかない。刻々と闇が深まる。時間がない。中屋中隊が前進を始めた。

「馬に乗れるのか」

やむなく浅野大尉が戦闘参加を認めた。

「乗れます。従卒、手を貸せ」

と言いながらも寄せられた馬になかなか乗れない。足があがらないのだ。

従卒に腰を押されてようやく騎乗すると、

「これで縛れ」

いつの間に用意したのか腹帯を渡し、鞍と自分の胴体を巻き付けさせた。

中屋中隊はすでに三〇〇メートル先まで行っている。

「前へ」

浅野中隊が早足で中屋中隊の後を追った。

「皆、うんと働けよ」

戦闘部隊に参加できた小堤少尉は馬上で小隊員に声をかけた。

「隊長殿、お体は大丈夫でありますか」

心配した隊員が声をかけた。

「大したことない」

と言い、

「いいか、今夜は一人五人は斬るんだぞ」

と檄をとばすなど上機嫌であった。

腰坨子の南方二キロメートルの砂丘の左翼に中屋中隊が到着した。後続した浅野中隊は右翼に展開して攻撃の命令を待った。見ると馬隊は砂丘の西北斜面の地面に徒歩で張り付いている。敵弾を丘陵の地形で遮蔽しながらの徒歩戦である。

時刻は午後五時を少し過ぎた。まだ薄暮で視界が効く。

「前へ」

永沼が命令した。挺進隊が前進を開始すると敵が砲と小銃の一斉射撃を開始した。

「まだ射距離は一〇〇〇メートルある。あわてるな」

と永沼が指示した。なおも乗馬のまま進む。そして敵前約五〇〇メートルで、

「四分の三、徒歩戦、下馬」

と号令をかけ、

「各個小隊で撃て」

と命令した。

四分の三、徒歩戦、下馬の命令は、四列並進中の右二人と左一人が下馬して徒歩による戦闘を行い、左から二番目の兵が乗馬のまま右手で右の馬二頭の手綱を持ち、左の馬の手綱は左腕に通しておくことを意味する。

下馬した兵たちは馬から離れて前進し、低い姿勢で横隊をつくると、

「ウー、テッ」

と各小隊長が発するテッの声で一斉に膝射を行った。

そこに六河局の馬隊と交戦していた敵騎兵集団が本隊と合流しようと戻ってきた。

それを見た永沼が、

「目標は右前をぶらぶらする騎兵、距離六〇〇メートル、狙って撃て」

と命じ、更に、

「繰り返し、撃て」

と命令、各小隊長は、

「ウー、テッ」

の号令を繰り返し小隊単位で一斉射撃を行った。この猛射により敵騎兵は本隊と合流できず、南方にむかって退去していった。全員、生き生きと銃の引き金を引く。突然の挺進隊の猛攻に馬賊たちが驚いて振り返る。そこに松岡氏（王大人）が馬を躍らせて駆け寄り、

「隊長どの、いよいよやりますか」

と興奮した口調で永沼に言った。

「おお、ご苦労さん。今から夜戦なんだが、混雑するだろうから馬隊は命令があるまで今いるところから動かないでくれたまえ」

「わかりました。馬隊の連中は刀を持っていませんから出ないでしょう。別命あればすぐにご連絡く

ださい。それまで待機しております」

と夜目にも興奮した表情でそう言い、

「御武運を」

と言い残して馬隊に戻っていった。挺進隊の攻撃に対し敵も狂ったように応戦した。しかし猛攻に押されたのか挺進隊が約二〇〇メートルまで接近すると、

「敵兵、退却」

との声が飛んだ。見ると敵本隊の砲兵が輓馬に鞭をあてて後退している。日本騎兵と馬隊に挟み撃ちされることを畏れて張家窪《ちょうかくほ》方向に退却を始めたのである。

「打ち方やめ。手馬、前に」

と永沼が命令をだした。馬の手綱を持った騎兵が前進して徒歩兵と合流した。

「乗馬、行進隊形は同じ。前へ」

永沼が命令を発した。敵に打撃を与えるのは今である。数秒の遅れが戦機を逸する。

「乗馬、中屋隊先頭、浅野隊はこれに続け、予は先頭にあり」

永沼が命令を発し、中屋大尉とともに先頭に立った。

時間は午後七時、空を見上げると十日月が中天に煌々と輝いている。今夜は朔風も吹かない。辺りは一転して静寂と化し、カッカッと馬蹄の音だけが冷たく響く。待ちに待った襲撃である。今宵こそ騎兵の本分を存分に発揮するのだ。二組縦隊で前進する挺進隊の士気は高かった。

「沼田少尉、兵卒を率いて尖兵」

沼田少尉は新開河の橋梁爆破で手馬監視の任務に当たり、作戦に参加できなかった。武人としての悔しさは察して余りある。その髀肉の嘆の心情を察し、永沼は尖兵の重責を沼田少尉に託した。

「抜け、刀」

沼田少尉が命令すると、七振りの軍刀がキラキラと月光に輝いた。続いて、

「走れ」

と沼田少尉の声、沼田少尉以下七騎の尖兵隊は中屋、浅野中隊の三〇〇メートル先を疾駆、その後に続く二個中隊（中屋中隊、浅野中隊の順）が速足で続いた。

それにしても辺りが静かである。銃声も聞こえない。敵はどこか。もう遠く離れたのだろうか。

「いいか、馬から落ちるなよ。隣の兵と離れるな。集団でいてこそ騎兵の力は発揮されるのだ。軍刀は突け、斬れ、殴れ、受けてはならない。先に刀を振って指一本、鼻ひとつでも落とせばそれだけ敵の戦意はそがれる」

中屋大尉が道すがら隊員に指示する。気温は零下二五度を超えている。馬の鼻毛は凍り、隊員たちのひげには氷柱ができている。張家窪まであと一キロとなった。依然として周囲は静かである。

「宮内大尉、もう一度、暗号を伝えてくれ」

永沼が指示した。好《ハオ》と不好《ブハオ》が合言葉である。

「了解」

と答えた宮内大尉が隊から離れて右側路傍に馬を止め、通過する隊員に、

「暗号は好と不好だ。声を出して確認せよ」

と指示する。やがて好、不好と復唱の声をあちこちから聞こえた。実際に声にだして練習をしておかなければ咄嗟の時に口に出ない。闇のなかで合言葉が言えなければ味方に斬られかねない。

宮内大尉は指示を伝達するため後続する浅野中隊を路傍で待った。

「あれかね張家窪は」

先頭の永沼が言った。張家窪の北端の木立がみえた。そのとき、

「パン、パン、パン」

と小銃の猛射がはじまった。そこに尖兵の伝令が到着し、

「尖兵報告、前方に敵兵」

と報告、

「戦闘開始」

永沼が命令を出し、中屋大尉が、

「尖兵小隊（田村中尉が戦死したため沼田少尉が小隊指揮中）は中隊に復帰」

と命令、その後、抜刀し、

「よし、中隊縦隊速足進め。全員抜刀、刀緒を通せ」

と号令した。

騎兵の軍刀の刀身は日本刀様に作られているが片手で操作できるサーベル式である。刀緒《とうちょ》とは騎兵軍刀の柄に付いている房紐《ふさひも》である。二本の紐に手を通して柄を握り、軍刀の取り落としを防ぐ。

中屋大尉は命令後に刀を納めて拳銃の装填を確認し、拳銃を外套の帯革に挟むと革鞭を長靴の間に

張家窪子附近戰闘要圖（二月十四日夜）

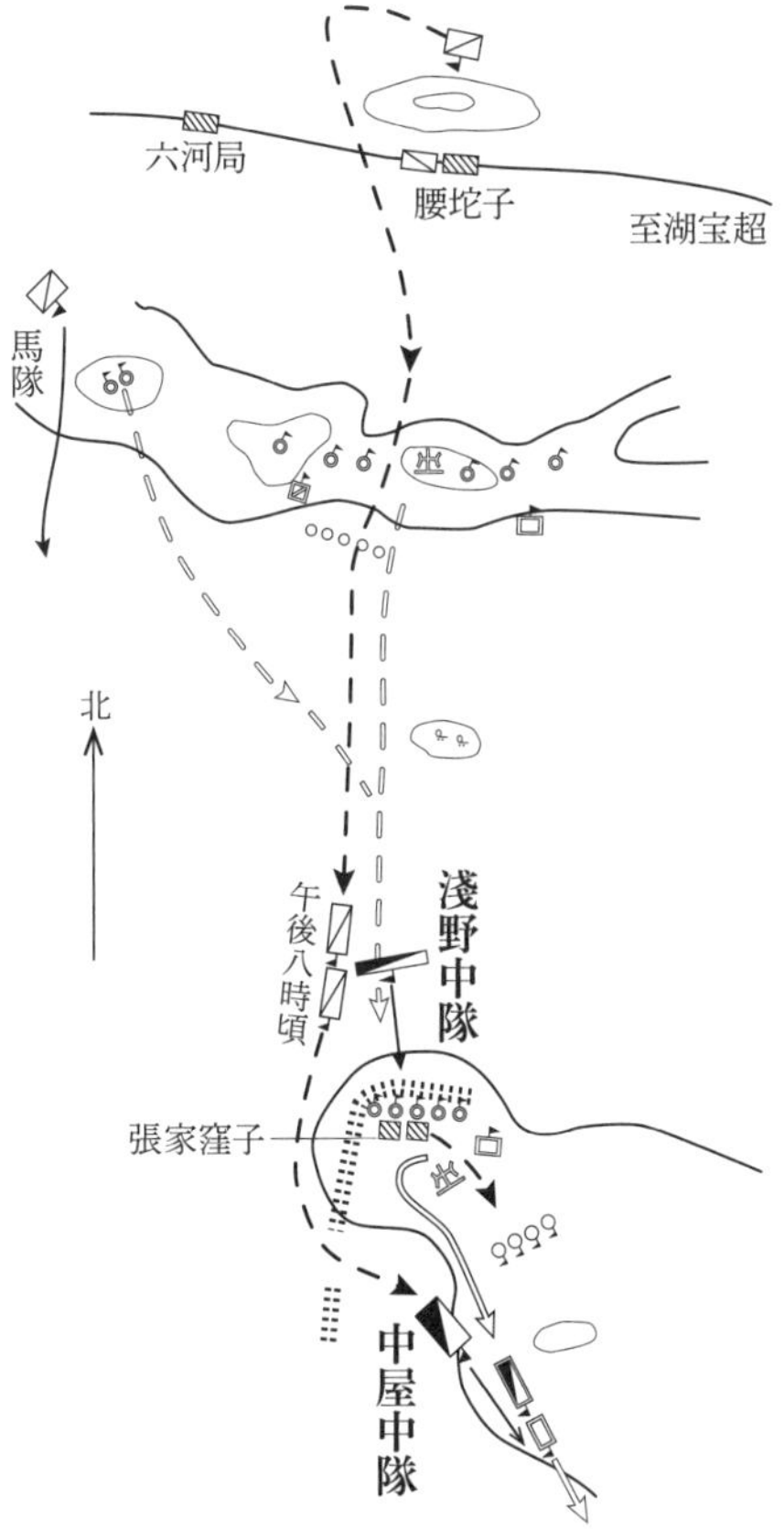

差し込んで再び刀を抜き刀緒に手を通した。

挺進隊の軍刀がススキの穂のように月光にきらめいた。

ここで田村小隊（沼田少尉指揮）が中屋中隊に合流した。

そこに、

「前面に土壁あり」

と永沼の声が飛んだ。時間は午後七時三十分、寒月西にかかり仄かな月明のみ。すでに周囲は闇である。月明かりを頼りに永沼の後を中屋中隊が追った。

このとき浅野中隊はやや遅れた。浅野中隊が遅れて中隊間の距離が開いたことに永沼は気づかない。このわずかな遅れが浅野中隊の運命を決することになる。

そして先頭の永沼と中屋中隊が正面の土塀に差し掛かった、そのとき、

「ズドーン、ズドーン」

すさまじい砲声が闇を切り裂いた。砲弾がうなりをたてて頭上を通過する。

「あの砲を分捕るのだ。近くて当たる心配はない。恐れるな。馬から落ちるな」

永沼が怒鳴りつけるように命令を発した。敵兵と砲は土壁の向こうである。このとき砲で散弾を撃たれていたら大損害を受けたであろう。しかし敵はあわてたのかそのあと鳴りを潜め、小銃弾のみが飛んできた。正面の土壁の高さは三尺（約一メートル）ほどである。飛び越えられない高さではない。

しかし跳躍後に転倒したのでは敵にとって好都合となる。

（どこか入れる場所はないか）

壁の切れ目を探して先頭を永沼が走る。

「この先で土塀が右に折れております」

隊員から地形報告あり。

「右にまわれ」

永沼が指示し土塀沿いに右に進路をとったとき、敵の砲兵が繋駕（砲車を馬につなぐこと）を終えて走り出す音がした。退却を開始したのだ。その退路方向に永沼たちが前進を続ける。

土塀一枚を隔てて内側を敵の砲車が走り外側を挺進隊が並走する。蹄の音からして砲車の援護騎兵は六、七〇騎であろうか。砲車を牽く音と蹄鉄の踏み音が錯綜して夜空に響く。
五、六〇〇メートルほど進むと土塀の切れ目が見えた。
「隊長殿、ここから入りましょう」

と中屋大尉が進言する。

「まだだ」

と永沼が答える。敵騎兵の蹄鉄音は後方にある。今ここで土塀を超えれば敵の前方から攻撃できる。土塀がこの先どこまで続くかわからない。切り込める場所があれば切り込むべきではないか。

しかし永沼は疾駆をやめない。

さらに五〇〇メートル進む。また切れ目があった。

「隊長どうですか」

「まだまだ」

左に折れてからもう一キロは走っている。

（隊長はどうするつもりなのか。このまま敵と戦わずして離脱するつもりではないか）

中屋大尉の脳裏に疑念が浮かんだ。

そこからまた数百メートル走った。また土塀の切れ目があった。

「よし、ここからはいれ」

ここで永沼が襲撃命令を発した。

挺進隊が一人一馬に対し敵は砲車以外に砲弾や火薬を積んだ荷車も牽いている。砲車隊の行進速度は挺進隊よりも遅いため追撃距離が長くなれば先行距離が長くなる。先行距離が長くなれば土塀を超えた後に攻撃準備を整える時間ができる。永沼の冷静な判断であった。

「御意」

中屋大尉が応える。永沼からようやく襲撃命令がでた。

「ついてこい。襲え」

大音量の永沼の声が響いた。

まず永沼が土塀の切れ目から騎乗のまま入り、中屋中隊がそれに続き、中隊全員が中に入ると右に栗田小隊、左に田村小隊（沼田少尉指揮）、中央に及川小隊と展開して敵に襲い掛かった。

このとき後続の浅野中隊の姿がないことに誰も気づかない。

抜刀した軍刀がキラキラと月光に閃く。敵は砲車の護衛騎兵で中屋中隊とほぼ同数であった。

七〇の日本騎兵と同数のロシア騎兵による死闘が始まった。

このとき空に浮かぶ月は十日月である。その光は薄明りでよわよわしい。数歩の距離に接近しても敵味方の識別が困難である。ただしロシア騎兵の馬と日本騎兵が馬（支那馬あるいは日本馬）は体格差がある。更に帽子の形と騎兵銃の型も違う。

ロシア騎兵の長い帽子と小銃の銃把が肩の上に突き出ているのがよい目印になった。

「うおー」

と日本騎兵の歓声があがる。

「ウラー」

とロシア騎兵が応ずる。

「暗号を忘れるな」

沼田少尉の声、

「帽子を見ろ。見透かして斬れ」

栗田少尉が叫ぶ、

「敵の銃は長い。よく見ろ」

及川中尉が声を飛ばす。両軍入り乱れての壮絶な斬りあいが始まった。ロシア騎兵が槍をぶんぶん振り回す。日本騎兵が槍の穂先をかいくぐって飛び込み軍刀で斬り付ける。もはや剣技もくそもない。刃すじを気にする暇もない。横殴り縦殴りの乱打戦である。

「なぐれ、斬れ」

中屋大尉の怒号が聞こえる。

こうした場合にもっとも有効なのは突きである。しかし両刃相乱れる状況になると突くという発想はどこかに消し飛び、ただただ斬る殴るに思考が向かう。もっとも仮に敵を刺殺したとしても刀を抜かなければならず、抜く間に槍で側方から突かれることになるであろう。それを本能的に恐れて斬る殴るの方向に走るのだろうか。

厳寒の中、厚着をして振るう騎乗の軍刀の勢いが時間とともに鈍ってきた。敵騎兵は二重三重の重ね着をしている。振り回した刀がいくら当たっても致命傷を与えることが難しい。どれほどの損害がでているのか皆目わからない。斬りあいというよりも馬と馬の押し合いもみ合いになってきた。

中屋中隊もバラバラになり統率などもうない。もはやどこに誰がいるのかもわからない。ただ目の前の敵を斬るのみである。

戦闘の勝敗は損害の多寡ではなく退却した方が負けとなる。相撲のように相手を押し切ったほうが勝者の栄誉を得る。

「休むな、押せ、押せ、押せ」

中屋大尉が声を出して疲労困憊の隊員を励ます。敵騎兵がじりじりと後退し始めた。

「砲までもうすぐだ。前へ、前へ」

永沼が刀を振り回しながら大声で鼓舞する。敵部隊の後方に居る砲車が挺進隊の目標である。

そのとき、

「ガラガラ」

と大きな音がした。砲車隊が戦況不利とみて逃げ始めたのである。

「及川中尉、あれを追うぞ」

中屋大尉が叫びながら砲車に向かって走った。及川中尉も数人の部下と共に中屋大尉の後を追った。戦いはいくつかの渦となって入り乱れた。幸い砲に護衛騎兵がいない。乱闘に手一杯で砲車を守れないのだ。

「我が隊、天祐を得たり」

永沼の目がひと際輝いた。今こそ砲を奪うチャンスである。

砲車奪取

「砲車を襲え」

永沼が隊員にむかって声を発し、馬を操り刀を振り回しながら砲車に迫った。そこに砲車の搬送用のこん棒を持ったロシアの歩兵が立ちはだかり、永沼の馬の足を目がけて殴りつけてきた。永沼はそれを後ずさりしてかわし軍刀で顔面に一撃を加えた。

「わっ」

と叫んで兵が倒れる。

「輓索を斬れ、砲主を斬れ」

永沼が怒号を発する。闇を透かして見ると中屋大尉以下数名が砲車にとりついている。それを見た永沼は反転し後方から迫ってきた護衛騎兵に向かって馬を進めた。永沼の周囲にいた隊員があわててその後を追う。護衛騎兵を砲車に向かわせないために永沼は自らが盾になろうとしたのである。

「アッ」

永沼の後方（砲車側）に居た沼田少尉の脇で、横殴りの槍にやられた兵が落馬した。

咄嗟に沼田少尉が指示した。落馬した兵はくるりと起き上がって軍刀を納め、背から小銃を外して
「銃を使え」

自分を打ち落としたロシア兵を狙撃して斃した。以後、馬から落ちた日本兵たちはこれに習った。

これが戦局を大きく変える要因となる。

阿鼻叫喚の乱闘乱戦のなかに落馬した日本騎兵たちが放つ狙撃音が混じり始めた。暗いため敵味方の識別が困難で連発はできないが、至近距離で撃つことができるため命中率は極めて高い。徒歩騎兵の狙撃が功を奏し永沼ら騎乗組がロシア騎兵を押し始めた。長槍で突きかかろうとしたときに背後から背中を撃たれるロシア騎兵が続出し、狙撃を畏れた騎兵集団が砲車から離れるように後退した。

一方の砲車は馬に牽かれて東に逃げ土塀の外に出たが、そこで車輪が砂にはまって進まなくなった。敵砲兵が狂ったように馬の尻を叩く。そこに中屋大尉以下の追撃隊が砲車に迫る。

やがて砲車が再び動き始めた。

「パン、パン」

砲兵のひとりが砲車の上から拳銃を撃った。中屋大尉が馬を躍らせて接近し、軍刀で拳銃の砲兵に斬り付ける。刀は砲兵の肩や頭に当たるが裏毛のある厚手の外套と毛皮の帽子は刃を通さない。

（甲冑のようだ）

中屋大尉が舌打ちをした。砲兵は中屋大尉の剣をかわしながら拳銃を撃とうとする。

業を煮やした中屋大尉が、

「これでもか」

と砲兵の顔を横殴りに薙ぎ払った。悲鳴をあげて砲兵が砲車から転げ落ちた。中屋大尉は休むことなく他の砲兵に斬り付ける。及川中尉が砲車に先回りして馬足を止めた。追随した隊員が輓索を斬って砲車から馬を切り離した。砲車の上に残っていた砲兵が脱兎のごとく逃げてゆく。

「よし、捕った」

及川中尉が喜色の声をあげた。ところが二、三人の砲兵が逃げずに砲車の陰に留まっている。砲兵が砲を奪われるのは歩兵連隊が軍旗を奪われるのと同じで最大の恥辱である。ロシア砲兵たちは自分たちの名誉を守るために命を賭して砲熕《ほうこう》（砲身）をはずそうとしているのである。

「砲を壊させるな」

中屋大尉が叫ぶと同時に馬を乗り入れて軍刀で斬り付けた。他の者もそれに続く。勢いに押された砲兵たちはたまらず闇のなかに逃げ散った。

「砲をぶんどったぞ」

中屋大尉が叫んだ。

「砲をぶんどったぞ」

もう一度叫んだ。あちこちから「万歳」の声があがった。敵の隊長が何かを叫んだ。と同時に敵騎兵が一斉に東南にむかって走り出した。万歳の声を聞き援軍が来たと勘違いしたようだ。

中屋大尉が、

「沼田少尉は砲をまもれ」

と命令し、数人の兵を連れて逃げるロシア騎兵を追った。

敵が唐突に去った。時間にして一時間近い戦闘であった。

「どうやらおわったようだな」

永沼が騎乗のまま静かになった戦場で血刀を拭いた。月が雲に隠れて闇が深い。永沼の周りに居る隊員は五、六騎しかいない。皆、突然訪れた静寂に呆然としている。敵は去ったがロシア軍の一時的な退却は伝統的戦術であり、追撃させて迎撃するのが常套手段である。油断はできない。

「我が隊はどうなったのだろうか」

永沼がつぶやいた。後続するはずの浅野中隊はついに姿を見せなかった。別の敵とどこかで戦闘したに違いない。宮内大尉も来なかった。中屋大尉も砲を奪ったあと消息不明である。我が隊は全滅したのではないか。

（今後どうするべきか）

永沼は現状が把握できないまま茫然と立ち尽くした。

「隊長殿、だれか来ます」

蹄の音が近づく。

「好《パオ》」

「不《プ》好《パオ》」

日本騎兵である。

「誰か」

永沼が問うと、

「及川です」

と元気な声が帰ってきた。

「おお無事だったか。よかった」

と永沼の声がはずんだ。

「私は中屋大尉の命令により砲を守っておりましたが、隊長殿のことが心配になり、砲を沼田少尉に任せてこちらにきました」

沼田少尉も無事かと永沼が喜び、

「とりあえず砲のところに行こう」

永沼以下十数騎が四〇〇メートルほど進むと五、六人の騎兵がいた。沼田少尉の隊のようだ。

「沼田少尉か」

「はい、隊長殿ですか」

闇で互いの顔が見えない。

「部下はどうした。砲は大丈夫か」

「正崎伍長がやられました。残念です。砲はそこにあります」

目をこらすと負傷兵が二、三人横たわっている。周囲に居た隊員が永沼の声を聞いて集まってきた。

その数は二〇騎を少し超える程度だ。

「少ないな」

永沼がため息をついた。生存者はこの先どれほど増えるだろうか。永沼が夜空を見上げた。北斗星の位置からして午後九時くらいか。永沼は砲の前で悄然とうなだれた。

「全滅に近い損害かもしれない」

戦勝の喜びなど微塵もなかった。そのとき東方から騎兵集団が移動する蹄の音が聞こえた。耳をすますと日本語ではない号令が聞こえた。先ほど永沼たちが退けた本隊（砲車隊）の護衛騎兵であろう。

（おのれ、勝ちに乗じて砲の奪還にきたか）

このとき永沼の心を支配していたのは部下を死なせた自責の念と敵兵への怒りである。これまでの永沼とは形相までも変わっていた。

「及川中尉、南下する敵に一斉射撃を加えよ」

と命令した。約二〇騎の騎兵が騎乗のまま銃を構え、及川中尉の号令で幾人かが発砲した。撃たない隊員がいたのは弾切れや負傷のためである。隊員たちは小銃を構えたまま、

「いよいよここで全滅か」

と覚悟を決めた。それに対し敵騎兵はおざなりな応射をした後、そのまま南下を続けた。

「逃げてくれたか」

と一同がほっと一息ついた。そのとき、永沼が騎乗で抜刀し、

「襲撃だ。追撃するぞ」

と怒号とともに命令を発した。傍らに居た隊員がつられて軍刀を抜いた。しかし命令を聞いた隊員

たちは内心、

（どうやって戦えばいいのだろうか）

と途方に暮れた。永沼の周りにいる隊員たちは、軍刀が折れて使えない者、弾を打ち尽くした者、負傷して腕が使えない者など到底戦える状態ではない。いま戦っても裸で機関銃の前に身を呈するが如く瞬く間に全滅するのは目に見えている。しかし隊長がやると言えばたとえ戦う術《すべ》がなくともやらざるをえない。ここでの戦死を全員が覚悟した。

そしてまさに永沼が駆け出そうとしたそのとき、中屋中隊の古参小隊長である及川中尉が馬を寄せて永沼の馬の沓を押さえ、

「隊長どの、おそれながら進言します。これればかりの兵で襲撃しても意味がありません」

と言った。

「なにをいうか」

憤怒の形相で激怒した永沼が馬の首をふって及川中尉の手を払いのけ、

「浅野中隊、中屋中隊の弔い合戦だ。ここで挺進隊の最後を飾るのだ」

と怒鳴った。永沼は怒りに燃えて顔つきまで変わっている。それに対し及川中尉は、

「隊長殿、お待ちください」

と言いつつ馬を寄せて、走り出そうとする馬の沓を再びとってその足を止めた。

「なにをする。放さんか馬鹿者」

永沼が斬らんが勢いで怒号を発した。

しかし及川中尉はひるまず、

「隊長殿が憤死されるなら喜んでお供いたします。しかしながら、今までの行動を誰が軍に報告するのですか。報告を二の次にして、陛下股肱の二〇騎を犬死させるおつもりですか」

とすがりつくようにして諌止した。

「なにっ」

乱心して息を乱す永沼が血走った目で睨みつけた。

及川中尉はさらに、

「兵たちは奮闘しました。敵にかなりの損害を与えました。馬隊も我が挺進隊の勇敢なる戦いぶりに感服したでしょう。もう十分に戦いの意義は達したのではありませんか。兵たちは傷ついています。武器もありません。見てくださいあれを」

と言って指さした。そこには折れた軍刀を持った者やケガの痛みで馬の首に突っ伏している者たちがいた。永沼がそれを見開いた目でじっと見る。

及川中尉は更に、

「恐れながら、まことに恐れながら進言致します。お許しください。我が挺進隊にはまだ任務が残っています。それを成さずしてどうするのですか。出発の際、くれぐれも死に急ぐなと秋山支隊長も申されたではありませんか」

と言った。

「……」

永沼は言葉が出ない。そして及川中尉が、

「両中隊長殿の消息もわからない段階でありますが私は御無事だと信じています。なによりも隊長殿がここで死んだら、生き残った隊員たちはこの先どうすればよいのですか」

と涙をこぼしながら説得した。

「及川、もうよい手を放せ」

永沼が静かな声で言った。

「ハッ、失礼いたしました」

及川中尉があわてて手を離した。

永沼は笑みを浮かべて、

「わしが悪かった。及川中尉が言うとおりだ。今少し様子をみよう」

と言い、

「聞いてくれ。わしは激高して冷静さを失っていた。すまない。このとおり謝る」

と兵たちに頭を下げ。そして抜いた刀を鞘におさめ、

「敵の反撃に備えて準備をしておきなさい」

と静かに指示した。隊員たちは、

（いつもの隊長に戻ってくれたか）

と安堵のため息をもらした。そこに蹄の音がした。さては敵かと緊張が走ったとき、

「好」

という言葉が聞こえた。

「不好。誰か」

永沼が問う、

「中屋です」

「おお、帰ってきたか」

永沼が応えた。

「隊長殿、ご無事でしたか」

「おお無事だ。君たちのことを心配していたところだ。よかった」

「浅野中隊はどうですか」

「それが何の消息もないのだよ」

「そうですか。宮内大尉はどうしましたか」

「それも不明だ」

永沼の声が沈む。

「とにかく兵を集めましょう。七戸喇叭手《ラッパ》、集合ラッパを吹け」

と命ずると、七戸兵卒が喇叭を手に持ち、闇夜の空にむかって高らかに吹き上げたその音は寒天を切り裂くように鳴り響き、一里（約四キロ）先まで聞こえたという。

しばらくするとあちこちから兵が集まってきた。行方不明者は夜が明けてから捜索することとし、

「とりあえず腰坨子に戻ろう」

と永沼が命令した。大変なのは砲車の搬送であった。奪ったのは砲車一台と輜重車（火薬や砲弾）の計二台である。取り逃がした砲車一台と輜重車一台を惜しむ声が漏れてきたが、

「ぜいたく言うな。騎兵隊が敵砲を奪うなど聞いたことがない戦果だぞ」

「それもそうだな」

と言って兵たちがわっと笑った。その会話を笑顔で聞いていた中屋大尉が、

「搬送を急げ」

と指示する。兵たちは下馬して砲車と輜重車を牽き馬につなぎ、えっさえっさと押しながら搬送を開始した。

浅野隊激戦始末記

砲車二台を牽きながらしばらく進み土壁の角まできた。そこを南に折れようとしたところ土壁の上に人が立った。シルエットからして日本騎兵である。土壁の兵は降りて道に立ち、

「隊長殿はおられますか。宮内です」

「おお、宮内か。浅野中隊はいるか」

「ご案内します。こちらへ」

宮内大尉の声が暗い。不吉な予感が永沼の心に沸いた。

「浅野中隊はどこだ。中隊長は無事なのか」

永沼と中屋大尉が同時に聞いた。

「残念です。やられました。ほとんど全滅です」

宮内大尉が声をしぼりだした。

「損害はどれほどか。敵はどうした。浅野大尉は無事か」

永沼がたまらず聞いた。

「敵は逃げました。ラッパの音を聞いて援軍が来たと思ったようです。浅野大尉は……」

「浅野はどうしたのだ」

「重傷です。ご案内します。こちらへ」

永沼は馬から降り、宮内大尉の案内で現場に急いだ。土壁を迂回して小走りで張家窪に入る。

「おお……」

永沼が悲痛な声をだした。月明かりのなかに惨況が浮かび上がった。立っているのは幾人かである。生き残った兵たちが互いに支えあいながら敵の反撃に備えている。その他の大部分の兵は地上に横たわっている。

中屋大尉が走って隊まで戻り、

「及川中尉、負傷者救護だ。急げ」

と命じた。

「はい」

と返事した及川中尉が馬から降りようとしてばさりと地上に落ちた。

「どうしたのだ」

と中屋大尉が駆け寄ると、

「頭を少しやられておりまして」

と苦笑いした。中屋大尉が及川中尉の帽子をとると頭に二〇センチの傷があり骨が露出している。

「大丈夫です。軽症ですから」

といって立ち上がり軍刀を杖替わりにしながら救護措置に向かった。

張家窪の現場では永沼が立っている兵に近づき、

「敵は去った。休んでよし」

と手を貸して座らせた。そして倒れている兵たち一人ひとりを見て回り、息がない者は指先で目を閉じ、生きている者には負傷の程度を聞いた。

「生きてる者から運べ。軍医をよべ。急げ」

及川中尉と隊員が負傷者の収容を開始した。

「なにくそ」

まだ敵と戦っているのか重傷者がうめく。軍刀をにぎった腕を寝たまま動かして敵を斬ろうとしている者もいる。カチリカチリと弾がない拳銃を意識なきままに引き続けている者もいる。

「何をする」

肩に手をかけて起こそうとすると敵だと思い怒声を発する者もいる。

「中隊長殿は……」

隊長の安否を尋ねる声を最後に息絶える者もいる。これは永沼が発した命令によって生じた惨状である。必然の決断であり指揮官に責任はない。しかし自責の念は強まる一方であった。

永沼は闇のなかで顔を伏せ、

（すまぬ。ゆるせ）

という想いが涙とともに溢れた。

浅野中隊の戦闘概要は以下の通りである。

浅野中隊は薄暮のなかで本隊（永沼中佐・中屋隊）を追っていたところ、命令伝達のために後退してきた宮内大尉から、

「合言葉を確認せよ」

との伝達を受けた。そして浅野中隊が合言葉を確認しつつ正面の土塀付近に来たとき、張家窪の北方から砲撃を受けた。このとき永沼と中屋中隊は土塀沿いに右に転進したのだが、やや遅れて後続した浅野中隊は永沼らが土塀内に突入したと勘違いした。そして最初の土塀の切れ目に来たところで、

「遅れるな。土塀内に突撃」

と宮内大尉が号令を発し、浅野中隊が土塀内に駆け込んだ。

ところが、そこに敵（砲車と騎兵）の姿はなく、追っていたはずの永沼たちもいない。どこに行ったのかと、とまどいつつ辺りを捜索していたそのとき、忽然と左方の暗がりから騎兵が現われた。長槍を携えた約二五〇の騎兵集団である。夕刻、六河局で馬隊と戦闘をしていた騎兵集団であろう。撤退した砲車隊と合流するため後退していたところ、浅野中隊と出くわしたのである。

最初にこのロシア騎兵を発見したのは小堤少尉だった。

小堤少尉はすぐさま馬首を返し、

「左前方に敵の騎兵、襲え」

と小隊員に命令を発した。猟犬のように小堤小隊が敵にむかって突進した。

「襲え」

浅野大尉が命令を発し、佐久間小隊、内田小隊がそれに続いた。

十日月のわずかな月光のなかで白刃がきらめいた。敵も迎え撃つ気構えをみせて陣形を整える。

日本騎兵の、

「ウワー」

という喚声と、ロシア騎兵の、

「ウラー」

という声が交錯する。浅野中隊は約六〇騎、敵は二五〇騎で第一線に槍騎兵を配する。四倍を超える重厚な布陣の敵に寡兵の日本騎兵が襲いかかった。敵四騎を一騎で相手にする形である。その戦闘は惨烈を極めた。

コサック騎兵の槍が横殴りに飛んでくる。落馬して地上に叩きつけられる日本兵が続出した。

浅野大尉が軍刀を振りかざして敵の渦に飛び込み前面の敵の顔面を真横に切り裂いて落馬させた。

しかしそのとき、横合いから突き出された長槍の切っ先が浅野大尉の右胸に突き刺さった。

「ぐわっ」

浅野大尉が声を発して落馬する。地上に叩きつけられた浅野大尉は拳銃を取り出し、更に突こうとして槍を振りかざした敵の胸を撃って斃した。そこに現れた新手の敵に次の一発を発射して落馬させ、さらに引き金を引こうとしたとき上空の月が見えた。浅野大尉は力尽きて仰向けに倒れたのである。最後に撃った弾は月に向かって飛んだ。

「無念」

阿鼻叫喚の闘争の地で浅野大尉は静かに目をとじた。

乱闘は各所でうずをまくようにして行われた。落馬した日本騎兵が敵の馬の鐙をつかんで狂ったように刀で斬り付ける。落馬して折れた軍刀を撃ち捨てて騎兵銃で立射する。馬から殴り落とされた後に囲まれて槍で突かれながら拳銃で応戦する。落馬後に軍刀で刺そうと敵騎兵のズボンに取りすがってひきずられる。馬に乗っているのは敵騎兵ばかりで日本騎兵のほとんどが長槍の餌食となって地に落ち、あたかも乗馬戦と徒歩戦の様相を呈していた。

戦力の衆寡はいかんともしがたく戦況は圧倒的に不利であった。しかし落馬後の拳銃や小銃は至近距離であるため命中率が高く、ロシア騎兵が次々と斃れる事態になった。月下の騎兵戦闘は明らかにロシア騎兵の勝ちであったが、時間が経つにつれてロシア側の損害も大きくなった。

そのとき、どこからか喇叭の音が聞こえ、

「○×▽◇」

ロシア騎兵の隊長が号令をかけ、敵の攻撃が止まり、落馬した負傷者や死者を馬上収容法によって拾い上げながら退却を開始した。

波がひくように敵騎兵が下がっていく。まだ騎乗しているのは宮内大尉、小堤少尉ら数騎である。

その小堤少尉が退く敵を追おうとした。

「小堤少尉やめろ」

宮内大尉が止めた。小堤少尉の馬の足が止まり馬上にグタリと突っ伏した。

「小堤少尉はここにとどまれ。動ける者は集まれ。徒歩により追撃を行う」

軽傷の兵が二〇人ほど集まった。

「駆け足」

徒歩により一〇〇メートルほど行くと小山があった。上まであがれば先が見通せる。

「登って伏せ」

約二〇人の騎兵が山の上で伏せて銃を構えた。負傷者収容中のためまだ敵は至近にいる。

「目標は退却する敵騎兵、各個に撃て」

宮内大尉が号令を発した。この夜の戦闘でもっとも敵に損害を与えたのは、このときの一斉射撃であった。

敵は去った。

「やめ」

宮内大尉が射撃を止めた。ふとみると地面を這ってくる者がいる。

「小堤……」

宮内大尉が驚いて声をあげた。残してきた小堤少尉が戦死者の騎兵銃を持って追ってきたのである。

三日前の三か所の傷に加え今日は四か所以上の傷を負っている。それでもここまで来た。なんという気力であろうか。

「貴様は……」

宮内大尉が眼を瞠って驚きの声をあげた。

「隊長殿、敵はどうしました」

小堤少尉が声をしぼりだした。顔からは血の気が失せてもはや生きた人間の顔ではない。

「敵は逃げた。もうよい。終わったのだ。よくがんばった」

宮内大尉が小堤少尉の体を抱きかかえてなだめた。

この夜の戦闘は日本騎兵史上初めて行われた騎兵同士の戦いで「月下の乗馬襲撃戦」として語り継がれている。しかし行われたのが夜間であり、実際のところは何が何だかわからなかったというのが実情であった。そのなかで浅野中隊の内田小隊に属した勝部伍長が手記を残している。抜粋して転載する。


自分は、その時、内田小隊長の直後を中村六一上等兵（広島出身）と共に突入したが、前後左右、みな防寒の毛防止をかぶった露助（ロシア兵のこと）ばかりだった。中村、気をつけろと注意し合いながら、前方から突いて来た敵コザック二騎を目がけて拳銃を連発すると、一騎は上半身を後ろに倒れかけたまま逃走し、一騎は落馬しかけたので、またもう一発を腰のあたりに見舞うと、遂にドウッと落ちた。

このとき、中村が、分隊長、斬られる、と連呼するので、ヒョイと頭を上げると、左前方から来た敵に頭を斬られた。丁度、棒で打たれたような感じであった。この敵を撃たんとしたところ、敵は急に逃げたので、今度は軍刀で敵の腰を刺突すると、敵は悲鳴をあげて落馬して逃げた。後ろを見れば中村上等兵は槍を持った敵と渡り合っている。その敵の背後へ回ろうとして馬を押し出すと、敵はこれを悟ったか左に逃げかけた。この時中村の軍刀が鋭く敵の首あたりに斬りこみ、そのコザック騎兵は右手に槍を持ったまま大きく天に弧を画いてどしんと地上に落ちてしまった。

その時、自分はまたも左からグワンと頭に一撃を加えられたので、振り返って見るとその敵は逃げだしている。それを後から斬りつけたが北峰号（自分の馬の名前）の頭が邪魔になって太刀先は敵の馬の尻を斬ったのみ。やっと北峰号を押し出して敵の左横に近づいたので今度は横殴りに次の太刀を浴びせると、ポカンと音がしたきりではね返された。更に第三回目の太刀では敵の横腹を刺突し、それでも敵は落ちずに一生懸命逃げて行ったが、しばらくして落馬してしまった。

ここで再び中村上等兵と馬を並べて突進したが、内田少尉も誰がどこにいるやら皆目見当がつかず、敵、味方ともに一団となって敵の退却方向に渦を巻いて動いているだけであった。

しばらくすると左方からコザック兵が二騎、槍をしごいて襲い掛かってきた。自分は右の敵に向かったが、この敵は今までの敵と違って非常に大きな馬に乗っており、北峰号が怖がって近づこうとせず、ただ馬と馬が頭をもつれ合っているだけであった。その隙に別の敵から斬り込まれたので、夢中になって突き返したが……以下略

（あゝ永沼挺進隊（下）島貫重節著）

以上は兵士の手記である。つまりはこうした戦闘が各所で行われたのである。

この夜の戦闘では浅野中隊長が戦死（後日死亡）したことを見ても浅野中隊が最も苦戦したことは明白である。しかし生還した浅野中隊の佐久間中尉は生涯この夜の戦闘を語ることなく、問われても、

「ともかく、みなよく戦った」

と答えるのみであった。その佐久間中尉の日記が残っている。意訳して転載する。


小官（佐久間中尉）、この襲撃の渦中に投ずるや、槍の柄で右脇を払われ、辛うじて支えたが、第二の槍が頭部近くに来たのでこの敵を斬り、敵の第二線に迫り格闘中、右脇下に拳銃弾一発を受けたが軽傷であった。敵は格闘中三々五々潰乱して去り、多大の損害を受け退却を始める。ここにおいて集合をかけるが集まった小隊員はわずかに四騎（突入の際は下士以下二十騎）、しかもそのうちの三騎は負傷している。そのときの心中はなんとも言い難く文字にできない。

従卒は右肩を斬られて銃を取ることができないため、その銃を自分が持って他の三名と共に追撃しながら猛射する。この射撃は敵に多大の損害を与えた。我部隊は戦場を制し、万歳を絶叫し、死傷者の収容に従事した。まだらに積もる白雪に血潮の痕、物寂しく彼の地此の地に斃れ伏す勇士の面影、主なき馬が寂しげに樹間に佇立する、見るも悲惨の極である。死傷者の収容が終わったのは午後十時三十分であった。この夜は張家窪子で徹夜看護に忙しく、家屋内は血なまぐさく、負傷者が呻く声はすさまじいものであった。

襲撃の際、小官の小隊は中央に位置したことから損害が甚だしく、下士三名戦死、兵卒六名戦死、

下士・兵卒八名負傷、小隊の中で無傷はわずか三名だけあった。

張家窪の嵐に散りし山桜
　長く戦史の上に飾らん

（出典前同）

帰還

負傷者と死者は張家窪の家屋に収容された。作業に当たっては馬賊も積極的に協力した。

永沼たちが驚くほど馬賊の態度が変わった。

「日本人は真の勇者だ。我々ができないことをやった。死者に哀悼の意を表し、怪我をした者にはできるだけのことをしてやりたい。天ゲル様も英雄たちに賛辞を贈っているであろう」

と馬賊の連中が言っています、と松岡氏（高大人）が話す。

遊牧民は天ゲル崇拝の信仰を持っている。天は空、ゲルは神様である。遊牧民でもある馬賊たちは無限に広がる空を天の神と仰ぐ。その天の神が日本人の勇気を称賛しているというのである。

馬賊は戦闘的ではあるが白兵戦はしない。それを敢然とやってのけた挺進隊に驚いているのである。勇気ある行為をした者を理屈抜きに尊敬するのが彼らの特性である。

「現金なものだ」

宮内大尉が苦笑した。あれほど馬鹿にしていた連中が今や賓客に接するような態度で献身的に働いている。

　馬賊たちが飯や飲み物をせっせと運んでいる。その際、負傷兵に、

「これを飲め。これを飲めば元気になるから」

　と乳臭い馬乳酒（馬の乳を発酵させたアルコール成分が弱い酒）を無理やり飲ませようとしたり、

「うまいから食え。遠慮はいらないぞ。ほら口を開けろ」

　と真っ黒な手でポケットから出した食いかけの干し肉を食わせようとしている。負傷兵からすれば迷惑この上ないのだが馬賊たちは真剣であった。まことに以前とは打って変わった甲斐甲斐しい働きぶりである。

　張家窪には家が三戸しかない。しかも間口二間の掘っ立て小屋ばかりである。なかは土間が半分であとは炕《かん》があるだけである。村民は難を逃れて一人もいない。その三戸のうち一戸を幹部の宿舎とし、一戸を負傷者の収容場所にあて、もう一戸に死者を集めた。

　死者の数は十数人までに増えた。負傷者に至っては四〇を超えている。時間は深夜である。警備、負傷の手当、死者の検案と埋葬、負傷者運搬の荷車調達、食料収集と支給、武器、馬等の整備、部隊の再編成などなどやるべきことが山積みである。膨大な仕事量に比して動ける者が少ない。

「早朝にはここを離れたいが」

　永沼の心は急いていた。特に死者の埋葬が困った。地面は凍って穴を掘ることができない。かといって野ざらしにできようはずがない。

　兵たちに飯も食わせなければならない。幸いロシア軍から鹵獲した輜重車に黒パンの缶詰があった。

これを急いで配り、そのあと松岡氏（王大人）たちが馬賊を使って芋粥を作ってくれた。これがうまかった。隊員たちは蘇生する思いで大いに食った。

食事が終わると永沼が「死者の家」に入った。軍医が立てた数本のろうそくが足元を照らしている。戦死した兵は全部で一五人であった。その一人一人に永沼が顔を近づけて名を呼び、

「よく頑張ってくれた。本当にありがとう。感謝する。私もいずれ後を追う。そのときまた会おう。まずは成仏してくれ」

と声をかけた。

「隊長殿」

いつのまにか中屋大尉が後に立っていた。そして、

「浅野大尉がだめそうです」

と言った。永沼が急いで行くと、軍地軍医が永沼の顔をみて首を振った。

永沼が耳元に顔を近づけ、

「浅野大尉、見舞いにきた。中屋と宮内もいる」

と声をかけた。浅野大尉は眼を瞑ったままである。呼吸が細い。

「君の今日の奮闘、これまでの忠誠、この永沼が決して、決して忘れぬぞ」

涙して言う永沼の言葉に浅野大尉は反応しない。

永沼はもう一度、

「何か言うことはないか」

と言うと、浅野大尉はわずかに眼を開け、

「さらになし」

と言って再び目を閉じた。

それを聞いた永沼はしばし瞑目し、

「浅野大尉が言うとおりになったね」

とポツリつぶやいた。ロシア軍を襲撃すると永沼が言ったとき、浅野大尉が、

「自分の中隊が全滅覚悟で突撃しますから、その間に本隊と中屋中隊は脱出し、第二作戦に移行してください」

と言った。そのときはそれを否としたが結局はそのとおりになってしまった、と永沼は言っているのである。そのとおりであろう。もし二〇〇騎以上の騎兵集団が砲車奪取中の中屋中隊の元に到着していたら、中屋中隊は包囲殲滅され永沼も戦死していた。それを浅野中隊が全滅を賭して戦い騎兵集団の足を食い止めてくれた。その結果、中屋中隊が敵砲を鹵獲するという戦果をあげることができたのである。

「浅野中隊の敢闘は未来永劫語り継がれるであろう。自分も決して忘れぬ。ありがとう」

と永沼が声をかけた。

浅野大尉は眠ったままである。そして「さらになし」の一言が浅野大尉の最後の言葉になった。

その後も浅野大尉は昏睡を続け、明治三八年二月一五日午後二時三〇分、荷車で搬送中に息を引き取った。

早朝五時になった。出発準備は整ったが死者を埋葬する穴が掘れない。一同、困り果てていたところに太田軍曹が走ってきて、

「中屋大尉ありました。もってこいの穴が見つかりました。何の穴かわかりませんが深さ七、八尺、広さ二畳位で皆を横にして埋められます」

「おお、そうか。でかした」

中屋大尉がさっそく見に行くと確かに大きな穴がある。土壁を作るときにできた穴のようだ。土を採取した跡だろう。ここだけ土質が粘土質になっている。

「よし、死者をここに横たえよ。かぶせる土は脇にある土壁を崩して埋めるのだ」

中屋大尉が指示した。場所は張家窪の東北端、すでに遺体は清められている。軍医の指揮で一人一人を毛布で覆って穴の横に並べた。死後五、六時間だが寒さで遺体は凍結して棒のように固い。

二人一組で持ち上げて運び、穴の底で二人が受け取ってそっと横たえる。あちこちから隊員のすすり泣く声が聞こえる。ジュルジュルウーウーとひときわ大きな声がするのは後方に並んだ馬賊たちである。鼻水をすすりながら盛大に泣いている。畏敬する者が死んだときは声をあげて泣くのが彼らの会葬の作法なのである。

午前六時、日の出前だが薄明るくなってきた。遺体を並べ終わると十人ほどの兵が鹵獲したロシア騎兵の銃や長槍をつかって土壁を壊しはじめた。

土が地面にたまると永沼が土塊を両手ですくい眼の上に差し上げ、

「津田軍曹以下一五人の勇士よ霊あらば聞け、諸子の一死報国の魂は永く国家の隆昌とともに遺るこ

ととなろう。謹んで敬意を表す」

と弔辞を述べて穴に播いた。その後、幹部が順次播き、軍医の指揮で一斉に土をかぶせた。穴は意外に大きくなかなか埋まらない。穴の中央部に土饅頭のような小山ができた。遺体は土に隠れている。

「もうよかろう」

永沼がこれ以上の作業の中止を命じた。敵の追撃を考えるともう出発しなければならない。その後、五尺の白楊の木の樹皮を剥いで墓標をつくり、僧侶出身の兵が読経をあげて無事に埋葬は終わった。墓標に書かれた埋葬者の氏名は、

佐久間小隊

津田嘉京

村田重次郎

佐藤康次郎

工藤東三郎

木村兵助

柏山冠治

堀井金太郎

内田小隊

吉武太市

尾關榮三郎
太田仁三
梅木茂八
神野賢三
及川小隊
山崎千之亟
栗田小隊
岸倉次郎

である。最後に永沼が墓前にすすんで水筒の水を埋葬者に注ぎ、合掌しながら、

「我々は出発する。諸子もさぞかし行きたかろう。寂しいだろうがここで眠ってくれ。この後、我々もどこかで諸子の跡を追うだろう。それまで諸子の分も働くことを約束する」

と惜別の辞を言って一礼し、三歩下がってから振り向き、隊員たちにむかって、

「さあ、行こう」

と声をかけた。この長家窪子の戦いを、ロシアの戦史は次のように記録している。

露軍レニッキー大尉（騎兵三中隊、砲二門）は二月十二日、「日本兵が鉄道橋破壊のため新集廠方面に出動している」との情報を得、退却する日本兵及び馬賊の退路を遮断しようとし、十三日、新集廠に向かい前進、十四日午後四時、新集廠から約四里の地点に達したとき、柏家窩柵より六河

局に向かう日本軍の一縦隊（歩兵四中隊、騎兵四中隊、砲四門、馬賊四千）を認め、直ちに砲撃すると、日本軍が柏家窩棚西方高地に布陣、次いで六河局付近及び長家窪子の北方に散会し、我が支隊（注、レニッキー指揮のロシア部隊）を包囲して射撃を開始した。

レニッキー大尉は格闘の後に血路を開き、騎兵第十中隊の四〇騎の援護を受けながら、主力を率いて退却をした。この戦闘の間、退却援護隊は多数の日本兵の圧迫を受けるところとなり、数回の突撃を受けながらも再三に渡って逆襲を試み、主力の退却を援護した。そして支隊は夕方、西玻璃城付近に集合して退却した。

このとき日本騎兵が我が支隊を包囲し駕馬（砲車を牽く馬）を射殺したために砲一門を遺棄し、十六日夕方、范家屯に帰着する。この間の失踪者は、将校一、兵卒二四、死者は三であった。

ロシア戦史にある日本軍の兵力が、実態とかけ離れて大きいことに注目すべきである。敗者側の報告は敵兵力を過大に報告する場合が多い。自らの退却を正当化するために行う無意識の自己防衛であろう。レニッキー大尉がしたような誤報が積み重なってクロパトキンの神経を刺激し、戦役による心労と相まってその心中に巨大な虚像（若しくは妄想）が生じ、ロシア軍の指揮を過度に慎重にしたあげく、奉天会戦に決定的な影響を与えることになる。

それは単に偶然による幸運にすぎないということもできるが、こうした心理的影響を敵に与えることが挺進行為の目的であることからすれば、好古が戦線に放った日本騎兵の作戦が見事にその効果を発揮したと評価できる。

帰還に向けて挺進隊は付近の村から約六〇人の支那人（負傷者搬送用の人夫）を雇い、馬に乗れない負傷者（三二人）を急造したタンカに乗せて次の村まで運ぶことにした。

その他の将兵は馬で行くが、騎乗できる者も大半が負傷している。

「乗馬できる者で完全に働ける者は何人いるかね」

出発にあたって永沼が中屋大尉に聞いた。

「はい、下士官以下は七人です」

「それじゃあ将校以下一三人か」

とため息をついた。総兵力が一三まで落ちた。今後、ロシア軍の追撃があれば全滅せざるを得ない。

午後一時になった。

「出発」

永沼が号令を発した。一五人の戦死者を残して部隊が進み始めた。

タンカで運ばれる者三十余、馬に乗る者八十余、激闘と連日の不眠不休、さらに栄養不足によって疲労は限界を超え、憔悴の極に達している。戦闘を終えた今、気持ちも疲労に負けて萎えつつある。馬上コクリコクリと目をつぶる兵が続出した。見渡すかぎりの荒野である。空に鳥一羽もいない内蒙古の原野を進む。

出発したこの日、西北の向かい風が強い。砂煙が目や鼻に入って兵たちを苦しめた。

帰還初日、浅野大尉が静かに息を引き取った。

帰還行軍二日目、やや大きな部落に宿泊し、ここで荷車を入手して負傷者の搬送にあてた。

これにより行軍の速度が各段にあがった。

二一日深夜一時半、渡邊一等卒が死去した。

それから数日が過ぎた。そして二月二六日を二日ほど過ぎたころ、

「二六日、日本全軍が奉天会戦に向けて兵を起こした」

という一報が馬隊を通じて永沼の元に入った。それを聞いた永沼は馬上西方を見つめ、

(不首尾ではあったが、やれることは全部やった)

と思った。否、そう思おうとしたのだが、

(やれることはやったが、不首尾であった)

という呵責の念が湧いてくる。

奉天会戦の前に橋梁爆破を行い敵後方を攪乱するという任務だけは一応果たした。しかし、作戦が成功したとは思えない。橋梁爆破は不十分で完全に破壊することはできなかったし(ロシア軍は三日で鉄道を復旧した。著者注)、第二段階の作戦であるハルピン方面の鉄道破壊は遂行できず、ロシア騎兵との戦闘では勝つには勝ったが挺進隊は再起不能になった。

(到底、戦局に影響を与えるほどの活動をしたとは思えない)

作戦を実現してくれた好古に対して申し訳ないという気持ちしかない。

もし、ここに好古が居たらその場で土下座をしたであろう。そして好古に、

「今回の作戦は失策の極み。貴様、腹を切れ」

と罵倒されて自決したほうがどれほど楽か。しかし挺進隊を無事に帰還させることが隊長としての

任務である。今は謝罪もできず死ぬこともできない。辛い時間であった。

（隊長殿……）

後続する中屋大尉が心配気に見つめる。馬上でゆれる永沼の背中がいつもより小さく見えて仕方がない。どこか悄然として暗い影が漂っている。元気を出してくださいと言えるはずもなく、丸くなってゆれる永沼の背をみつめながら中屋大尉も馬にゆられていた。

奉天会戦

日本軍の総司令部において奉天会戦の作戦を決定したのが二月一九日である。

春になると凍土が溶けて大地は泥濘となる。日本陸軍の強みは強襲による白兵突撃しかない。地面が泥でぬかるめば軽快な地上戦が困難となる。

児玉は季節が変わる前に勝利して講和に持ち込みたいと考えていた。

「少しの勝ちでええんじゃ。たくさんはいらん」

講和交渉ができるだけの勝利を得るために児玉は奉天会戦のシナリオを練った。山内、建川斥候隊の情報によりロシア軍（すなわちクロパトキン）が奉天決戦を決意していることは明白になっている。全作戦を統括する児玉に迷いはない。

二月二十日、各軍の司令官が総司令部に召集されて作戦命令が下達された。

一方、奉天会戦を前にしたこの時期、敵将クロパトキンをふたつの情報が幻惑した。

そのひとつは、

「ノギガキテイル」

という情報である。これが、

「旅順を攻略した十万の乃木軍が奉天会戦の援軍となってむかっている。乃木軍は遊軍となって後方（すなわち奉天）を衝くかもしれない」

という疑念（あるいは妄想）をクロパトキンに持たせ、

「奉天会戦にあたってはノギに警戒しなければならない」

と神経質の度を増していた。

しかし現実の乃木軍（第三軍）は旅順攻囲戦で損耗し、そのうえ、編成替えによって主力であった第一一師団（現役兵で構成された精強師団）を鴨緑江軍（奉天会戦のために新設された軍）に抜かれていた。

旅順戦前の乃木軍（第三軍）は主力を現役兵で構成した十万の精強部隊であったが、旅順戦の後は三万まで兵数が落ち、その内訳も臨時招集された応召兵が多数を占めるという状態であった。しかも旅順から不眠不休の転進で疲労困憊の状態であった。奉天会戦の地に到着した乃木軍はクロパトキンが畏れる対象にはほど遠い脆弱な兵力となっていた。

奉天会戦にむけた日本軍の布陣は、右翼（日本軍側からみて）から、
鴨緑江軍（奉天会戦に向けて新設された軍）

第一軍（黒木軍）

第二軍（野津軍）

第四軍（奥軍）

第三軍（乃木軍）

となる。

鴨緑江軍は旅順戦が終わった後、第三軍の編成替えを行う際に大本営が主導して新設（明治三八年一月）した臨時軍である。大本営が、

「鴨緑江軍を大本営直轄兵力として投入し、右翼からロシア軍の後方深くウラジオストックまで進出させ、講和交渉の時に満州における権益を得るための材料としたい」

という構想（実現不能であったが）を抱いて新設した遊軍であった。大本営としては直属部隊として運用したいと考えていたが、結局は大本営と満州軍の協議により満州軍（すなわち児玉の作戦）の指揮下に置かれた。

児玉の作戦は、第一に鴨緑江軍が自軍右翼から攻撃を開始し、第二に自軍左翼の第三軍（乃木軍）がロシア軍の後方（奉天方向）を衝く勢いを示し、敵が右往左往したところで主力（第一、二、四軍）が中央から押し切るというものである。

左翼にいる乃木軍から奉天までは五〇キロ以上ある。その間には無数の堅牢なロシア陣地が構築されている。作戦通り乃木軍が奉天を衝くためにはその間の陣地を攻略しなければならない。

この点、作戦を統括する児玉はそこまで求めておらず、

「両翼から敵をゆさぶって正面で勝負じゃ。そのために中央に主力集めておく」

というのが作戦の骨子であった。

「両翼にいる鴨緑江軍と乃木軍をおとりとする」

と言い換えることができるであろう。

新設された鴨緑江軍も脆弱である。

旅順戦を終えた第三軍から第一一師団（第一一師団も旅順戦で消耗が激しい）を鴨緑江軍に編成替えし、さらに後備第一師団を編入してやっと軍編成をした状態であった。

後備兵は現役（徴兵から約三年）と予備役（現役役終了から約四年）の期間を経過して約五年未満で招集された兵である。三〇歳以上で中には四〇を超えている者もいる。鴨緑江軍は、その後備兵を主体として編成されているため若い兵隊が少なく、更に急遽つくられた臨時部隊であるために火器等も揃っておらず他部隊に比べて装備も劣る。

十分な補給により兵力が刷新されているロシア軍からみれば鴨緑江軍も乃木軍も警戒する対象ではなかった。しかし、クロパトキンは両翼の敵を病的に畏れ、兵力を左右に振り回してうろたえた。

児玉の作戦が的中したのである。

もうひとつ、クロパトキンを悩ませる情報があった。

「有力な日本騎兵団が蒙古地帯に潜入し、馬賊と協力して鉄道破壊を行っている」

というものである。永沼挺進隊のことである。新開河の橋梁爆破の事実が外国の新聞社に漏れ、

「日本騎兵一万、馬隊二、三万の騎兵兵力が、ロシア軍唯一の補給路である鉄道の破壊に成功した。この騎兵兵力は今後さらに活動を盛んにし、奉天における会戦を日本有利に導くであろう」

という報道が世界中に喧伝されたのである。虚報と言っていい内容であるが、この間違った情報が

正式な報道となって世界中に流れたことが日本にとって大きく幸いした。

「有力なる日本騎兵出没」

の報道に驚いたのはクロパトキンだけではない。部屋でその記事を読んだ大山巌（満州軍総司令官）が新聞を持ったまま廊下を歩き、総司令部のドアを開けて中に入り、

「児玉さん、この数万の騎兵とは秋山さんとこのお馬さんのことですか」

と確認したほどであった。それに対し児玉をはじめとする参謀連中は、

「さあ……おそらく」

と首をひねった。参謀たちは永沼挺進隊のことなど忘れていたが、大山の質問に答えねばならず、

「これほどの兵数ではありませんが秋山の騎兵が後方で活動しているものと思われます」

と松川参謀が答えた。大山は、

「そうですか。いずれにしても盛大なことはよいことで」

とぶつぶつ言いながら部屋を出ていったという。

この報道はクロパトキンの心理に大きな作用を及ぼし、最大の脅威であるミシチェンコ騎兵集団を鉄道警備のために戦線から外して後方（松花江付近）に下げ、最後まで奉天会戦に参戦させなかった。これが日本軍勝利の決定的要因となったのである。

奉天会戦は二月一九日からはじまった。

まず鴨緑江軍（第一一師団は未到着、後備第一師団主力）が攻勢を開始した。鴨緑江軍の戦力はわずか一万であった。そして二月二三日、第一一師団が鴨緑江軍に遅れて合流した。

第一一師団が来たことを知ったクロパトキンは、

「ノギがきた」

と戦慄し、兵力を大きく割いて自軍左翼に投入した。

それに対して左翼（ロシアから見て右翼）にいる乃木軍（第三軍）が攻撃を開始したのが二月二七日である。そのとき好古指揮の秋山支隊（騎兵第一旅団主力）は乃木軍の指揮下に入っていた。

乃木軍の進撃が始まるとクロパトキンは乃木軍方面に兵力の投入を始めた。

奉天会戦は三月一日から本格化した。

中央の主力戦が始まると児玉は居ても立ってもいられず始終そこら中を歩きまわり、食事が運ばれてくると箸はとるが喉を通らず、夜は目が冴えて眠れず、払暁になると朝日に向かって人目もはばからず、

「お願いじゃ、なんとか勝たせてくれ」

と大声で祈った。

こうした児玉の行動は至極自然なことで少しも不自然ではない。

大国ロシアにとって奉天会戦は単に一会戦にすぎないが、国力劣る日本にとっては最後の決戦であり、まさに背水の陣であった。ここをなんとかして勝ちに持ち込み、後に行われる海上決戦で海軍がバルチック艦隊に勝利して講和に持ち込む。これしか日本が生き残る道はない。そのためにはなんとしてもここで勝たなければならない。ここで勝たなければ、日本は滅ぶのである。

児玉が恥も外聞もなく祈りたくなるのは当然のことであった。

奉天会戦は十日以上の戦闘になった。日本軍はロシア軍よりも少ない兵力で両翼をひろげるようにして包囲戦を展開した。ロシア軍は日本軍の動きに引きずられて両翼に戦力を投入しながら反撃し、一部日本軍を壊乱させる場面もあった。それでも日本軍は包囲戦を継続しつつ前進を続けた。

戦闘開始から十日を経過すると日本軍の兵力が限界に近づいた。一方のロシア軍はまだ余力がある。このまま戦闘が続けば日本の敗戦は必至の状況となった。

しかし、ここで総司令官であるクロパトキンの神経が限界に達した。

三月八日、クロパトキンが、

「渾河の線まで退却せよ」

と命令を発したのである。突然の出来事であった。さらにクロパトキンは奉天から約七〇キロ北方にある鉄嶺までずるずると全軍を退げた。この退却命令が奉天決戦の勝敗を決した。

最初に、

「ロシア軍に退却の兆しあり」

という情報が秋山支隊から電話で入ったとき、それを聞いた児玉が、

「そりゃあぁ、本当の話かっ」

と唾を飛ばして怒鳴り声をあげた。現在の戦況からして到底信じられない情報であった。

しかし、その後各隊から、

「ロシア軍退却の兆しあり」

「前面の敵の動きが停滞、後退準備開始の情報あり」

との報告が続々と入ってきた。
直ちに児玉は、
「全軍、各個に追撃せよ」
と命令を発し、息を吹き返した日本軍が激しく追撃した。
そして、三月一〇日に奉天が陥ち、奉天会戦において日本は勝利を勝ち取った。
この会戦における総兵力は、
日本軍　約二五万
ロシア軍　約三五万
であり、損害は、
日本軍死傷　約五万
ロシア軍死傷　約一五万（捕虜三万を含む）
である。約二〇万の両国の若者たちの血が流れ、満州の大地を赤く染めた。

帰還

挺進隊の負傷者のうちもっとも重傷であった小堤少尉は大蘭榮子の村内で永眠した。その日が三月十日午前十一時であった。奇しくも奉天会戦において奉天城が落城し、日本軍が戦勝した日である。

偶然ではあるが、小堤少尉の命日が陸軍記念日となった。

死者に魂があるとすれば小堤少尉は喜んでいるであろう。

挺進隊が日本軍の最前線根拠地である大蘭榮子まで到達すると、永沼は報告のため部隊から先行して帰還した。そして永沼が総司令部に出頭したのが三月十三日午後一時である。

「永沼中佐帰る」

の一報はすでに総司令部にも入っていた。総司令部は奉天城大南門内の公館にある。石造りの堅牢な建物で中の調度品も立派なものばかりである。

総司令部の部屋に入ると壁の一面に隙間なく地図が貼られており、彼我の兵力の位置が色付きの押ピンで明示されていた。奉天会戦に勝利したとはいえ講和が成立しているわけではない。次の会戦にむけて準備中で緊張感はいささかも変わらない。

永沼が到着したとき総司令部では昼食が終わったところであった。

「おお、きたか」

最高幹部たちは色めき立ち、いそいそと大会議室に集まった。

永沼が案内されて大会議室に入ると、正面に満州軍総司令官大山巌元帥、右手に総参謀長児玉源太郎大将が座り、その他総司令部の幕僚が勢ぞろいしている。大山の左に福島安正中将が笑顔で座っていた。福島は騎兵出身である。このたびの挺進作戦の実現に労を負ったこともあり、永沼挺進隊の活躍がよほど嬉しいものとみえる。

「おお、あんたが永沼中佐か。えらいご苦労であったのう。あんたたちのおかげで奉天がとれたようなもんじゃ。ありがとう」

大山がそういってぺこりと頭をさげた。元帥と話すなど始めてである。

言葉に窮した永沼は、

「なにも思うように参りませんで……」

というのが精一杯である。永沼は作戦失敗の叱責を受けるつもりで来ていた。奉天会戦勝利の功労などとんでもない話である。

（元帥はなにか勘違いをされておられるのではないか）

当惑した永沼が、

「申し訳ありませんでした」

と頭を下げた。大山は微薫を含んだ表情で、

「そう固くなっては話もできん。なにせ一万の日本騎兵と二万の馬隊を率いてロシア軍三個師団を牽制したあんただぢゃ。しかも騎兵挺進隊は我が国始めての軍事行動だで、報告を楽しみに待っとった。今日は中佐でないつもりで腰をかけてゆっくり話してもらおう」

と続けた。永沼は眼を見開いて驚いた。とんでもない間違いである。挺進隊は二個中隊で馬隊を合わせても六〇〇程度の兵数である。しかもやったことは鉄橋爆破と敵騎兵との野戦のみで、いずれも規模は小さい。あまりにも話がかけ離れている。

（皮肉だろうか）

と永沼はとまどった。永沼の困惑ぶりは好ましい風景となった。幹部たちの和やかな笑いが部屋に満ちた。児玉は人一倍おかしそうにクスクス笑い、

「永沼中佐は知らんだろうが、あんたがたは外国電報で大人気になっとる。今、元帥が仰ったとおり

の報道が世界中を駆けまわっておってな、そりゃあもう大騒ぎじゃ」

と助け船をだした。えっという表情を永沼がした。児玉は続けて、

「秋山少将のところから出た挺進隊のことは二、三回報告があったが、それよりも先に外国電報が入ってきてのう、日本騎兵が新開河の鉄橋を爆破して鉄道補給を麻痺させ、大迂回運動をした日本騎兵一万、馬隊五千が張家窪でロシア軍を大牽制しているという内容じゃ。さらに噂は噂を生み、日本騎兵一万と二万の馬隊が松花江の鉄橋破壊を企てているという情報も喧伝されておった」

と言って笑った。そうであったかと永沼がほっとした表情を浮かべた。更に児玉は、

「それでな、敵はよほど恐慌を来したと見えて渾河付近におった騎兵大集団四ケ旅団に歩兵、砲兵、工兵をつけて松花江方面の日本騎兵に当たらせようと北方に転進させたんじゃ。これによって敵軍の偵察が楽々とでき、我が軍の展開運動も妨害を受けず大勝を勝ちえたというわけじゃ」

と言っていたずらっぽい笑顔を見せた。

「そうでしたか。それは全く気付かぬところでありました」

と言って永沼が額の汗を拭いた。

その後、地図を前にして作戦経過の詳細を説明し、それが終わると大山から感状が授与された。

「いやはや大変なことになっていた」

永沼は奇妙な疲労を感じて総司令部を後にした。総司令部の建物を出ると自分の服の背中が真っ黒になるほど汗で濡れていることに気づいた。

感状（寫）

騎兵第五連隊の一小隊
騎兵第八連隊の三小隊
騎兵第一三連隊の一小隊
騎兵第一四連隊の一小隊

右は、永沼騎兵中佐の指揮に属し敵地に進入し、二月十一日長春南方新開河付近において鉄道を破壊し、一時その輸送を停滞せしめ、従って敵の兵力をその方面に引致した、その功著大なりと認める。よって感状を附与する。

明治三十八年三月十三日

満州軍総司令官　侯爵　大山巌

張家窪の夜戦と敵砲鹵獲の功績が感状に記載されていないのは、張家窪戦の報告がされる前に感状が完成していたためである。

奉天戦に敗れたロシア軍は鉄嶺まで退却した。

奉天会戦終了後、ロシアのバルチック艦隊と日本の連合艦隊の決戦が近づいていた。

この戦いの結果が、

一　連合艦隊がバルチック艦隊を捕捉して殲滅するか。

二　バルチック艦隊がウラジオストック（ロシアの軍港）に逃げ込めるか。

によって、奉天会戦を最後として講和に向かうのか、鉄嶺に向けて進撃せざるを得ない状況になるのかが決まる構造になっていた。そのため奉天会戦後、日露両陸軍首脳は海戦の結果をじっと待った。

もし仮に連合艦隊がバルチック艦隊を捕捉できず、ウラジオストックにバルチック艦隊が逃げ込んだ場合（二の結果）、ロシアの艦隊がウラジオストックを拠点として海上輸送を脅かし、陸軍への補給を妨害することになる。そこに戦力を回復したロシア軍（陸軍）が奉天に反撃を開始すれば、戦力が消耗しきったうえに補給を絶たれた日本陸軍に勝利の目はない。

しかし、明治三八年五月二七、二八日に行われた日本海海戦は、連合艦隊がバルチック艦隊を殲滅して日本海軍の完勝に終わった。

この結果を受けてアメリカを仲介として日露講和に向けた話し合いが行われ、明治三八年九月五日、ポーツマス条約が締結された。

日本海海戦の大勝利を誰よりも喜び、講和条約の締結に一番安堵したのは、満州軍総参謀長である児玉源太郎であったかと思われる。

三月二四日、永沼挺進隊が大石橋に到着した。ここに二八日まで滞在して各種整理を行い、三月二九日早朝、隊員たちに永沼が訓示を行った。訓示後、挺進隊は解散した。

隊員たちは静かに自分の部隊に戻っていった。
永沼が指揮した挺進隊の作戦期間は約二ヶ月半、挺進距離は二〇〇〇キロを超えた。
世界戦史のどこにも前例がない騎兵作戦となった。

あとがき

あとがきとしてまず書いておかなければならないことから書く。

永沼挺進隊は正式には第一挺進隊である。そして第二挺進隊が存在した。長谷川戌吉少佐が率いた長谷川挺進隊である。長谷川少佐は騎兵第一旅団縦列長であった。挺進隊の参加を熱望して永沼中佐に直訴したが参加できなかった。しかしその後、好古の差配で第二挺進隊（長谷川少佐指揮）が編成されたのである。次は、日本騎兵史からの引用である。


長谷川挺進隊もまた長春北方の張家湾の鉄橋爆破を目標として満州と蒙古地帯との境を前進し、その間の危険と困難は永沼挺進隊におけると同様であった。そして永沼挺進隊と前後して首尾よく目標たる長家湾停車場の西方約二キロの地点に達したのだが、停車場と鉄橋との距離が遠く鉄橋に向かう前進中に天明となり、また敵の警戒が厳重で接近することができなかったので、やむなくこれを断念し、停車場と鉄橋の中間地区において鉄道レール及び電線を破壊し、更に西北進して第二松花江北岸の社里店の兵站地を襲撃することにした。しかし松花江沿岸も敵の警戒が厳であった。

社里店には敵の兵站地のあることを承知し、同地の倉庫を焼燬することとしたのだが、同地には敵の兵站司令部があり、歩兵騎兵約一五〇名が守備し、付近一帯警戒が厳重であった。挺進隊は、巧みにその間隙を縫って松花江を渡り、社里店東南方の部落深井村に進入することができたので、隊長は一挙に社里店を奇襲することとし、夜半主力をもって社里店西南の高地北麓に進み、一中隊をして該地において援護せしめ曹長以下一一名の爆破隊を社里店に潜入せしめた。

ところが爆破隊は社里店南端において敵に発見されて射撃を受け、我が援護隊もまた射撃を開始して隠密な行動を許さなくなった。

しかし爆破隊はこれに屈することなく、携行せる爆薬二〇個（二キロと推定）に点火して部落内に投擲し、援護隊はこれに続いて突入した。爆薬全部は爆発しなかったが一五、六個は爆破したようで大音響を上げ、敵は爆破と援護隊の射撃によって大混乱して四散した。

俘虜の言によれば、敵は日本軍の奇襲によって周章狼狽し将校以下一七名の負傷を出していずれかへ退却したということであった。

よって挺進隊は倉庫を焼き払い、一度松花江に後退し、更に鉄道橋を求めて爆破を企てることにしたのだが、敵の追跡が執拗で行動をくらますことができなかったので、やむなく南方に退却し、二月二日には新集廠にきた。それは永沼挺進隊新開河爆破の翌日で、永沼挺進隊とは十数キロのところに来ていた訳で、永沼挺進隊では、新集廠に日本騎兵一〇〇がいるということを聞き、佐久間武志中尉を連絡のために派遣したのだったが、長谷川挺進隊は既にその地を去った後であった。

次いで長谷川少佐は人馬の疲労甚だしく、軽快な行動の困難なことを思い、また奉天会戦も開始されたことを知って、主力を松村大尉指揮の下に帰還せしめ、隊長自ら一部の分進隊を指揮して、更に四平衡の北方に前進し、鉄道橋の爆破を企てたのだが、その準備中に優勢な敵の攻撃を受け、爾後の行動が困難になったので遂に帰還することに決し、三月一九日奉天の満州軍総司令部に帰着した。

その行程一六〇〇キロに及び、遠く第二松花江まで前進し、行動日数は六二日であった。

その功績は偉大にして満州軍総司令官より感状が授与されたことは永沼挺進隊と同様である。

しかし長谷川挺進隊に関しては、日露戦史にある外、詳細な記録のないことは惜しいことである。

長谷川少佐は優秀な騎兵将校で、ことに清廉高潔、典型的な武人であった。本戦役において殊勲甲として特に功三級金鵄勲章を授与されたのを恐懼に堪えずとし、謹厳身を持して只管職務に精励し、部下の統率にも常に心砕いていたのだが、明治三九年騎兵第一八連隊長として満州公主嶺に在任中、図らずも部下経理官に不正行為があったので深く責任を感じ、部下監督の不行届申訳なしとして、自刃したのであって、まことに惜しい人であった。

奉天会戦の前、クロパトキンは、日本軍騎兵一万、馬隊二万がロシア軍の後方に侵入したと聞き、
ミシチェンコ騎兵団三四中隊
護境兵四中隊
歩兵一二大隊
騎兵八中隊
補充兵一万
騎兵砲一二門、重砲二四門

総計三万以上の兵力を後方警戒に割かせ、奉天会戦に参戦させなかった。
司馬遼太郎が坂の上の雲で、
「日本軍は蒙古地帯にまで進入し、馬賊の協力をえてわが軍の後方鉄道を奇襲しようとしている」
これは、事実であった。秋山好古が、その騎兵旅団の一部を割いて遠くへ放った挺進騎兵隊のことをさす。

永沼秀文中佐の挺進隊は、一月九日から活動をおこし、東蒙方面に進出し、ロシヤ軍のはるか後方である寛城子（のちの新京、長春）まで出、その南方の新開河の鉄橋を爆破してクロパトキンの神経をいちじるしく刺激したのである。

ついで第二挺進隊として長谷川戍吉少佐の隊が一月十二日に移動を開始し、以後六十余日にわたってロシヤ軍後方に出没しつつ、ときには戦闘をまじえ、ときには交通機関を破壊し、さらには糧秣倉庫を襲撃した。

これら秋山騎兵旅団による行動はクロパトキンの神経を病ませ、思考を狂わせ、ついにかれがこの作戦会議の席上でものべるように決戦への気持ちを萎えさせただけでなく、その兵力を決戦に集中するということを自制するにいたった。そして奉天会戦におけるロシア軍の敗因をつくったものは秋山好古のひきいる騎兵旅団の牽制活動である。という評価までうまれるにいたった。

（抜粋転載）

と書いているとおりである。

戦時中、クロパトキンが心配の種としていたのは鉄道の警備である。鉄道が遮断されて補給が途絶えることを異常なほどに畏れた。しかし鉄道警備は容易ではない。東清鉄道は全長二〇〇〇キロ以上あり、警戒範囲をハルピンから奉天に絞ってもその距離は約五〇〇キロある。

仮に一〇〇メートルごとに交代制で配置すると数千人の常駐が必要となり、鉄橋、トンネル、橋梁、物資倉庫、駅等の重要施設に一個中隊単位で配置していくと数個師団（一個師団一万）が必要となる。もしこのときグリッペンベルクが指揮をとっていたら、

「日本の馬など気にすることはない。我が軍は両翼から騎兵集団が攻撃し、日本戦線をもちのように引き延ばした後に、中央から総攻撃を行えば容易に勝てる。あとは北方に孤立した馬どもを逐次包囲殲滅すればよい」

と言ったであろう。もしそれを実行されていれば日本に勝てる要素はなかった。

何度も言うが日露戦争（地上戦）における最大の勝因はクロパトキンであった。ロシア軍の総司令官であるクロパトキンの神経を刺激し続けたことが勝利につながったのである。

ここで忘れてならないのはロシア軍の後方に兵力を割かせたのは永沼挺進隊のみの功績ではなく、長谷川挺進隊の協働作戦が功を奏したこと、その他、民間人参画による特別任務班の爆破行、馬隊による戦闘及び鉄道破壊工作、その他、記録に残らない幾多の斥候隊等、騎兵歩兵に限らず様々な挺進任務を行った無数の兵たちの壮挙が敵地に複雑な行動文様を描き、それがクロパトキンの心理を圧迫し、結果的に奉天会戦勝利の要素となったのである。本書は建川隊、山内隊、永沼隊の三隊に絞って

構成したが、三隊は幾多の斥候任務従事者の代表としてその事績を追ったと理解していただきたい。

それにしても残念だったことがある。前記長谷川挺進隊の記録では、

二月二日には新集廠にきた。それは永沼挺進隊新開河爆破の翌日で、永沼挺進隊とは十数キロのところに来ていた訳で、永沼挺進隊では、新集廠日本騎兵一〇〇がいるということを聞き、佐久間武志中尉を連絡のために派遣したのだったが、長谷川挺進隊は既にその地を去った後であった。


とある。

以下は夢想であるが、このとき佐久間中尉と長谷川少佐が接触することができ、永沼挺進隊に長谷川挺進隊が帯同することになっていたら、その後に行われた夜戦に長谷川挺進隊も参加することができた。長谷川挺進隊が参加していれば第二挺進隊として浅野中隊に後続したであろう。そうなっていれば浅野中隊の損害も少なくて済んだかもしれない。

裂帛天を衝く気骨の塊といわれた長谷川少佐のことである。いざ騎兵戦となれば獅子奮迅の戦いをしたであろう。なによりも長谷川挺進隊の功績が永沼挺進隊と並んで戦史に深く刻まれたことになったかと思える。まことに惜しかった。


すでに予定の紙数を超えている。秋山好古のことに触れて終わりとしたい。

好古は元帥の推薦を辞退し、陸軍大将で軍人生活を終えた。退役日は大正十二年三月三一日である。

六五歳で予備役となり、その後、郷里松山市の私立北豫中学校の校長に就任したのが大正十三年四月である。元帥推薦を辞退したことも、元陸軍大将が中学校の校長になることも前例がない。

好古の校長生活を点描すると、

校長室備え付けの火鉢の炭火は、授業などで教室に出るたびに必ず灰をかけて置き、その灰のかけかたも常に整然として一度も掻き乱れたことがなかった。

巻きたばこの吸い殻は、必ず火鉢の一隅に正しく列をなして並べてあった。

校長室の文書、器物等などは、必ず所定の位置に整頓し乱雑であったことがなかった。

登校する際、紙片が落ちていればそれを拾い黙って紙屑に投げ入れた。

揮毫するとき以外、酷暑の日も上着を脱いだことがなく、夏に人を訪ねて入室する際には、必ず室外で汗を拭い服装を正してから室内に入った。

昼食はパン食が多かったが、パンの袋は自ら始末し、食い残した場合はそれを袋に包んでお盆の上にきれいに置いた。

宴席において喫し終わったタバコの箱や包装紙は、細かく折って懐に入れて持ち帰った。

柑橘類を食した場合、その残滓は必ず皮に包んで皿に入れ、食い散らすことは一度もなかった。

生徒が学校の備品（ガラスの破損など）を壊すことが問題となったとき、生徒を集め、

「物が壊れてはお互いに困るから気をつけいよ」

とだけ言った。以後、生徒による物の破損がなくなった。

こんな校長であった。

好古が校長職を辞するのが昭和五年四月九日である。在職期間は六年三か月であった。そして昭和五年十一月四日に亡くなる。糖尿病で片足を切断するなどして治療したが、脱疽菌が内臓に及び永眠した。死の直前の様子は次のとおりである。


昏睡状態からふと眼を開けた将軍（好古のこと）は、村上正氏の顔を見るなり、

「騎兵は出たそうじゃね」

「何ですか」

将軍は夢と気づいたのか、

「そうか」

と言ったきり目をつむった。日露戦争当時の夢をみていたらしい。

病勢は悪化の一路を辿るばかりであった。白川大将が病床の側に立ったとき、将軍の目には大将がよく映らなかったらしい。そして頻りに、

「奉天の右翼へ……」

「鉄嶺へ前進……」

病床で言う、うわごとの全てが日露戦争の時のことのみであった。

昏睡から覚めたとき、長女が、

「お父さん、何か申し置きなさることはありませんか」

と言うと、将軍はただ一言、

「ない」

次女が、

「これから手紙を出しますが、何かお伝えすることはありませんか」

と言うと、将軍は言下に、

「ない」

そしていよいよ危篤となったとき、士官学校同期生の本郷大将（房太郎）が耳に口を寄せて、

「秋山、本郷が判るか。馬から落ちるなよ」

と言うと、将軍は目をぱっちり開いて微笑した。そしてはっきりとした口調で、

「本郷か、少し起こしてくれ」

と言った。

本郷大将と次男が前後から抱きかかえて起こしたが、疲れるだろうからと再び寝かしたところ、そのまま永き眠りに入った。七二年の生涯であった。

日露戦役最大の危機と言われた黒溝台会戦で日本が負けなかったのは、秋山支隊の左翼陣地が崩れなかったからである。その他、好古指揮の斥候隊、挺進隊の活躍も入れるとその功績は極めて大きい。しかし好古は一度も自分の功績を語らずに生涯を終えた。なぜ一言も自分のことを語らなかったのか。

無論、軍務のことは秘匿に徹するという前提があるが、それ以外の理由もあると私は思う。

以下は私の想像である。

戦後、将兵たちは二つに分類された。生還者と戦死者のどちらかである。

もし、戦後、生還者が自らの功績を語るのであれば、死者にもその機会が与えられるべきである。

しかし死者は自らが語ることはできない。

「共に戦ったにもかかわらず生還した者だけが語るのは不公平である。不公平であるならば生還者は語るべきではない」

という思いが好古にあったのではないか。

更に言えば、山内、建川隊の活躍の陰には、斥候に出たまま還らなかった幾多の騎兵斥候がいる。

奉天会戦でその行動が注目された永沼挺進隊の裏には、同会戦において地面に張り付いたまま死んでいった膨大な数の騎兵たちがいる。確かに好古の戦闘指揮によって戦争に勝つことができたが、好古の指揮に従って死んだ兵もまた数えきれない。

だからこそ、

「勝ったからと言って騒いだらいけんのじゃ」

ということを好古は徹底していたのではないか。斥候隊や挺進隊が帰任したとき、

(好古が歓呼を持って出迎え、帰還した隊員たちと感動的な再会を果たす)

といった類の記録は私が見る限りひとつもない。そうした記録が見当たらないことが、

「功は果たすものであり、誇るものではない」

という思いを好古が態度で示し、その無言の教えが部下に浸潤していたからこそ、永沼中佐も長谷川少佐も自分の手記を書かず、建川中尉も山内少尉も自らの記録を残さなかったのではないかと私は見ている。この本にはそうした男たちばかりが登場するがために、任務を果たした後は淡々と原隊に復帰することになる。

本書原稿を編集部に渡したとき、

「最後の方が尻すぼみですね」

と担当者から言われたが、各隊の帰任時の描写が薄いのはそうした事情による。言い訳がましいが参考までに申し添える。

最後にもう一点だけ書き添える。

ちょうどこの原稿を書いているときオリンピックがあった。躍動する日本選手たちの姿をテレビで見ていると、いつしか本書の主人公たちと選手たちの姿が重なった。

本書の彼らも国民の期待を一身に受け、国の代表として外国の若者と戦う点においてはオリンピック選手と違いがない。異なる点は、競技で勝敗を競うか、戦争で生死を分かつかだけである。

今なお世界の戦場で若者たちが命のやり取りをしている。一日も早く地球上から全ての戦争が奇麗さっぱり消え去ることを願うばかりである。

戦後すぐに亡くなった児玉源太郎のこと、挺進中に捕縛され処刑された民間人の横川省三氏と沖禎介氏のこと、馬賊たちの実態と様々なエピソード、官民一体となって馬隊操縦に従事した特別任務班のことなど、書きたいことはまだあるがここで筆を置く。

最後に本書出版にあたり関係各位、とりわけ出版仲介の労を取っていただいた中村智雄氏、山内挺進隊に関する資料提供に御協力いただいた新潟県立歴史博物館の田邊様（学芸課、専門研究員）、本書出版の御理解と御尽力いただいた論創社の森下氏、相根氏に深く感謝申し上げる。

追記

本書の主人公である建川中尉と山内少尉は奇しくも越後（新潟）出身である。ちなみに黒溝台会戦で沈旦堡を守り抜いた騎兵第一四連隊長の豊辺新作（当時少佐）も新潟出身である。困難を克服しようとする風土のようなものが越後にあるのだろうか。

この夏、その新潟を訪れ、建川中尉と山内少尉の事跡を辿った。その過程で新潟県立博物館所蔵の山内少尉のスケッチを拝見する機会を得、刊行にあたり御厚意により本書掲載の許可をいただいた。厚く御礼申し上げる。巻末にその一部を載せてあるが、眺めていると満州の空気が鼻孔の中に満ちるような思いがする。当時の現地風景想起の一助になれば幸いである。

永沼・長谷川挺進隊行動要図

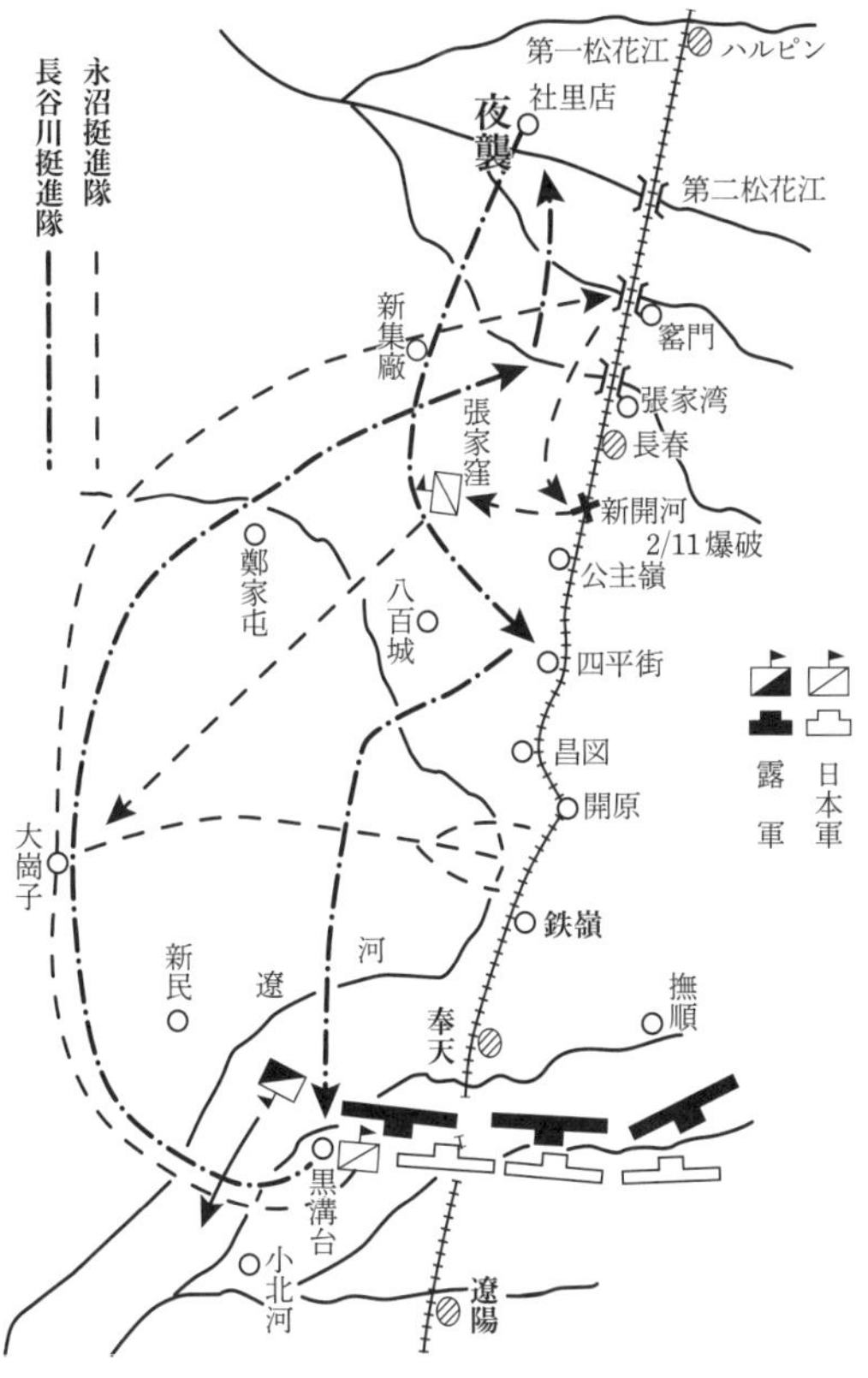

参考文献（順不同）

日露大戦秘話　永沼挺進隊　中屋重業手記　公論社
日露戦役に於ける永沼挺進隊の回顧　及川虎彦著
騎兵斥候　露軍横断記　小西勝次郎編者　同文館
大正三年四月（永沼、長谷川両騎兵隊挺進）戦史評論　宮本武林堂発行
憲政資料シリーズ　尚友ブックレッド　黒澤禮吉著　社団法人尚友倶楽部
決死爆破行　大島興吉著　日本出版配給
鐵血　猪熊敬一郎著　明治出版社
満蒙血の先駆者　松岡勝彦著　中川雪子発行
あゝ永沼挺進隊　島貫重節著（上、下）原書房
杉村盛茂参戦記　馬と往く　平凡社
鐵蹄夜話　陸軍騎兵大尉由上治三郎著　敬文社
秋山好古　秋山好古大将伝記刊行会
秋山真之　秋山真之会編
児玉源太郎　長田昇著　非売品
明治百年史叢書　日本騎兵史（上巻、下巻）佐久間亮三・平井卯輔共編　原書房
明治三十七、八年日露役　一騎兵隊員の陣中日誌　片岸長三記　片岸正編（発行者）
敵中横断三百里　山中峯太郎著　講談社
敵中四騎挺進　山中峯太郎著　偕成社
秋山好古と習志野騎兵旅団　山岸良二　雄山閣
二人の挺進将軍　建川美次と永沼秀文　豊田譲著　光人社
残影　敵中横断三百里　建川斥候長の生涯　中島欣也著　新潟日報事業社

福島安正と単騎シベリア横断（上、下）　島貫重節著　原書房
日露戦役　殉国志士事績　井戸川辰三著　秀英社
山内保次「相馬概要」　山内保次著

取材協力

名古屋刀剣博物館
新潟県立歴史博物館

山内保次（当時山内隊隊長）によるスケッチ

30

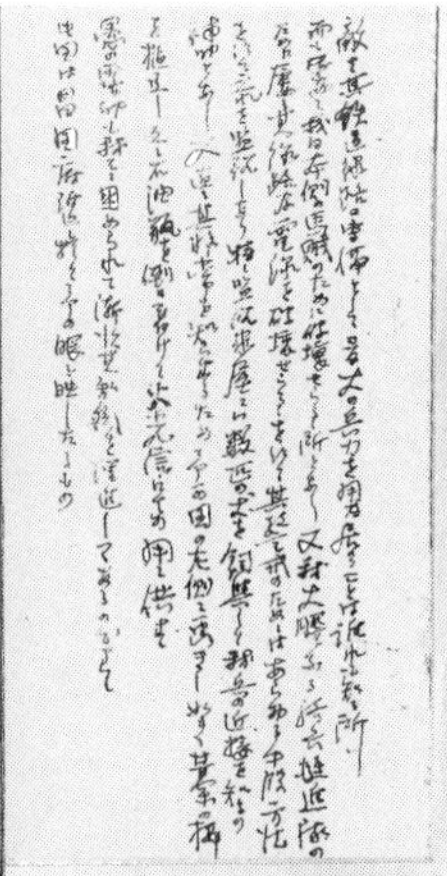

露軍鉄路騎兵

(我が奇襲におびゆ)　明治38.3.22

渾河左岸の陣地工事

15

地面を焚火で熱めて凍土を掘る

於洪家窩棚、明治38.2.24

◎論創ノベルスの刊行に際して

本シリーズは、弊社の創業五〇周年を記念して公募した「論創ミステリ大賞」を発火点として刊行を開始するものである。

公募したのは広義の長編ミステリであった。実際に応募して下さった数は私たち選考委員会の予想を超え、内容も広範なジャンルに及んだ。数多くの作品群に囲まれながら、力ある書き手はまだまだ多いと改めて実感した。

私たちは物語の力を信じる者である。物語こそ人間の苦悩と歓喜を描き出し、人間の再生を肯定する力があるのではないか。世界的なパンデミックや政情不安に覆われている時代だからこそ、物語を通して人間の尊厳に立ち返る必要があるのではないか。

「論創ノベルス」と命名したのは、狭義のミステリだけではなく、広義の小説世界を受け入れる私たちの覚悟である。人間の物語に耽溺する喜びを再確認し、次なるステージに立つ覚悟である。作品の刊行に際しては野心的であること、面白いこと、感動できることを虚心に追い求めたい。

読者諸兄には新しい時代の新しい才能を共有していただきたいと切望し、刊行の辞に代える次第である。

二〇二二年一一月

久山 忍（ひさやま・しのぶ）

昭和36年生まれ。記録家。硫黄島戦生き残りの海軍中尉・大曲覚氏と出会ったことを機に、作家活動をはじめる。戦場体験者の証言を記録し、証言者の原稿校正を経た後に作品を発表するという独自のスタイルで、特に戦争体験者から広く支持されている。
第1作は、大曲氏の証言を記録した『英雄なき島』、以後『蒼空の航跡』『戦いいまだ終わらず』（以上、産経新聞出版）、『国のために潔く』（青林堂）、『インパール作戦 悲劇の構図』『東部ニューギニア戦線 鬼哭の戦場』『西部ニューギニア戦線 極限の戦場』（以上、潮書房光人新社）、『英雄なき島』『蒼空の航跡』『ペリリュー戦いいまだ終わらず』『生き残った兵士が語る戦艦「大和」の最期』『B-29を撃墜した「隼」』『戦死率八割―予科練の戦争』（以上、光人社NF文庫）を上梓。

日露戦争《にちろせんそう》と雪原《せつげん》の騎兵隊《きへいたい》　〔**論創ノベルス 019**〕

2025年1月6日　初版第1刷発行

著者	久山 忍
発行者	森下紀夫
発行所	論創社 〒101-0051　東京都千代田区神田神保町2-23　北井ビル tel. 03（3264）5254　fax. 03（3264）5232　https://ronso.co.jp 振替口座　00160-1-155266
装釘	宗利淳一
組版	桃青社
印刷・製本	中央精版印刷

ISBN978-4-8460-2492-5